[法]莫奈《睡莲》(局部)

乡愁：
包一片
月光
夹在诗里

余光中 著

图书在版编目（CIP）数据

乡愁：包一片月光夹在诗里 / 余光中著 . -- 北京：
中国经济出版社, 2025.2. --（余光中文学三书）.
ISBN 978-7-5136-7958-9

Ⅰ . I267

中国国家版本馆 CIP 数据核字第 2024LN4350 号

本书中文简体字版由九歌出版社经北京时代墨客文化传媒有限公司授权中国经济出版社出版发行。
著作权合同登记图字：01-2025-0276

出版发行	中国经济出版社
印 刷 者	北京鑫益晖印刷有限公司
开 本	710mm×1000mm 1/16
印 张	20.5
字 数	230 千字
版 次	2025 年 2 月第 1 版
印 次	2025 年 2 月第 1 次
定 价	78.00 元
广告经营许可证	京西工商广字第 8179 号

责任编辑	陶栎宇
责任印制	马小宾
封面设计	棱角视觉
内文设计	今亮后声

中国经济出版社 网址 www.economyph.com 社址 北京市东城区安定门外大街 58 号 邮编 100011
本版图书如存在印装质量问题，请与本社销售中心联系调换（联系电话：010-57512564）

版权所有　盗版必究（举报电话：010-57512600）
国家版权局反盗版举报中心（举报电话：12390）　服务热线：010-57512564

那就折一张阔些的荷叶
包一片月光回去
回去夹在唐诗里
扁扁的，像压过的相思
——余光中《满月下》

［法］莫奈《亚嘉杜的罂粟花田》

出版说明

余光中先生驰骋文坛逾半个世纪，作品脍炙人口，影响深远。因作品创作时间跨越较长，故采取以下编辑原则：

（1）依体例要求，对文章层级进行统一，部分文章的标题和段落有所调整的，加以注释说明。

（2）依目前的出版规范，参考相关资料和工具书，对原文的繁体字、异体字进行校订。为便于阅读，对部分常见词汇进行调整，如"想像"为"想象"。作者的行文风格、语言习惯等则尽量予以保留，不使用首选词。

（3）译名前后不一致的，参考译者的翻译，依出版规范进行统一，如"高庚"统一为"高更"。译名与工具书《辞海》等规范不一致的，添加注释进行说明。译名无明确规范的，保留译者翻译。

（4）原文中年份、年龄等数字以汉字表述为主，为尊重原著，统一用汉字表述。

（5）原文部分计量词带有明显的地域和时代特征，如"坪""英尺""呎""英里""哩""华氏度"等，为尊重原著，予以保留，并以注释的形式进行标注。

（6）原文的中英文对照部分保留原貌；仅有英文的，以注释等形式添加中文翻译；仅有中文的，不另外添加英文。

余光中先生虽已谢世，但其作品不朽。他融合了中国古典文学和西方文学，树立了自己的风格，自称是"艺术上的多妻主义者"。诗歌、散文、翻译、评论是其写作的"四度空间"。读者誉其为"乡愁诗人"，其作品常读常新。如今正值中华民族伟大复兴与传统文化发展的百年良机，我们编辑出版这套余光中作品集，希望为读者提供一套小而全、专而精的余光中作品集。因编者水平有限，编辑工作中的失误与不足，请读者指谬，以助我们改正与进步。

目录

001
壹 · 少年
掉头一去是风吹黑发，回首再来已雪满白头

002 / 思蜀

016 / 记忆像铁轨一样长

026 / 金陵子弟江湖客

040 / 两张地图，一本相簿

048 / 轮转天下

057
贰 · 远行
他的生命是一个钟摆，在过去和未来之间飘摆

058 / 逍遥游

066 / 地图

074 / 九张床

082 / 蒲公英的岁月

090 / 南半球的冬天

叁 · 岁月

前尘隔海，古屋不再，听听那冷雨

100 / 听听那冷雨

108 / 山盟

120 / 望乡的牧神

136 / 伐桂的前夕

144 / 鬼雨

肆 · 生活

从从容容地过日子，看花开花谢

156 / 假如我有九条命

162 / 书斋 · 书灾

170 / 三间书房

174 / 沙田山居

180 / 我的四个假想敌

伍·边愁

古典脉脉,现代眈眈

190 / 从母亲到外遇

198 / 不朽,是一堆顽石?

214 / 四月,在古战场

222 / 巴黎看画记

掉头一去
是风吹黑发
回首再来
已雪满白头

壹·少年

乡愁：
包一片
月光
夹在诗里

思　　蜀

此时四野悄悄，

但闻风吹虫鸣，

尽管一灯如寐，

母子脉脉相守之情却与夜同深。

1

在大型的中国地图册里，你不会找到"悦来场"这个地方，甚至富勒敦加大①教授许淑贞最近从北京寄赠的巨型《中华人民共和国国家普通地图集》，长五十一公分②，宽三十五公分，足足五公斤之重，上面也找不到这名字。这当然不足为怪：悦来场本来是四川省江北县③的一个芥末小镇，若是这一号村镇全上了地图，那岂非芝麻多于烧饼，怎么容纳得下？但反过来说，连地图上都找不到，这地方岂不小得可怜，不，小得可爱，简直有点诗意了。刘长卿劝高僧"莫买沃洲山，时人已知处"，正有此意。抗战岁月，我的少年时代尽在这无图索骥的穷乡度过，可见"入蜀"之深。蜀者，属也。在我少年记忆的深处，我早已是蜀人，而在其最深处，悦来场那一片僻壤全属我一人。

所以有一天在美国麦克奈利版的《最新国际地图册》成渝地区那一页，竟然，哎呀，找到了我的悦来场，真是喜出望外，似乎飘泊了半个世纪，忽然找到了定点可以落锚。小小的悦来场，我的悦来场，在中国地图里无迹可寻，却在外国地图里赫然露面，几乎可说是国际有名了，思之可哂。

---

① 富勒敦加大，即加州州立大学富勒顿分校，位于美国加利福尼亚州的富勒顿（Fullerton）。——编者注（以下注释若无特别说明均为编者所注）

② 公分，长度单位"厘米"的旧称，符号 cm。

③ 江北县，即今重庆市渝北区。

2

从一九三八年夏天直到抗战结束，我在悦来场一住就是七年，当然不是去隐居，而是逃难，后来住定了，也就成为学生，几乎在那里度过整个中学时期。抗战的两大惨案，发生时我都靠近现场。南京大屠杀时，母亲正带着九岁的我随族人在苏皖边境的高淳县①，也就是在敌军先头部队的前面，惊骇逃亡。重庆大轰炸时，我和母亲也近在二十公里外的悦来场，一片烟火烧艳了南天。

就是为避日机轰炸，重庆政府的机关纷纷迁去附近的乡镇，梁实秋先生任职的国立编译馆就因此疏散到北碚②，也就是后来他写《雅舍小品》的现场。父亲服务的机关海外部把档案搬到悦来场；镇上无屋可租，竟在镇北五公里处找到了一座姓朱的祠堂，反正空着，就洽借了下来，当作办公室兼宿舍。八九家人搬了进去，拼凑着住下，居然各就各位，也够用了。

朱家祠堂的规模不小，建筑也不算简陋。整座瓦屋盖在嘉陵江东岸连绵丘陵的一个山顶，俯视江水从万山丛中滚滚南来，上游辞陕甘，穿剑阁，虽然千回百转，不得畅流，但到一合川③，果然汇合众川浩荡而下，到了朱家祠堂俯瞰的山脚，一大段河身尽在眼底，流势壮阔可观。那滔滔的水声日夜不停，在空山的深夜尤其动听。遇到雨后水涨，浊浪汹汹，江面就更奔放，像急于去投奔长江的母怀。

祠堂的前面有一大片土坪，面江的一边是一排橘树，旁边还有一棵

---

① 高淳县，今江苏省南京市高淳区。

② 北碚，今重庆市北碚区。

③ 合川，原属四川省，今为重庆市合川区。

老黄葛树，盘根错节，矗立有三丈多高，密密的卵形翠叶庇荫着大半个土坪，成为祠堂最壮观的风景。驻守部队的班长削了一根长竹竿，一端钻孔，高高系在树顶，给我和其他顽童手攀脚缠，像猴子一般爬上爬下。

祠堂的厚木大门只能从内用长木闩闩上，进门也得提高脚后跟，才跨得过一尺高的民初门槛。里面是一个四合院子，两庑的厢房都有楼，成了宿舍。里进还有两间，正中则是厅堂，香案对着帷幕深沉牌位密集的神龛，正是华夏子孙慎终追远的圣殿，长保家族不朽。再进去又是一厅，拾级更上是高台，壁顶悬挂着"彝训增辉"的横匾。

这最内的一进有边门通向厢房，泥土地面，每扫一次就薄了一层皮，上面放了两张床，大的给父母，小的给我。此外只有一张书桌两把椅子，一个衣柜。屋顶有一方极小的天窗，半明半昧。靠山坡的墙上总算有窗，要用一截短竹把木条交错的窗棂向上撑起，才能采光。窗外的坡道高几及窗，牧童牵牛而过，常常俯窥我们。

这样的陋室冬冷夏热，可以想见。照明不足，天色很早就暗下来了，所以点灯的时间很长。那是抗战的岁月，正是"非常时期，一切从简"。电线不到的僻壤，江南人所谓的"死乡下"，当然没有电灯。即连蜡烛也贵为奢侈，所以家家户户一灯如豆，灯台里用的都是桐油，而且灯芯难得多条。

半世纪后回顾童年，最难忘的一景就是这么一盏不时抖动的桐油昏灯，勉强拨开周围的夜色，母亲和我就对坐在灯下，一手戴着针箍，另一手握紧针线，向密实难穿的鞋底用力扎刺。我则捧着线装的《古文观止》，吟哦《留侯论》或是《出师表》。此时四野悄悄，但闻风吹虫鸣，尽管一灯如寐，母子脉脉相守之情却与夜同深。

但如此的温馨也并非永久。在朱家祠堂定居的第二年夏天，家人认为我已经十二岁,应该进中学了。正好十里外有一家中学,从南京迁校到"大后方"来,叫作南京青年会中学,简称青中。父亲陪我走了十里山路去该校,我以"同等学力"的资格参加入学考试。不久青中通知我已录取,于是独子生平第一次告别双亲,到学校去寄宿上学,开始做起中学生来。

3

从朱家祠堂走路去青中,前半段五里路是沿着嘉陵江走。先是山路盘旋,要绕过几个小丘,才落到江边踏沙而行。不久悦来场出现在坡顶,便要沿着青石板级攀爬上去。

四川那一带的小镇叫什么"场"的很多。附近就有蔡家场、歇马场、石船场、兴隆场等多处:想必都是镇小人稀,为了生意方便,习于月初月中定期市集,好让各行各业的匠人、小贩从乡下赶来,把细品杂货摆摊求售。四川人叫它做"赶场"。

悦来场在休市的日子人口是否过千,很成问题。取名"悦来",该是《论语》"近者悦,远者来"的意思,蛮有学问的。镇上只有一条大街,两边少不了茶馆和药铺,加上一些日用必需的杂货店、五金行之类,大概五分钟就走完了。于是街尾就成了路头,背着江边,朝山里蜿蜒而去,再曲折盘旋,上下爬坡,五里路后便到青中了。

4

比起当年重庆那一带的名校,例如南开中学、求精中学、中大附中来,南京青年会中学并不出名,而且地处穷乡,离嘉陵江边也有好几里路，要去上学，除了走路别无他途，所以全校的学生，把初、高中全加起来，也不过两百多人。

尽管如此，这还是一所好学校，不但办学认真，而且师资充实，加之同学之间十分亲切，功课压力适度，忙里仍可偷闲。老来回忆，仍然怀满孺慕，不禁要叫她一声："我的母校！"

校园在悦来场的东南，附近地势平旷。大门朝西，对着嘉陵江的方向，门前水光映天，是大片的稻田。农忙季节，村人弯腰插秧，曼声忘情地唱起歌谣，此呼彼应，十分热闹。阴雨天远处会传来布谷咕咕，时起时歇，那喉音柔婉、低沉而带诱惑，令人分心，像情人在远方轻喊着谁。

校后的田埂阡陌交错，好像五柳先生随时会迎面走来，戴着斗笠。晚饭之后到晚自修前，是一天最逍遥最抒情的时辰。三五个同学顶着满天霞彩，踏着懒散的步调，哼着民谣或抗战歌曲，穿过阡陌之网，就走上了一条可通重庆的马路。行人虽然稀少，但南下北上，不时仍会遇见路客骑着小川马达达而来，马铃叮当，后面跟着吆喝的马僮。在没有计程车的年代，出门的经验不会比李白的《行路难》好到哪里去，有如此代步就要算方便的了。有时还会遇见小贩挑着一担细青甘蔗路过，问我们要不要比劈一下。于是大伙挑出瘦长的一根，姑且扶立在地上，说时迟，那时快，削刀狠命地朝下一劈，半根甘蔗便焘然中分，能劈到多长就吃多长。这一招对男生最有诱惑，若有女生围观，当然就更来劲。

以两百学生的规模而言，砖墙瓦顶的挑高校舍已经算体面而且舒适了。这显然曾是士绅人家的深院大宅，除了广庭高厅有台阶递升，一进更上一进之外，还有月洞边门把长廊引向厢房，雕花的窗棂对着石桥与莲池，便用来改成女生宿舍，男生只好止步，徒羡深闺了。

男生宿舍就没有这么好了,隔在第二进的楼上,把两间大房连成兵营似的通舱,对着内院的墙只有下半壁,上半空着,幸有宽檐伸出庇护,不消说冬天有多冷了。冬天夜长尿多,有些同学怕冷恋被,往往憋到天亮。有一个寒夜,邻床的莫之问把自身紧裹在棉被里,像只春卷,然后要我抽出他的腰带,把他脚跟的被角系个密不通风。我虽然比他还怕冷,倒不想采取这非常手段。

夏天更不好过,除了酷热之外,还得学周处除三害:苍蝇、蚊子、臭虫。臭虫之战最有规模,无一幸免。裸露的肉体是现成的美肴,盛夏的晚上正是臭族的良宵。先是有人梦中搔痒,床板在辗转反侧下吱咯呻吟,继而愤然坐起,"格老子……龟儿子"地喃喃而诉。终于点起桐油灯盏,向上下铺的木板和床板,上下探照,察看敌情。这么一吵,大家都痒醒了,纷纷起来点灯备战,举室晃动着人影。臭虫虽是宵小之辈,潜逃之敏捷却是一流。木床的质料低劣,缝隙尤多,最容易包庇臭族。那些鼓腹掠食的吸血小鬼,六足纤纤,机警得恼人,一转入地下,就难追剿了。于是有人火攻,用桐油灯火去熏洞口,把木床熏得一片烟黑。有人水灌,找来开水兼烫兼淹。如是折腾了大半夜,仲夏夜之梦变成了仲夏夜之魇。

至于六间教室,则是石灰板壁加盖茅草屋顶搭成,乃真正的茅屋。每个年级分用一间,讲课声则此呼彼应,沉瀣不分。如果哪位老师是大声公,就会惊动四邻,害得全校侧耳。其实上午上到第四节课时,男生早已饿了,只盼大赦的下课铃响,老师一合书本,就会泄洪一般,冲出闸门。

当然是冲去饭厅了。两间饭厅相通,一大一小,男生倍于女生,坐在大间,女生则坐小间。训导主任则站在中分的高门槛上,兼顾两边。食时不准喧哗,食毕,男生要等女生鱼贯而出,横越而过,沿着长廊,消失在月洞门里。这是全校男生一览全校女生的紧张时刻,有些女孩会在群童睽睽的注目下不安地傻笑起来,男孩子则与邻座窃笑耳语。晚餐时,这一幕重演一次,但在解散前另有高潮。只因训导主任惯于此时唱名派信,孩子们都竖直耳朵,热切等待主任的大嗓门用南京口音喊出自己的名字,这时正是三十年代转入四十年代①,世界上还没有电视,长期抗战的大后方,尤其在悦来场这种地带,连电话和收音机也都没有,每天能在晚霞余晖里收到一封信,总是令人兴奋的。如果一天接到两封,全校都会艳羡。

记得下午都不排课,即使排了,也只有一两节。到了半下午,四点钟左右吧,便有所谓"课外活动",不上体育课,便是赛球,那便是运动健将们扬威球场的时候了。孩子们兴高采烈,夹着篮球,向一里路外的罗家堡浩荡出发。到得球场,两队人马追奔逐球起来。文静的同学与球无缘,也跟去助阵,充当啦啦队,不然就索性爬到树上,读起旧小说或者翻译的帝俄时代名著来。我也在"树栖族"之列,往往却连《安娜·卡列尼娜》②也无心翻看,却凝望着另一只大球,那火艳艳西沉的落日,在惜别的霞光与渐浓的暮霭里,颓然坠入乱山深处。

晚自修从八点到九点半,男生一律在大饭厅上。每人一盏桐油昏灯,一眼望去,点点黄晕映照着满堂圆颅,一律是乌发平顶,别有一种温馨闲逸的气氛。喧闹当然不准,但喃喃私语、吃吃窃笑却此起彼落,真正在温课或做习题的实在不多,看书的,所看也多是闲书,包括新文学和外国作品的中译,甚至训导主任禁看的武侠小说。写信、记日记

---

① 这里的三十年代、四十年代指二十世纪三十年代、四十年代。本文讲述的年代没有特别注明的均指二十世纪,后文不一一注明。

② 《安娜·卡列尼娜》,原译《安娜·卡列妮娜》,长篇小说,俄国列夫·托尔斯泰作。

的也有。但最多的是在聚谈，而年轻的饥肠最难安抚，所以九点不到又觉得空了，便大伙画起"鸡脚爪"来，白吃的一位就收钱采购，得跑一趟贩卖部，抱一包花生糖、萨其马之类的回来。

大饭厅的外面有一株高大的银杏树，矗立半空，扇形的丛叶庇荫着校园，像一龛绿沁沁的祝福。整个校园的众生之中，他不但最为硕伟，也最为长寿，显然是清朝的遗老，这一户人家的沧桑荣辱，甚至嘉庆以来、乾隆以来的风霜与旱涝，都记录在他一圈圈年轮的古秘史里。记忆深处，晴天的每一轮红日都从他发际的朝霞里赫赫诞生，而雨天的层云厚积全靠他一肩顶住，一切风声都从他腋下刮起。一场风雨之后，孩子们必定怀着拾金一般的兴奋去他的脚下，一盒又一盒，争捡半圆不扁的美丽白果，好在晚自修时放在桐油灯上去烧烤。只等火候到了，剥的一声，焦壳迸裂，鲜嫩的果仁就香热可嚼了。美食天赐的乡下孩子，能算是命穷吗？

5

青中的良师不少，孙良骥老师尤其是良中之良。他是我们的教务主任，更是吃重的英文老师，教学十分认真，用功的学生敬之，偷懒的学生畏之，我则敬之、爱之，也有三分畏之。他毕业于金陵大学外文系，深谙英文文法，发音清晰而又洪亮，他教的课你要是还听不明白，就只能怪自己笨了。从初一到高三，我的英文全是他教的，从启蒙到奠基，从发音、文法到修辞，都受益良多。当日如果没有这位严师，日后我大概还会做作家，至于学者，恐怕就无缘了。

孙老师身高不满五尺，才三十多岁，竟已秃顶了。中学生最欠口德，背后总喜欢给老师取绰号，很自然称他"孙光头"。我从不附合他们，就算在背后也不愿以此称呼。可是另一方面，孙老师脸色红润，精神饱满，步伐敏捷，说起话来虽然带点南京腔调，却音量充沛，句读分明。他和我都是四川本地同学所谓的"下江人"，意即长江下游来的外省人，更俚俗的说法便是"脚底下的人"。我到底是小孩，入川不久就已一口巴腔蜀调，可以乱真，所以同学初识，总会问我："你是哪一县来的？"原则上当然已断定我是四川人了。孙老师却学不来川语，第一次来我们班上课，点到侯远贵的名，无人答应，显然迟到了。他再点一次，旁座的同学说："他耍一下儿就来。"孙老师不悦，说："都上课了，怎么还在玩耍？"全班都笑起来，因为"耍一下儿"只是"等一下"的意思。

班上有位同学名叫石国玺，古文根底很好，说话爱"拗文言"，有"老夫子"之称。有一次他居然问孙老师，"'目'英文怎么说？"孙老师说，"英文叫作 wood。"有同学知道他又在"拗文言"了，便对孙老师解释："他不是问'木头'，是问'眼睛'怎么说。"全班大笑。

在孙老师的熏陶下，我的英文进步很快，到了高二那年，竟然就自己读起兰姆的《莎氏乐府本事》①（Charles Lamb：*Tales from Shakespeare*）来了。我立刻发现，英国文学之门已为我开启一条缝隙，里面的宝藏隐约在望。几乎，每天我都要朗读一小时英文作品，顺着悠扬的节奏体会其中的情操与意境。高三班上，孙老师教我们读欧文②的《李伯大梦》（*Rip Van Winkle*），课后我再三讽诵，直到流畅无阻，其乐无穷。

---

① 《莎氏乐府本事》，今译为《莎士比亚戏剧故事集》，是英国作家兰姆姐弟共同改写的童书小说。

② 欧文（Washington Irving, 1783—1859），原译伊尔文，美国作家。《李伯大梦》今译为《瑞普·凡·温克尔》。

更有一次，孙老师教到《李氏修辞学》，我一读到丁尼生①的《夏洛之淑女》(*The Lady of Shalott*) 这两句：

>And up and down the people go,
>Gazing where the lilies blow…
>
>（而行人上上下下地往来，凝望着是处有百合盛开）

便直觉必定是好诗，或许那时缪斯②就进驻在我的心底了。

至于中国的古典诗词，倒不是靠国文课本读来，而是自己动手去找各种选集，在其中进一步选择自己钟情的作者；每天也曼声吟诵，一任其音调沦肌浃髓，化为我自己的脉搏心律。当时我对民初的新诗并不怎么佩服，宁可取法乎上，向李白、苏轼去拜师习艺。这一些，加上古文与旧小说，对一位高中生说来，发轫已经有余了。在少年的天真自许里，我隐隐觉得自己会成为诗人，当然没料到诗途有如世途，将如是其曲折而漫长，甚至到七十岁以后还在写诗。

青中的同学里下江人当然不多，四川同学里印象最难磨灭的该是吴显恕。他虽是地主之子，却朴实自爱，全无纨绔恶习，性情在爽直之中蕴含着诙谐，说的四川俚语最逗我发噱。在隆重而无趣的场合，例如纪念周会上，那么肃静无声，他会侧向我的耳际幽幽传来一句戏言，戳破台上大言炎炎的谬处，令我要努力咬唇忍笑。

他家里藏书不少，线装的古籍尤多，常拿来校内献宝。课余我们

---

① 丁尼生(Alfred Tennyson, 1809—1892)，英国诗人。《夏洛之淑女》今译为《夏洛特姑娘》。

② 缪斯，原译缪思，希腊神话中九位文艺和科学女神的通称。

常会并坐石阶，共读《西厢记》《断鸿零雁记》《婉容词》①，至于陶然忘饥。有一次他抱了一叠线装书来校，神情有异，将我拖去一隅，给我看一本"禁书"。原来是大才子袁枚所写的武则天宫闱秘史，床笫之间如在眼前，尤其露骨。现在回想起来，这种文章袁枚是写得出来的。当时两个高中男生，对人道还半懵不懂，却看得心惊肉跳，深怕忽然被训导主任王芷湘破获，同榜开除，身败名裂。

又有一次，他从家中挟来了一部巨型的商务版《英汉大词典》，这回是公然拿给我共赏了。这种巨著，连学校的图书馆也未得购藏，我接手过来，海阔天空，恣意豪翻了一阵，真是大开了眼界。不久我当众考问班上的几位高材生："英文最长的字是什么？"大家搜索枯肠，有人大叫了一声说，"有了，extraterritoriality②！"我慢吞吞摇了摇头说，"不对，是floccinaucinihilipilification③！"说罢便摊开那本《英汉大词典》，郑重指正。从此我挟洋自重，无事端端会把那部番邦秘笈夹在腋下，施施然走过校园，幻觉自己的博学颇有分量。

另外一位同学袁可嘉却是下江人。我刚进青中时，他已经在高二班，还当了全校军训的大队长，显然是最有前途的高材生。他有一种独来独往、超然自得的灵逸气质，不但谈吐斯文，而且英文显然很好，颇得师长赏识，同学敬佩。

那时全校的寄宿生餐毕，大队长就要先自起立，然后喝令全体同学"起立！"并转身向训导主任行礼，再喝令大家"解散！"我初次离家

---

① 《断鸿零雁记》是作家苏曼殊（1884—1918）的自述体爱情小说。《婉容词》是诗人吴吉芳在"五四"时期创作的婚姻主题的长诗。

② Extraterritoriality，意为治外法权。

③ Floccinaucinihilipilification，意为轻蔑、藐视一切。

乡愁：包一片月光夹在诗里

住校，吃饭又慢，往往最后停筷。袁大队长怜我年幼，也就往往等我放碗，才发"起立"之令。事后他会走过来，和颜悦色地劝勉小学弟"要练习吃快一点"，使我既感且愧。

有了这么一位温厚儒雅的大学长，正好让我见贤思齐，就近亲炙。不料正如古人所说，他终非"池中物"，只在青中借读了一学期，就辗转考进了全中国最好的学府"西南联大"去了。

后来袁可嘉自己却得以亲炙冯至与卞之琳等诗坛前辈，成为四十年代追随艾略特、奥登等主知诗风①的少壮前卫。一九四五年抗战胜利，我也追随青年会中学回到我的出生地南京，继续读完高三。那时袁可嘉已成为知名的诗人兼学者，屡在朱光潜主编的《大公报》"大公园"副刊上发表评论长文，令小学弟不胜钦仰。

五十二年后，当初在悦来场分手的两位同学，才在天翻地覆的战争与斗争之余，重逢于北京。在巴山蜀水有缘相遇，两个乌发平顶的少年头，都被无情的时光漂白了，甚至要漂光了。

而当年这位小学弟，十岁时从古夜郎之国攀山入蜀，十七岁又穿三峡顺流出川，水不回头人也不回头。直到半世纪后，子规不知啼过了几遍，小学弟早就变成了老诗人，才有缘从海外回川。但是这一次不是攀山南来，也并非顺流东下，而是自空而降，落地不是在嘉陵江口，而是在成都平原。但愿下次有缘回川，能重游悦来场那古镇，来江边的沙滩寻找，有无那黑发少年草鞋的痕迹。

二〇〇〇年五月三日

---

① 主知诗风，指一种强调知性、理性和创新的诗歌风格。宋诗倾向主知。一般认为，新诗史上循着宋诗路径创作的诗人，包括胡适为代表的初期白话诗人，卞之琳等现代派诗人，穆旦等九叶诗人，纪弦、洛夫等台湾诗人，公刘、北岛、欧阳江河等当代诗人。

乡愁：
包一片
月光
夹在诗里

记　　忆

　　像

铁轨一样长

去吧，但愿你一路平安，

桥都坚固，隧道都光明。

壹·少年

我的中学时代在四川的乡下度过。那时正当抗战,号称天府之国的四川,一寸铁轨也没有。不知道为什么,年幼的我,在千山万岭的重围之中,总爱对着外国地图,向往去远方游历,而且觉得最浪漫的旅行方式,便是坐火车。每次见到月历上有火车在旷野奔驰,曳着长烟,我便心随烟飘,悠然神往,幻想自己正坐在那一排长窗的某一扇窗口,无穷的风景为我展开,目的地呢,则远在千里外等我,最好是永不到达,好让我永不下车。那平行的双轨从天边疾射而来,像远方伸来的双手,要把我接去未知;不可久视,久视便受它催眠。

乡居的少年那么神往于火车,大概因为它雄伟而修长,轩昂的车头一声高啸,一节节的车厢铿铿跟进,那气派真是慑人。至于轮轨相激枕木相应的节奏,初则铿锵而慷慨,继则单调而催眠,也另有一番情韵。过桥时俯瞰深谷,真若下临无地,蹑虚而行,一颗心也忐忐忑忑吊在半空。黑暗迎面撞来,当头罩下,一点准备也没有,那是过山洞。惊魂未定,两壁的回声轰动不绝,你已经愈陷愈深,冲进山岳的盲肠里去了。光明在山的那一头迎你,先是一片幽昧的微熹,迟疑不决,蓦地天光豁然开朗,黑洞把你吐回给白昼。这一连串的经验,从惊到喜,中间还带着不安和神秘,历时虽短而印象很深。

坐火车最早的记忆是在十岁。正是抗战第二年,母亲带我从上海乘船到安南①,然后乘火车北上昆明。滇越铁路与富良江平行,依着横断山脉蹲踞的余势,江水滚滚向南,车轮铿铿向北。也不知越过多少桥,穿过多少山洞。我靠在窗口,看了几百里的桃花映水,真把人看

---

① 安南,越南的旧称。

得眼红、眼花。

入川之后,刚亢的铁路只能在山外远远喊我了。一直要等胜利还都,进了金陵大学,才有京沪路上疾驶的快意。那是大一的暑假,随母亲回她的故乡武进,铁轨无尽,伸入江南温柔的水乡,柳丝弄晴,轻轻地拂着麦浪。可是半年后再坐京沪路的班车东去,却不再中途下车,而是直达上海。车厢挤得像满满一盒火柴,可是乘客的四肢却无法像火柴那么排得平整,而是交肱叠股,摩肩错臂,互补着虚实。母亲还有座位。我呢,整个人只有一只脚半踩在茶几上,另一只则在半空,不是虚悬在空中,而是斜斜地半架半压在各色人等的各色肢体之间。这么维持着"势力平衡",换腿当然不能,如厕更是妄想。到了上海,还要奋力夺窗而出,否则就会被新涌上车来的回程旅客夹在中间,挟回南京去了。

来台之后,与火车更有缘分。什么快车慢车、山线海线,都有缘在双轨之上领略,只是从前京沪路上的东西往返,这时变成了纵贯线上的南北来回。滚滚疾转的风火千轮上,现代哪吒的心情,有时是出发的兴奋,有时是回程的慵懒,有时是午晴的遐思,有时是夜雨的寂寞。大玻璃窗招来豪阔的山水,远近的城村;窗外的光景不断,窗内的思绪不绝,真成了情景交融。尤其是在长途,终站尚远,两头都搭不上现实,这是你一切都被动的过渡时期,可以绝对自由地大想心事,任意识乱流。

饿了,买一盒便当充午餐,虽只一片排骨,几块酱瓜,但在快览风景的高速动感下,却显得特别可口。台中站到了,车头重重地喘一口气,颈挂零食拼盘的小贩一拥而上,太阳饼、凤梨酥的诱惑总难以拒绝。照例一盒盒买上车来,也不一定是为了有多美味,而是细嚼之余有一股甜津津的乡情,以及那许多年来,唉,从年轻时起,在这条线上进站、出站、过站、初旅、重游、挥别,重重叠叠的回忆。

壹·少年

最生动的回忆却不在这条线上,在阿里山和东海岸。拜阿里山神是在十二年前。朱红色的窄轨小火车在洪荒的岑寂里盘旋而上,忽进忽退,忽蠕蠕于悬崖,忽隐身于山洞,忽又引吭一呼,回声在峭壁间来回反弹。万绿丛中牵曳着这一线媚红,连高古的山颜也板不起脸来了。

拜东岸的海神却近在三年以前,是和我存一同乘电气化火车从北回线南下。浩浩的太平洋啊,日月之所出,星斗之所生,毕竟不是海峡所能比,东望,是令人绝望的水蓝世界。起伏不休的咸波,在远方,摇撼着多少个港口多少只船,扪不到边,探不到底,海神的心事就连长锚千丈也难窥。一路上怪壁碍天,奇岩镇地,被千古的风浪刻成最丑所以也最美的形貌,罗列在岸边如百里露天的艺廊,刀痕刚劲,一件件都凿着时间的签名,最能满足狂士的"石癖"。不仅岸边多石,海中也多岛。火车过时,一个个岛屿都不甘寂寞,跟它赛起跑来。毕竟都是海之囚,小的,不过跑三两分钟,大的,像龟山岛,也只能追逐十几分钟,就认输放弃了。

萨洛扬[①]的小说里,有一个寂寞的野孩子,每逢火车越野而过,总是兴奋地在后面追赶。四十年前在四川的山国里,对着世界地图悠然出神的,也是那样寂寞的一个孩子,只是在他的门前,连火车也不经过。后来远去外国,越洋过海,坐的却常是飞机,而非火车。飞机虽可想成庄子的逍遥之游,列子的御风之旅,但是出没云间,游行虚碧,变化不多,机窗也太狭小,久之并不耐看。哪像火车的长途,催眠的节奏,多变的风景,从阔窗里看出去,又像是在人间,又像驶出了世外。所以在国外旅行,凡铿铿的双轨能到之处,我总是站在月台——名副其实

[①] 萨洛扬,即威廉·萨罗扬(William Saroyan,1908—1981),美国剧作家、小说家。生于亚美尼亚移民家庭。代表作有话剧《你这一辈子》和长篇小说《人间喜剧》。

的"长亭"——上面，等那阳刚之美的火车轰轰隆隆其势不断地踹进站来，来载我去远方。

在美国的那几年，坐过好多次火车。在艾奥瓦①城读书的那一年，常坐火车去芝加哥看刘鎏和孙璐。美国是汽车王国，火车并不考究。去芝加哥的老式火车颇有十九世纪遗风，坐起来实在不大舒服，但沿途的风景却看之不倦。尤其到了秋天，原野上有一股好闻的淡淡焦味，太阳把一切成熟的东西焙得更成熟，黄透的枫叶杂着赭尽的橡叶，一路艳烧到天边，谁见过那样美丽的"火灾"呢？过密西西比河，铁桥上敲起空旷的铿锵，桥影如网，张着抽象美的线条，倏忽已踹过好一片壮阔的烟波。等到暮色在窗，芝城的灯火迎面渐密，那黑人老车掌②就喉音重浊地喊出站名：Tanglewood！③

有一次，从芝城坐火车回艾奥瓦城。正是圣诞假④后，满车都是回校的学生，大半还背着、拎着行囊，更显拥挤。我和好几个美国学生挤在两节车厢之间，等于站在老火车轧轧交挣的关节之上，又冻又渴。饮水的纸杯在众人手上，从厕所一路传到我们跟前。更严重的问题是不能去厕所，因为连那里面也站满了人。火车原已误点，我们在呵气翳窗的芝城总站上早已困立了三四个小时，偏偏隆冬的膀胱最容易注满。终于"满载而归"，一直熬到艾大的宿舍。一泻之余，顿觉身轻若仙，重心全失。

---

① 艾奥瓦（Iowa），原译爱奥华，亦译爱荷华。作者1958年赴美进修，翌年获艾奥瓦大学艺术硕士学位。

② 车掌，日本称电车司机为车掌，台湾地区指公共汽车上的票务员。

③ Tanglewood，坦格伍德，美国城市名。

④ 圣诞假，原译耶诞假，即圣诞节假期。圣诞节是基督教纪念耶稣诞生的节日，亦称"耶稣圣诞瞻礼""主降生节"。

美国火车经常误点,真是恶名昭彰。我在美国下决心学开汽车,完全是给老爷火车激出来的。火车误点,或是半途停下来等到地老天荒,甚至为了说不清楚的深奥原因向后倒开,都是最不浪漫的事。几次耽误,我一怒之下,决定把方向盘握在自己手里,不问山长水远,都可即时命驾。执照一到手,便与火车分道扬镳,从此我骋我的高速路,它敲它的双铁轨。不过在高速路旁,偶见迤迤的列车同一方向疾行,那修长而魁伟的体魄,那稳重而剽悍的气派,尤其是在天高云远的西部,仍令我怦然心动。总忍不住要加速去追赶,兴奋得像西部片里马背上的大盗,直到把它追进了山洞。

一九七六年去英国,周榆瑞带我和彭歌去剑桥一游。我们在维多利亚车站的月台上候车,匆匆来往的人群,使人想起那许多著名小说里的角色,在这"生之漩涡"里卷进又卷出的神色与心情。火车出城了,一路开得不快,看不尽人家后院晒着的衣裳,和红砖翠篱之间明艳而动人的园艺。那年西欧大旱,耐干的玫瑰却恣肆着娇红。不过是八月底,英国给我的感觉却是过了成熟焦点的晚秋,尽管是迟暮了,仍不失为美人。到剑桥飘起霏霏的细雨,更为那一幢幢严整雅洁的中世纪学院平添了一分迷蒙的柔美。经过人文传统日琢月磨的景物,究竟多一种沉潜的秀逸气韵,不是铝光闪闪的新厦可比。在空幻的雨气里,我们撑着黑伞,踱过剑河上的石洞拱桥,心底回旋的是弥尔顿牧歌中的抑扬名句,不是硖石才子[①]的江南乡音。红砖与翠藤可以为证,半部英国文学史不过是这河水的回声。雨气终于浓成暮色,我们才挥别了灯暖如橘的剑桥小站。往往,大旅途里最具风味的,是这种一日来回的"便游"

[①] 硖石才子,指诗人徐志摩(1897—1931),中国诗人,浙江海宁硖石镇人。曾留学于美国哥伦比亚大学、英国剑桥大学,代表作有《再别康桥》等。

（side trip）。

两年后我去瑞典开会，回程顺便一游丹麦与德国，特意把斯德哥尔摩到哥本哈根的机票，换成黄底绿字的美丽火车票。这一程如果在云上直飞，一小时便到了，但是在铁轨上轮转，从上午八点半到下午四点半，却足足走了八个小时。云上之旅海天一色，美得未免抽象。风火轮上八小时的滚滚滑行，却带我深入瑞典南部的四省，越过青青的麦田和黄艳艳的芥菜花田，攀过银桦蔽天杉柏密蠹的山地，渡过北欧之喉的峨瑞升德海峡，在香熟的夕照里驶入丹麦。瑞典是森林王国，火车上凡是门窗几椅之类都用木制，给人的感觉温厚而可亲。车上供应的午餐是烘面包夹鲜虾仁，灌以甘洌的嘉士伯啤酒，最合我的胃口。瑞典南端和丹麦北部这一带，陆上多湖，海中多岛，我在诗里曾说这地区是"屠龙英雄的泽国，佯狂王子的故乡"，想象中不知有多阴郁，多神秘。其实那时候正是春夏之交，纬度高远的北欧日长夜短，柔蓝的海峡上，迟暮的天色久久不肯落幕。我在延长的黄昏里独游哥本哈根的夜市，向人鱼之港的灯彩花香里，寻找疑真疑幻的传说。

西德之旅，从杜塞尔多夫到科隆的一程，我也改乘火车。西德的车厢跟瑞典的相似，也是一边是狭长的过道，另一边是方形的隔间，装饰古拙而亲切，令人想起旧世界的电影。乘客稀少，由我独占一间，皮箱和提袋任意堆在长椅上。银灰与橘红相映的火车沿莱茵河南下，正自纵览河景，查票员说科隆到了。刚要把行李提上走廊，猛一转身，忽然瞥见蜂房蚁穴的街屋之上峻然拔起两座黑黝黝的尖峰，瞬间的感觉，极其突兀而可惊。定下神来，火车已经驶近那一双怪物，峭险的尖塔下原来还整齐地绕着许多小塔，锋芒逼人，拱卫成一派森严的气象，那么崇高而神秘，中世纪哥特式的肃然神貌耸在半空，无闻于下界琐细的市声。原来是科隆的大教堂，在莱茵河畔顶天立地已七百多岁。火车在转弯。不知道是否因为微侧,竟感觉那一对巨塔也峨然倾斜,令人吃惊。不知飞机回降时成何景象,至少火车进城的这一幕十分壮观。

三年前去里昂参加国际笔会的年会,从巴黎到里昂,当然是乘火车,为了深入法国东部的田园诗里,看各色的牛群,或黄或黑,或白底而花斑,嚼不尽草原上缓坡上远连天涯的芳草萋萋。陌生的城镇,点名一般地换着站牌。小村更一现即逝,总有白杨或青枫排列于乡道,掩映着粉墙红顶的村舍,衬以教堂的细瘦尖塔,那么秀气地针着远天。西斯莱、毕沙罗[1],在初秋的风里吹弄着牧笛吗?那年法国刚通了东南线的电气快车,叫作 Le TGV(Train à Grande Vitesse),时速三百八十公里,在报上大事宣扬。回程时,法国笔会招待我们坐上这娇红的电鳗;由于座位是前后相对,我一路竟倒骑着长鳗进入巴黎。在车上也不觉得怎么"风驰电掣",颇感不过如此。今年初夏和纪刚、王蓝、健昭、杨牧一行,从东京坐子弹车射去京都,也只觉其"稳健"而已。车到半途,天色渐昧,正吃着鳗鱼佐饭的日本便当,吞着苦涩的札幌啤酒,车厢里忽然起了骚动,惊叹不绝。在邻客的探首指点之下,讶见富士山的雪顶白矗晚空,明知其为真实,却影影绰绰,像一片可怪的幻象。车行极快,不到三五分钟,那一影淡白早已被近丘所遮。那样快的变动,敢说浮世绘的画师,戴笠挎剑的武士,都不曾见过。

台湾中南部的大学常请台北的教授前往授课,许多朋友不免每星期南下台中、台南或高雄。从前龚定盦[2]奔波于北京与杭州之间,柳亚子说他"北驾南舣到白头"。这些朋友在岛上南北奔波,看样子也会奔到

---

[1] 西斯莱(Alfred Sisley,1839—1899),原译席思礼,法国风景画家。毕沙罗(Camille Pissarro,1830—1903),原译毕沙洛,法国画家。

[2] 龚定盦(庵),即龚自珍。

白头，不过如今是在双轨之上，不是驾马舣舟。我常笑他们是演《双城记》，其实近十年来，自己在台北与香港之间，何尝不是如此？在台北，三十年来我一直以厦门街为家。现在的汀州路二十年前是一条窄轨铁路，小火车可通新店。当时年少，我曾在夜里踏着轨旁的碎石，鞋声轧轧地走回家去，有时索性走在轨道上，把枕木踩成一把平放的长梯。时常在冬日的深宵，诗写到一半，正独对天地之悠悠，寒战的汽笛声会一路沿着小巷呜呜传来，凄清之中有其温婉，好像在说：全台北都睡了，我也要回站去了，你，还要独撑这倾斜的世界吗？夜半钟声到客船，那是张继。而我，总还有一声汽笛。

在香港，我的楼下是山，山下正是九广铁路的中途。从黎明到深夜，在阳台下滚滚碾过的客车、货车，至少有上百班。初来的时候，几乎每次听见车过，都不禁要想起铁轨另一头的那一片土地，简直像十指连心。十年下来，那样的节拍也已听惯，早成大寂静里的背景音乐，与山风海潮合成浑然一片的天籁了。那轮轨交磨的声音，远时哀沉，近时壮烈，清晨将我唤醒，深宵把我摇睡，已经潜入了我的脉搏，与我的呼吸相通。将来我回去台湾，最不惯的恐怕就是少了这金属的节奏，那就是真正的寂寞了。也许应该把它录下音来，用最敏感的机器，以备他日怀旧之需。附近有一条铁路，就似乎把住了人间的动脉，总是有情的。

香港的火车电气化之后，大家坐在冷静如冰箱的车厢里，忽然又怀起古来，隐隐觉得从前的黑头老火车，曳着煤烟而且重重叹气的那种，古拙刚愎之中仍不失可亲的味道。在从前那种车上，总有小贩穿梭于过道，叫卖斋食与"凤爪"，更少不了的是报贩。普通票的车厢里，不分三教九流，男女老幼，都杂杂沓沓地坐在一起，有的默默看报，有的怔怔望海，有的瞌睡，有的啃鸡爪，有的闲闲地聊天，有的激昂慷慨地痛论国是，但旁边的主妇并不理会，只顾得呵斥自己的孩子。如果你要香港社会的样品，这里便是。周末的加班车上，更多广州返来的回乡客，一根扁担，就挑尽了大包小笼。此情此景，总令我想起杜米埃[1]（Honoré Daumier）的名画《三等车厢》。只可惜香港没有产生自己的杜米埃，而电气化后的明净车厢里，从前那些汗气、土气的乘客，似乎一下子都不见了，小贩子们也绝迹于月台。我深深怀念那个摩肩抵肘的时代。站在今日画了黄线的整洁月台上，总觉得少了一点儿什么，直到记起了从前那一声汽笛长啸。

写火车的诗很多，我自己都写过不少。我甚至译过好几首这样的诗，却最喜欢土耳其诗人塔朗吉[2]（Cahit Sitki Taranci）的这首：

去什么地方呢，这么晚了，
美丽的火车，孤独的火车？
凄苦是你汽笛的声音，
令人记起了许多事情。

为什么我不该挥舞手巾呢？
乘客多少都跟我有亲。
去吧，但愿你一路平安，
桥都坚固，隧道都光明。

一九八四年五月七日

---

[1] 杜米埃（1808—1879），原译杜米叶，法国画家。下文《三等车厢》原译《三等车上》。

[2] 塔朗吉（1910—1956），土耳其诗人。生平及作品详见本系列《我知道我终将面对命运：余光中译世界名诗》中"塔朗吉"篇。

乡愁：包一片月光夹在诗里

金陵子弟

江湖客

若你是仙人向下俯瞰，

当可见湖的形状像一只菱角，

令仙人也嘴馋。

1

我这一生，先后考取过五所大学，就读于其中三所。这件事并不值得羡慕，只说明我的黄金岁月如何被时代分割。

第一所是在南京。那是抗战胜利后两年，我已随父母从四川回宁，并在南京青年会中学毕业。那年夏天在长江下游那火炉城里，我同时考取了金陵大学与北京大学，兴奋之中，一心向往北上。可是当时北京已是围城，故云密布；津浦路伸三千里的铁臂欢迎我去北方，母亲伸两尺半的手臂挽住了我，她的独子。

我进金陵大学外文系做"新鲜人"，是在一九四七年九月。还不满十九岁的男孩，面对四年的黄金岁月，心情已颇复杂，并不纯然金色。回顾七年的巴山蜀水，已经过去，但少年的记忆与日俱深，忘不了那许多中学同学"上课同桌，睡觉同床，记过时同一张布告，诅咒时，以彼此的母亲为对象"。眼前的新生活安定而有趣，新朋友也已逐一出现，可是不像远去北京那么断然而浪漫，而且名师众多，尤其是朱光潜与（后来才知道的）钱锺书。至于未来，我直觉不太乐观。抗战好不容易结束，内战迫不及待又起，北方早成了战场，南方很可能波及。茫茫大地正在转轴，有一天目前这社会或将消失，由截然不同的社会取代。新的价值也许朴素，也许苛严，对文学的要求只会紧，不会宽吧？到那时，文学就得看政治的脸色了。这种疑虑惴惴然隐隐然，一直困扰着我。

记得当时金陵大学的学生不多，我进的外文系尤其人少，一年级的新生竟然只有七位。有一次系里的黑人讲师请我们全班去大华戏院看电影，稀稀朗朗几个人上了街，全无浩荡之势。较熟的同学，现在只记得李夜光、江达灼、程极明、高文美、吕霞、戎逸伦六位。李夜光读的是教育系，江达灼是社会系，程极明是哲学系，高文美是心理系，后面两位才是外文系。其中李夜光戴眼镜，爱说笑，和我最熟。程极明富于理想，较有口才，俨然学生运动的领袖，不久便转学去了复旦大学，跟大家就少见面了。他仪表出众，很得高文美的青睐，两人显然比他人亲近。高文美人如其名，文静而秀美，是典型的上海小姐。她的父亲好像是南京的邮政局局长，所以她家宽敞而有气派，我们这小圈子的读书会也就在她家举行。至于讨论的书，则不出当时大学生热衷的名著译本，例如《约翰·克里斯朵夫》①《冰岛渔夫》《罗亭》《安娜·卡列尼娜》之类。

吕霞和戎逸伦倒是外文系的同学。吕霞大方而亲切，常带笑容，给我的印象最深，因为她的父亲是著名的学者吕叔湘，在译界很受推崇。有了这样的父亲，也难怪吕霞谈吐如此斯文。

那时我相当内倾，甚至有点羞怯，不擅交际，朋友很少，常常感到寂寞，所以读书不但是正业，也是遣闷、消忧。书呢读得很杂，许多该读的经典都未曾读过，根本谈不上什么治学。因此当代文坛与学府的虚实，我并不很清楚，也没有像一般文艺青年那样设法去亲炙名流。倒是有一次读莫泊桑小说的英译本，书中把"断头台"误排成了 guillotine，害我查遍了大字典都不见，乃写信去问我认为当时最有学问的三个人：王云五、胡适、罗家伦。这种拼法他们当然也认不得，也许我写的地址不对，信根本没有到他们手里，总之一封回信也没有收到。

名作家去南京演讲，我倒听过两次。一次是听冰心，我去晚了，

---

① 《约翰·克里斯朵夫》，原译《约翰·克里斯多夫》，长篇小说，法国罗曼·罗兰作（1904—1912）。描写平民出身的德国音乐家克利斯朵夫的一生。

只能站在后排，冰心声音又细，简直听不真切。一次是听曹禺，比较清楚，但讲些什么，也不记得了。

金陵大学的文科教授里，举国闻名的似乎不多，也许要怪我自己太寡闻，徒慕虚名，不知实况吧。隔了半个世纪，我只记得文学院长是倪青原，他教我们哲学，学问有多深我莫能测，但近视有多深却显而易见，因为就算从后排看去，他的眼镜边缘也是圈内有圈，其厚有如空酒瓶底。教我们本国史的陈恭禄也戴眼镜，身材瘦长，乡音颇重。有一次见他夹着自己的新著《中国通史》两大册，施施然在校园中走过，令我直觉老师的"分量"真是不轻。还有一位高觉敷教授，教我们心理学，口才既佳，又能深入浅出，就近取喻，难怪班大人多。有一次他公开演讲，题目竟是青年的性生活，听众拥挤当然不在话下。这讲题十分敏感，在当日尤其耸动，高教授却能旁敲侧击，几番峰回路转，忽然柳暗花明，冷不防点中了要害。同学们的情绪兴奋而又紧张，经不起讲者一戳即破，大爆哄堂，男生鼓掌，女生脸红。

教我们英国小说的是一位女老师，蔻克博士（Dr.Kirk）。她的美语清脆流利，讲课十分生动，指定我们一学期要读完八本小说，依序是《金银岛》《爱玛》《简·爱》《咆哮山庄》《河上磨坊》《大卫·高柏菲尔》《自命不凡》《回乡》。[①] 我们读得虽然吃力，却也津津有味。唯一的例外是梅瑞狄斯的杰作《自命不凡》（*The Egoist*），不仅文笔深奥，而且好掉书袋。我读得咬牙切齿，实在莫名其妙，有一次气得把书狠狠摔在地上。蔻克其实是金陵女子学院的教授，我们上她这堂课，不在金陵大学，而在她的女校（俗称金女大）。每次和同学骑自行车去女

---

① 《金银岛》，亦译《宝岛》；《咆哮山庄》，今多译为《呼啸山庄》；《大卫·高柏菲尔》，今通译为《大卫·科波菲尔》；《自命不凡》（*The Egoist*），一译《利己主义者》，英国梅瑞狄斯作（George Meredith，1828—1909）。下文的梅瑞狄斯原译梅里迪斯。

校上课，那琉璃瓦和红柱烘托的宫殿气象，加上闯进女儿国的绮念联翩，而讲台上娓娓动听的又是女老师悦耳的嗓音，真的令我们半天惊艳。

初进金大的时候，我家住在鼓楼广场的东南角上，正对着中山路口，门牌是三多里一号；弄堂又深又狭，里面蜗藏着好几户人家，我家只有一间房，除了放一张双人床、一张书桌、几张椅子之外，几乎难有回身之地，我被迫在隔壁堆杂物的走道上放一张小竹床栖身，当时倒并不觉得有多吃苦。好在金大校园就在附近，走去上课只要十分钟。

后来我家终于盖了一栋新屋，搬了过去。那是一栋两层楼房，白墙红瓦，附有园地，围着竹篱，在那年代要算是宽敞明亮的。篱笆门上的地址是"将军庙龙仓巷十八号"。我的房间在楼上，正当向西斜倾的屋顶下面，饶有阁楼的遁世情调。最动人逸兴的，是我书桌旁边的窗口朝东，斜对着远处的紫金山，也就是歌里所唱的"巍巍钟山"。每当晴日的黄昏，夕照绚丽，山容果然是深青转紫。我少年的诗心所以起跳，也许正由那一脉紫金触发。我的第一首稚气少作，就是对着那一脊起伏的山影写的。

其实那时候我的译笔也已经挥动了。早在我高三那一年，和几个同学合办了一份文学刊物，竟然把拜伦的名诗《海罗德公子游记》咏滑铁卢的一段译成了七言古诗，以充篇幅。不难想见，一个高三的男孩，就算是高材生吧，哪会有旧诗的功力呢？难怪漕桥老家的三舅舅孙有庆，乡里有名的书法家，皱着浓眉看完我的译稿后，不禁再三摇头，指出平仄全不稳当。

不过咪咪，我的十五岁表妹也是未来的妻子范我存，却有不同的反应。那时我们只见过一面，做表兄的只知道她的小名。那份单张的刊物在学校附近的书店寄售，当然一份也销不掉，搬回家来，却堆了一大叠，令人沮丧。我便寄了一份给正在城南明德女中读初三的表妹，信封上只写了"范咪咪小姐收",居然也收到了。她自然不管什么平仄失调,却知道拜伦是谁,并且觉得能翻译拜伦的名作,这位表哥当非泛泛之辈。战火正烈,聚散无端,这一对小译者与小读者四年后才在命定的海岛上重逢,这才两小同心,终成眷属。此乃后话,表过不提。

进了金大不久,我读到一本戏剧,叫作《温波街的巴府》(The Barretts of Wimple Street by Rudolph Busier),演的是诗人勃朗宁[①]追求巴家才女伊丽莎白(Elizabeth Barrett)的故事;一时兴起,竟然动笔翻译起来。这稚气的壮举可爱而又可哂。剧中对话的翻译,难在重现流利自然的语气,遇到英文的繁复句法,要能松筋活骨,消淤化滞。这对于大二的生手说来,无异是愚公移山。当时我只是出于兴趣,凭着本能,绝对无意投稿。译了十多页,留下不少问题,就知难而止了。其实要练就戏剧翻译的功力,王尔德天女散花的妙语要能接招,当时那惨绿少年还得等三十多年。

这就是我的青涩年代,上游风景的片段倒影。我的祖籍是福建永春,但是那闽南的山县只有在五六岁时才回去住过一年半载,那连绵的铁甲山水,后来,只能向我承尧堂叔的画里去神游了。我以重九之日出生在南京,除了偶尔随母亲回她的娘家常州漕桥小住之外,抗战以前,也就是九岁以前,我一直住在那金陵古城,童稚的足印重重叠叠,总不出栖霞山、雨花台之间。前后我进过崔八巷小学、青年会中学、金陵大学,从一个南京小萝卜变成"南京大萝卜"。在石头城的悠悠岁月,我长得很慢,像一只小蜗牛,纤弱而敏感的触须虽然也曾向四面试探,结果是只留下短短的一痕印迹。

[①] 勃朗宁,原译布朗宁,即罗伯特·勃朗宁(Robert Browning, 1812—1889)。英国诗人。

2

二〇〇〇年十月三日，正是重九之前三日，与我存乘机抵达南京。过了半个世纪再加一年，我们终于回到了这六朝故都，少年前尘。在我，不但是逆着时光隧道探入少年复童年，更是回到了此生的起点。在我存，也是在做了祖母之后才回来寻觅初中的豆蔻年华。机轮火急一触地，我的心怦然一震，冥冥中似乎记忆在撞门，怦然激起了满城回声。

南京大学中文系的胡有清教授来南郊的禄口机场迎接，新机场高速公路浩荡向北，引我们绕过雨花台，越过秦淮河，进入市区，进入了一个又像熟悉又像陌生的世界，只觉得背景隐隐，呼之欲出，前景栩栩，市声嚣嚣，遮不断历史的回响。胡教授左顾右盼，为我指点街景与名胜，不断问我以前是什么样子。他问的我大半答不出来，一切都在真幻之间，似曾相识，可惊又可疑。身为南京之子，面对南京竟已将信将疑，南京见我，只恐更难相认吧。毕竟是半世纪了，玄武湖的明眸能看透我这白头，认出当年仓皇出城的黑发少年吗？我见钟山多妩媚，从东晋以来便如此多娇，但钟山见我岂应如是？

汽车在鼓楼的红灯前停下，数字钟忐忑地倒数着秒，鸡鸣寺纤细的塔影召我于东天，像要提醒我什么。红灯转绿，熙攘的中央路引我们长驱北上，终于到了一栋双管齐上的圆顶高厦——玄武饭店。其中的一管有如平地登仙，将我们吸上了天去，整座南京城落到我们的脚底，连同街道市声、红灯与绿灯，落下去，只为了腾出十里的空旷，秋高气爽，让紫金山在上面接受我们觐见，让玄武湖回过脸来，佩戴着翠洲与菱洲的螺髻黛鬟。猝不及防这一霎惊艳，安排得恰到好处，有如童年跟我捉了半世纪的迷藏，遍寻不见，忽然无中生有，跳出来猛跟我打个照面。一惊，一喜，一叹，我真的是回来了。

其后三天，或有赖胡有清、冯亦同诸位学者的导引，或接受久别的常州表亲联合来邀约，我们怀着孺慕耿耿、乡愁怯怯的心情，一一回瞻了孩时的名胜：中山陵、夫子庙、燕子矶、栖霞寺……半世纪来这些早成了记忆的坐标，梦的场景，每一个名字都有回音，可串成一排回音的长廊。南京湖多，不限于玄武与莫愁。朝阳门与正阳门之间的明代城墙下，有一弧波光滟滟怀抱着古城，状如新月，叫作月牙湖。十月五日的下午，江苏省及南京市的台港澳暨海外华文文学研究会，就在湖边的谭月楼上举办了一场"余光中文学作品研讨会"，城影与波光之中，我有幸会晤了省垣的文坛人士，并聆听了陈辽、王尧、方忠、冯亦同、庄若江、刘红林等学者提出的论文。

但最能安慰孺子的孤寂，并为我受难的魂魄祛魔收惊的，是玄武湖与中山陵。哀哀父母，生我劬劳。当年生我在这座古城，历经战乱，先是带我去四川，后又带我去海岛。七十三年后只剩我一人回到这起点，回到当初他们做新婚夫妇年轻父母的原来，但是他们太累了，却已在半途躺下，在命定的岛上并枕安息。

当年，甚至在我记忆的星云以前，他们一定常牵我甚至抱我来玄武湖上，摇桨荡舟，饕餮田田的荷香，饕餮之不足，还要用手绢包了煮熟的菱角回家去咀嚼，去回味波光流传的六朝余韵。这一切，一定像地下水一般渗进了我稚岁的记忆之根，否则我日后怎么会恋莲至此，吐不尽莲的联想的藕丝。

后来进了金大，每逢课后兴起，一声吆集，李夜光、江达灼、高文美，几位双轮骑士就并驾齐驱，向玄武门驰去。金大是近水楼台，不消一盏茶的工夫，我们已经像萍钱一般，浮沉在碧波上了。越过风吹鳞动的千顷琉璃，西望是明代的城楼，层砖密叠，雉堞隐隐。东望是着魔的紫金山,阴晴殊容,朝夕变色,天文台的圆顶像众翠簇拥的一粒白珠,可以指认。九州之大,名湖自多,但是像玄武湖这么一泓湛碧,倒映着近湖的半城堞影,远处的半天山色,且又水上浮洲洲际通堤的,还是少见。若你是仙人向下俯瞰,当可见湖的形状像一只菱角,令仙人也嘴馋。

在我这南京孩子的潜意识里,这盈盈湖水颇有母性,就是这一汪深婉与安详,温柔了我的幼年,妩媚了我的回忆。或许有人会说,长江浩淼,不是更具母性吗?当然是的,不过长江之长,奶水之旺,是南京与上游的江城水埠所共沾,不像玄武湖那么体己。

至于父性呢,该属紫金山了,尤其是中山陵。紫金山在南京的行政划分上,与玄武湖同属玄武区,但遍山林木苍翠,名胜古迹各殊气象,又称钟山风景区。这是登高临风悠然怀古的地方,是处青山好埋骨,墓有今有古,今人的墓有中山陵、谭延闿墓、廖仲恺与何香凝墓,古人的还有明孝陵与常遇春墓。但孩时印象最深,而海外孺慕最切的,是中山陵。

壮丽的中山陵是青年建筑家吕彦直的杰作。不知为何,许多中山陵的简介都不提设计人的名字。他是山东东平县人,字仲宣,又字古愚。孙中山一九二五年病逝于北京,次年一月他的陵墓就在紫金山第二峰小茅山起建,直到一九二九年春天才落成。吕彦直也就死在这一年,才三十五岁。

宏伟的中山陵坐北朝南,灵谷寺与明孝陵拱于左右,占地近两千亩。从山下一路上坡,由四柱擎举的白石牌坊到三洞的陵门,是四百八十米长的墓道,入了陵门要穿过碑亭,踏三百九十二级石阶,才抵达祭堂。

那天秋气高爽,胡有清教授带我们去登临,本来已经走进了侧道,树荫疏处隐隐窥见陵貌庄严。我忽然觉得那样太草率了,五十年后终于浪子回头，孺子回家，应该虔诚些，像是典礼。于是我们原路退回去，郑重其事，从巍峨的牌坊起步，一路崇仰上去。

小茅山的坡势缓缓上升，吕彦直匠心的经营，琉璃青瓦的陡斜屋顶覆盖着花岗石的白壁，陵门上去是碑亭，更上去是祭堂，那气象肃静而高洁，层层叠叠把中山陵推崇到顶点，举目只见人造的是白石青瓦的严整秩序，神造的是雪松水杉郁郁苍苍的自然生机，人工与神工天人合一，标举一种恢弘的意境。

从陵门前起步，浅灰的花岗石阶，三百九十二级，天梯一般把朝山的人群一级级接引向上，去攀附高处长眠的或许是仍未瞑目的灵魂。石阶宽敞，可容数十人并肩共登，更添天下为公的气象。或许吕彦直有意把整座石陵谱成一首深沉的安魂曲，用三百九十二琴键来按弹，但按的不是巴赫或肖邦的手指，是朝山者不绝于途的虔敬脚步。想当年有一个小学生，在女老师带领之下也曾与群童推挤着踏过这一长排白键，幼稚的童心该也再三听说过，脚下这坡道是引向崇高，但那首安魂曲究竟多深沉，却要经历过五十年的风吹雨打，从海外归来才能体会。

正是重九的前一日，高处风来，间歇可闻迟桂的清芬，除隐若前人留传的美名。登到顶点已有些汗意，不禁在祭堂前回望人寰才发现，咦，刚才攀登的数百级石阶竟都不见了，只见梯田一般的坡势变成了一幅幅宽坦的平台。原来由下而上，只见一层层阶级，不见中间的平台；到了高处，回望时阶级就悉被平台遮掉了。据说这正是吕彦直的匠心：朝山的人对陵顶的气魄仰之弥高，油然起敬而见贤思齐，但祭堂上坐着的大理石像，胸怀广阔，俯视只见坦然的平台，却无视于一阶一级。

3

十月四日的上午，胡有清教授带我们去寻访半世纪前我母校的校园。金陵大学早在五十年代之初并入了中央大学，改属于南京大学，所以地图上只见南大，不见金大了。金大校友会会长周伯埙、副会长冯致光，南大校友总会副会长贾怀仁、秘书长高澎陪我重游初秋的校园，并殷勤为我指点岁月的沧桑。

南京大学目前声誉日高，是中国排名前几位的重点学府。校园看来相当整洁，有些建筑显得古意盎然，例如昔日的小教堂，但风骨犹健，并不破落。李清照词"物是人非事事休"，正可印证半世纪后我的母校，虽已换了好几代人，而旧楼巍巍，树荫深深，规格仍在。似真疑幻，一霎间我成了老电影中迟暮的归客，恍然痴立在文理农三院鼎立的中庭，往事纷纷，像脱序倒带的前文提要，闪过惊扰的心神。若非校友会的诸君在旁解说，我真想倚在那棵金桂荫里，合上倦目，让风里的桂香袅袅引路，带我回到最后的——一九四八年的那一季秋天。也许高文美或者李夜光会抱着一叠书，从正中的文学院台阶上，随下课的同学们一拥而出，瞥见是我，会兴奋地向我跑来。但跑到一半，会忽然停步，一脸惊疑，发现树荫下向他们招手的并不是我，而是一个白发的老人。

我回过神来，发现自己是回来了，远从海峡的对面，回来了，但不是回到五十年以前，因为世纪都已经交班了。我站在母校三院拱立的中庭，还记得当年的景色并没有多少改变，这在那十年的大劫之后，可说是十分幸运了。只是水杉与刺柏都长高了许多，而猖獗的爬藤，长茎纠缠着乱叶，早已迫不及待，攀上了方正的钟楼，恨不得把高窗全都攀满。

记得从前从家里来上课，总是踏着汉口街沙石的斜坡，隔着高过人头的篱树，隐约可窥三院的灰瓦屋顶，往往从钟楼顶上还会飘来音乐，恍惚迷离，奏的是舒曼的《梦幻曲》(Traumerei)。

"请问你就是余光中先生吗？"

我从藤蔓绸缪的楼塔上收回目光，一位青年停在我们面前，笑容热切，负着背包。我含笑点头，胡教授问他，怎么认出是我。

"我读过余先生的书，见过照片。"他说。

"余先生是我们南大的校友，"胡教授说。"五十年第一次回来。"

"真的呀？"那学生十分惊喜，要求与我合照。

"这几天我们国庆放长假，"望着那学生的背影，胡教授解释。"校园里冷冷清清，否则就难脱身了。"

说着，众人来到了老图书馆前。一进门，磨石地板上赫然镶着一轮圆整的校徽，白底清纯，衬托出篆书的"金陵"两个大金字，各为半圆，直径超过四尺。我搜索失焦的记忆，不确定以前是否就如此。校友会诸君都说，正是原来所镶的校徽。

"以前的做工就是这么认真，"我存羡叹。"到现在都没有缺陷！"

我走进阴深的大阅览厅，一步，就跨回了五十年前。空厅无人，只留下一排排走不掉的红木靠背椅子，仍守住又长又厚实的红漆老桌，朝代换了，世纪改了，这满厅摆设的阵势却仍然天长地久，叫作金陵。我抽出一张椅子来，以肘支桌，坐了一会儿。舒曼的《梦幻曲》弥漫在冷寂的空间，隐隐可闻。我相信，若是我一个人来，只要在这被祟的空厅上坐得够久，李夜光、高文美、江达灼那一伙同学就会结束半世纪捉迷藏的游戏，哇的一声，从隐身处一起跳出来迎我。

当天下午我访问了南京大学中国现代文学研究中心，并以"创作与翻译"为题在校园公开演讲。虽在十一假期间，而且只贴出一张小海报，留校的学生却无中生有忽然涌现，文学院措手不及，三迁会场才能够开始。师生都来得很多，情绪也十分热烈。听众的兴奋令讲者意气风发，讲者的慷慨更加鼓舞了听众。中文的"演讲"也好，"讲演"也好，不但要讲，多少还要演，所以显得生动。对比之下，英文的 talk（讲话）只讲不演，就不及中文传神。

能在自己的生日回到自己的出生地，用自己的母语对同样是金陵的子弟，诉说自己对这母语的孺慕与经营；能回到中国对这么多中国的少年诉说，仓颉所造许慎所解李白所舒放杜甫所旋紧义山所织锦雪芹所刺绣的中文，有怎样的危机又怎样的新机，切不可败在我们的手里——能这样，该是多大的快慰。

几百双乌亮而年轻的眼瞳，正瞵瞵向我聚焦。那样灼灼的神情令演讲人感动。我当年听讲，也是那样的神情吗？想当年战火正烈，我怀着凄惶的心情，随父母出京南行，投向渺不可测的未来，正是他们这年纪。

掉头一去是风吹黑发，回首再来已雪满白头。

悠长的岁月，在对岸听到的是不断的运动接运动，继以神州浩劫的十年，庆幸自己是逃过了。但回到了此岸，见后土如此多娇，年青的一代如此地可爱，正是久晴的秋日，石头城满城的金桂盛开，那样高贵的嗅觉飘扬在空中，该是乡愁最敏的捷径。想长江流域，从南京一直到武汉，从南大的校园一直到华中师大的桂子山，长风千里，吹不断这似无又有欲断且续的一阵阵秋魂桂魄。这么想着，又觉得这些年来，幸免的固然不少，但错过的似乎也很多。想这些年来，我教过的学生遍布了台湾与香港，甚至还包括金发与碧瞳，但是几时啊，我不禁自问，你才把桃李的青苗栽在江南，种在关外？

二〇〇一年十月于高雄西子湾

乡愁：
包一片
月光
夹在诗里

两张地图，

一本相簿

在这多变的世界，

哪一张地图是合用五十年的呢，

哪一个地址是永久地址？

壹·少年

1

我从来没有见过自己的岳父,虽然他给了我这么一个好妻子。他去世很早,只有三十九岁,留下的孤女,我存,当时也只有七岁。所以给我的印象止于岳母与我存之间零星的追思,加起来也只是远距离镜头的朦胧轮廓:只知道他早年毕业于东南大学,参加勤工俭学留学法国,后来在浙江大学任生物系教授。抗战初年,随浙大迁去贵州的遵义,但因其地阴湿,不适合他养肺病,乃应四川大学之邀,想北上成都,却因病重滞留在乐山,不久便逝于肺病。

抗战时期我存与我都在四川,她在大渡河汇岷江的乐山,我在嘉陵江入长江的重庆,两人并不相识。表兄妹初见是在南京。从那时到现在,两人之间半世纪之长的对话,一直是用川语。五十多年的川语川流不休,加起来该比四川更长了。

就是用没有入声的川语,她常会向我述忆乐山。那是她的小学时代,印象最深。她最乐道而我也最乐闻的,是岷江岸边的那尊大佛,远在江上就庞然可见。她说那佛像又高又大,乐山人都传说,要是涨水淹到佛脚,乐山城就会淹水了。有一次在沙田,她又对朋友们夸说佛像之大:

"连佛的耳朵——"她正要形容。

"——都藏了一座庙!"我接口说。

朋友们哈哈大笑。

2

一九九六年十一月中旬，我去四川大学访问。演讲与座谈之余，易丹教授陪伴我们夫妇南下，去眉山瞻仰三苏祠，并重游乐山。

到乐山已经天晚，第二天早上才去朝拜大佛。佛像雕在岷江岸边的石壁上面，坐东朝西，在岸上反而难见法相。易丹带我们登上游艇，放乎中流，好从江面上远远仰观。那天十分阴寒，江风削面，带着腥浊的水汽，天色灰茫茫的，水色也浑沌不清。江上看佛，仍须颇大的仰度，约莫二十层楼高。雕的是弥勒佛坐像，佛手按着双膝，面容宁静中含着慈祥，据称是唐朝开元年间所建，石色年湮代久，也是灰沉沉的，与阴天一般黯淡。

游艇在江上巡礼了一圈，把乘客又还给了岸上。我们到佛脚下又举头伸颈，仰瞻了一番。佛脚大而厚实，上面简直可容百僧并坐诵经。想起"临时抱佛脚"的成语，不禁可哂。晒谷场这么大的脚背，怎么抱法？

接着我们跟随众客，沿着巨像左侧的贴壁石阶，奋力仰攻，攀天梯一般一级级向崖顶爬去。好不容易飞到佛脐的高度，抬头一看，弥勒佛的下巴仍在半空，并不理会我们，地藏菩萨却早已在下面扯我们后跟。渐渐，爬近了佛乳、佛肩，觉得那一双狭长的法眼隐隐在转眼，转向僭妄的我们。此刻我们的惴惴不安，颇像几只小老鼠偷上佛龛，在觊觎油灯一样。终于，攀到佛耳近旁了。单是那贴面的耳垂，就比人还高。不过耳窝之大足可栖僧，还不能藏庙。

从弥勒的兜率天下来，易丹又带我们回乐山城，去寻找我岳父的墓地。

半世纪来，我存对父亲的孺慕耿耿，渺无依附，除了一本色调灰黄的老照相簿和两张手绘的地图。地图是用当年的航空信纸画的，线条和文字都精细而清楚，不可能是七岁女孩的手迹，当是岳母所制。一张是乐山城区，呈三角形，围以城墙，东城是岷江南下，城南是大渡河西来，汇合于安澜门外。另一张则是墓地专图，显示岳父的墓在城西瞻峨门外的胡家山上，坐北朝南，背负小丘，面对坡下的大渡河水。

这两张地图折痕深深，现在正紧握在我存手里，像开启童年之门的金钥。但是像许多地图一样，上面绘的不仅是地理，更是时间。在这多变的世界，哪一张地图是合用五十年的呢，哪一个地址是永久地址？不要说上海大变特变了，连上海人出门都会"欲往城南望城北"，就如乐山这样的边城，也早已变得沧桑难认，不可能按图索墓了。

易丹皱着眉头，把两张旧地图跟乐山市区的新图，左顾右盼，比对了许久，才迟疑地说："这胡家山在新地图上根本找不到了，哪，应该就在这一带了，变成师范学校的校园了。"

我存俯看地图，又仰看山坡上屋树掩映的校园说："那就开进去吧，上去看看。"

箱型车在师范学校的校园里左转右弯，哪里找得到什么墓地，更无任何碑石为志。不过整个校区，高高低低，都在山坡上面，坡势还颇陡斜，应该就是从前的胡家山了。一连问了几个路人，都不得要领。最后有人建议，不妨问问老校工。那老校工想了一下说："以前是有几座坟墓的，后来就盖了房子了。"他指指坡上的几间教室，说好像就在那下面。

我们的车在教室对面的坡道旁停定，我帮着我存把带在车上的一束香点燃，插在教室墙外一排冬青的前面。我和易丹站开到一边，让我存一人持香面壁，吊祭无坟可拜无碑可认的亡魂。那天好像是星期天，坡上一片寂静，天色一直阴冷而灰淡，大渡河水在远处的山脚下隐隐流着。幸好是如此，要是人来车往，川流不歇，恐怕连亡魂也感到不安了。

我存背对着我们，难见她的表情。但我强烈感到，此刻在风中持香默立的，不是一个六十五岁的坚强妇人，也不是我多年的妻子，而是一个孤苦的小女孩，牵着妈妈的手，来上爸爸的新坟——那时正当抗战，远离江南，初到这陌生的川西僻乡，偏偏爸爸仓促间舍她们而去，只留下母女二人，去面对一场漫长的战争。想想看，如果珊珊姐妹在她这稚龄，而我竟突然死了，小女孩们有多么无助，又多么伤心。

易丹在旁，我强忍住泪水。却见我存的背影微微颤动，肩头起伏，似乎在抽搐。

易丹认为我应该过去"安慰师母一下"。

我说："不用。此刻她正在父亲身边，应该让他们多聚一下，不要打断他们。其实，能痛哭一场最好。"

3

我存虽然不时提起她的父亲，更爱回忆战前她家在杭州的美好岁月，但是吉光片羽，总拼不起完整的画图。毕竟父亲亡故，她才七岁，至于杭州经验，更在她六岁以前，有些记忆恐怕还是从母亲口中得来。

不过那两张地图和一本照相簿却是有凭有据的信史。那照相簿在三十年代应该算是豪华的了。篇幅廿五公分乘十九公分，封面墨绿烫金，左上端是金色大字 Album（相册），右下角是汉英对照的金色小字"杭州圣亚美术馆制"。里面的照片有大有小，大的像明信片大，小的几乎像邮票，当然一律黑白，不过大半保存完善，并不怎么泛黄。我存小时候的照片，独照和跟父母合照的，有十几张；其中有的很可爱，有的豆蔻年华，竟已流露早熟的情韵，"我见犹怜"，有的呢照得不巧，只见羽毛未丰，唉，只能算丑小鸭了。

最令我着迷的却是她父母的合影，尤其是在新婚时期。有一张是在照相馆所摄，背景是厚重的百褶绒幕，新婚夫妻都着雪白的长衫，对衬鲜明。新娘坐在靠背椅上，两脚交叉，两手也文静地交叠在膝头，目光灼灼，凝视着镜头。新郎侍立于侧，一只手扶着椅背，戴着浑圆的黑框眼镜，身材高挑而文弱，一派五四文人的儒雅。那正是我无缘拜见的岳父范赉，但是岳母似乎一直以他的字"肖岩"相称。

当时的读书人似乎都戴这种圆形细边的黑框眼镜，不但徐志摩如此，梁思成如此，细细想来，西方的文人如乔伊斯也是这么打扮的。不知为何，现在看来却感到有些滑稽，也许是太圆滚了，正好把眼睛圈在中央，像是猫头鹰。至于岳母的坐姿与手势，似乎当时的淑女都应如此，才够 ladylike（淑女似的）。更有趣的，是她的乌发是头顶向左右分梳，分发线就在头的中央。民初的女子也常见如此梳发，林徽因在许多照片里也是这发型。岳母老来一直容颜清雅，年轻时候原来丰满端丽，真是一位美人，加上当日的衣妆与发型，竟有几分像林徽因。

照相簿里有一张多人的合照，只有两张名片大小，半世纪后已略发黄，更因镜头是中远距离，人物只有三公分高，要一一指认，不很容易。我存可能曾向我简述，那是留法同学会某次在杭州聚会，也可能说过其中一人是林风眠[①]，为她父亲好友。不过后来我淡忘了，因为早年我一直不曾体会林风眠乃二十世纪中国的一大画家，而晚至七十年代末期，连大陆中华书局出版的《辞海》香港版，也未列林风眠、傅抱石、李可染的条目。

[①] 林风眠（1900—1991），中国画家、美术教育家。广东梅县人。

一九七六年,"文革"总算结束了。次年十月底林风眠才摆脱了冤狱的阴影,从上海去了香港,直到一九九一年在港病逝,没有再回大陆。他去了香港后,又设法为义女冯叶申请出境,一九七八年冯叶乃能赴港与义父相聚,并陪侍他度尽晚年。林风眠擅长的仕女主题,颇有几幅的眉眼情韵就似乎取材于冯叶,画得分外姣好。

在香港时我始终没有见过林风眠,只在收藏林氏作品最力也最丰的王良福家中,观赏过不少真迹。倒是我存认识了冯叶,并由冯小姐陪同,去林氏的画室参观。那天我存见过林风眠,十分高兴,回来时对我说,她曾告诉林风眠她的父亲是谁,不但也是勤工俭学的留法学生,而且战前在浙大任教,与当时在杭州主持艺专的林氏颇有往来云云。我存又说,她也很喜欢冯叶,觉得冯叶温婉可亲,并说林风眠历经冤狱的劫难,临老又独客香江,幸有这知己的义女伴随照顾。

谁能不喜欢冯叶呢?中国现代画的一代宗师,幸有她温婉的风姿给他灵感,更有她坚毅的意志给他照顾:凡是林风眠艺术的信徒,谁不领她的情呢?

今年是林风眠诞生百年,高雄市美术馆与《民生报》合办"林风眠百岁纪念画展",展出他各种题材各种风格的代表作一百幅,即由冯叶任总策划。她由香港赶来高雄参加开幕典礼,并将我存交给她的照片——留法同学在杭州重聚的那张合照,带回香港,把它放大后再寄回给我们。

那张小照片给放大了四倍,清楚多了。究竟是相中人一下子逼近到我的面前,还是我突然逆着着魔的光阴闯回了历史的禁区?只见里面的十九个人目光灼灼全向我聚焦射来,好像我是"未来"的赫赫靶心。但是说他们目光灼灼,也并不对,因为十九个人全在那一刻被时光点了穴,目光凝定,都出了神,再叫他们,都不会应了。岁月当然在抗战

壹·少年

以前，很可能是一九三五或一九三六。相中人看来也都在壮年，我的岳父范肖岩与林风眠同年，今年都满一百岁了。相中这些归国的壮年，迄今也都应在百岁上下，敢说全都不在了。

可是那天的盛会，看来应是秋天，因为台阶两侧摆着好几盆菊花，众人的西服也显非夏装。盛会一散，众人必将各奔前程去了。不久八年战争的炮火将冲散他们；有的不幸，将流离失所而客死他乡，像我的岳父；有的何幸，历经千灾百劫挫而不败，终于成就一生的事业，像林风眠。

前排最右边的一位，戴黑框圆镜着深色西服而两手勾指者，是我岳父。后排站在极左、方额宽阔饱满而黑发平整覆顶者，是林风眠。冯叶又认出了两人：唯一的女子，长发蔽眉者，是蔡元培的女儿蔡威廉；站在她右边、被唯一的长衫客当胸挡住的，是她的丈夫画家林文铮，也是当日杭州艺专的教务长。这其中一定还有别的豪俊，是中土所生，法兰西所导，却隐名埋姓，长遁于时间之阴影。但愿有谁慧眼，能一声叫醒英灵。

二〇〇〇年十月于左岸

乡愁：包一片月光夹在诗里

轮转天下

那一代的金陵少年,

谁不是风随轮转发随风飘的

单车骑士呢?

上星期三去澳门演讲，下午退潮时分，朋友带我沿着细叶榕垂阴的堤岸散步。正是端午前夕，满街的汽车匆匆，忽见榕荫低处，竟有青篷红架的三轮车三三两两，以我行我素的反潮流低速，悠然来去，乘客和车夫都似乎没把俀猛的汽车放在眼里。这一惊一喜，真像时光倒流了——没有七十年，也有十七年。

我们这一角世界，曾经靠三只轮子来推动："三轮车，跑得快，上面坐个老太太，要五毛，给一块，你说奇怪不奇怪？"是我几个女儿小时候最熟的童歌。但那三轮的时代早已消失，收进汽车的反光镜里去了。

这世界就像哪吒一样，我们都在飞旋的轮上来去。当初发明轮子的那人，不论灵思是否得自日轮或月轮，真是一大天才。从此，人类"不胫而走"，实在是空间的一大突破。不过这重大的发明也不是一突就破的。据说最早的轮子是实心眼儿的，像只木盘，直到将近四千年前才空了心，成了老子所说的"三十辐，共一毂"。

最早的车是否独轮车，要问考古学家，但这种元老级的交通工具，我小时却也坐过。这种车北人叫手推车，川人叫鸡公车。抗战初年，我曾和另一个小难民分坐两侧，由一个庄稼汉佝了身子推着，在机械化的日本部队之前，颠摆而逃。后来到了四川又坐过一次，当然不再是为了逃难，但在蜀道难的崎岖路上，那一步三挤轧的独轮，踉跄而行，真使千山为之痉挛。当时我这小小乘客满脑子都是《三国演义》，不禁想入非非，幻觉是在乘木牛流马，又想"尔来四万八千岁，不与秦塞通人烟"，这样坐车，也难怪要通不了。想着想着，忽然那车夫大喝一声："小娃儿坐好！"

月光光　包一片　夹在诗里乡愁：

抗战八年，我在四川度过七年半，正是我的中学时代。那家中学在重庆北郊六十里一座小河镇的附近，并不临河，与镇上只通青石板路，无论去什么地方全靠步行，否则就得花钱坐滑竿或骑瘦小的川马。那几年的蜀山蜀水，全在石板路或土径上从容领略，算是我的"无轮时代"，现在回想起来，此生所见的一切青山碧水，无论在海内或海外，总以一步步走过的最感亲切。偶然，父亲从城里带回来一本洋月历，有一个月的插图是一列火车在落基山下迤迤驶过，令乡下孩子常对着那千轮车悠然出神。那时四川之大，所谓天府之国并无铁路，其实有牧神做邻居，没有轮子又有何妨？

抗战结束，三峡之水从唐诗里流泻出来，送我的归舟一路到南京。我进了大学，也进了"二轮时代"。十九岁才跨上自行车，比起许多少年来，这新的自由来得太晚，却也令我意气风发，对空间起了新的观念。两臂微张而前探，上身微弯而前倾，两腿周而复始地上下踹踏，双轮一动，风景立刻就为我奔驰，风，就起自两颊，于是飘飘然有了半飞的幻觉。那一代的金陵少年，谁不是风随轮转发随风飘的单车骑士呢？从此玄武湖一带便入了我们的势力范围，只要有一堂空课，便去湖光柳影里驰骋一番，带回来一身荷香，或是一包香喷喷的菱角。

当然，不是所有的二轮都叫自行车。那时南京的大街，在汽车正道的两侧，还有卵石砌成的边道可行马车。那马车夫头戴毡帽，身披褐衣，高踞御座，一手控辔，一手挥鞭，一面打着唿哨赶马。我觉得那情调古老而浪漫，每次从鼓楼去新街口，总爱并肩坐在马车夫的身边，一路左倾右侧，听卵石道上马蹄各各的节奏。

另一种二轮车，在当时也很流行的，是黄包车，又叫东洋车，正式的名称应叫人力车。英文译为rickshaw，乃是"力车"的近音，也是日文jinrikisha（人力车）的缩写，年轻的读者，即使没有坐过，大概也听说过或者读过那本哀沉的小说《骆驼祥子》,知道这种二轮车坐起来未必舒服,拉起来呢,却非常辛苦。拉这种车,重心高而不稳,阴天则冒雨顶风,晴天则烈日炙烤,吃尽车尘;上坡,是跟土地公拔河角力,下坡呢,却不承土地公之情,脚上要自备刹车。有时候车上还一大一小,挤坐着两个人,微薄的车资,竟要车夫做超人。若是车新铃响,车夫又年轻健硕,阔步赳赳,倒也罢了。最怕上面高坐的是大肚腩的胖客,前面拖的却是半衰的瘦子,这景象,最易激起悲天悯人之情。要是上面那重磅乘客是一个"西人",那就更损龙种的自尊,也就难怪一九二五年,长沙街头,排外的学生们要喝令黄包车上的花旗客下车步行。今日香港的码头上,仍然供着一排油漆鲜明的黄包车,充当观光的道具,要说这是什么中国文化的遗迹,岂不气煞了五霸七雄驰驱的战车?当年黄包车的乘客虽然多为中国同胞,这种"苦力车"却总是给我殖民地的不快联想。前几天在码头附近,汽车的长龙之间,忽然闪出两辆黄包车,上面坐着西人,在车队的夹缝里穿来插去。乘客东张西望,兴高采烈,也许是吉卜林和毛姆的旧小说看多了,也许看的只是韩素英的廉价杂碎吧,但两个车夫拉的是短程,倒也轻松自在。当时我心里毫无准备,这唐突的一幕仍然勾起人时光的错觉,刹那之间,惊愕、滑稽、不快之情,再也理不清。

马车是二轮加四蹄,黄包车是二轮加双足,到底比不上自行车只用二轮滚地,自力更生。我的自行车在六朝的尘香里飞滚了不久,战云转恶,红旗渡江,我也就转去了厦门大学。从市区的公园路到南普陀去上课,沿海要走一段长途,步行几不可能。母亲怜子,拿出微薄积蓄的十几分之一,让我买了一辆又帅又骁的兰陵牌跑车。从此海边的沙路上,一位兰陵侠疾驰来去,只差一点就追上了海鸥,真的是泠然善也。那辆车,该直的地方修长英挺,该弯的地方流线如波,该圆的地方圆满无憾；车架的珐琅蓝上绘着亮金的细线，特别富丽动人。跨上去时，窄而饱满的轮胎着地而不粘地，圆滚无阻，真个是虫蚁不觉，沙尘不惊，够潇洒的。二十岁的少年得此坐骑，真可踌躇满志，所以不是在骑，便是在擦，在欣然端详。

厦大才读一学期，战火南蔓，又迁来香港，失学了一年。那一年我住在铜锣湾道，屋小人多，行则摩肩，坐则促膝，十分苦闷，遁世的良方，是埋头耽读维多利亚时代的大部头小说。未能忘情于二轮生风的日子，曾有两次还跟厦大的同学租了自行车，在夜静车稀的海边大道闲驶，重温南普陀逐鸥的记忆。

最后转入台湾大学三年级，才又恢复了骑士的身份，镇日价在古亭区的正街横巷里，穿梭来去。那是三十二年前的台北，民风在安贫之中显得敦厚淳朴，在可以了解的东洋风味背后，有一种浑然可亲的土气。上下班的时候，停在红灯前的，不是今日火爆爆羁勒不住的各式汽车、卡车、摩托车，而是日式的笨重自行车，绿灯亮时，平着脚板心再踩动那些"东洋铁牛"的，也不是今日野狼骑士的意大利马靴，而是厚敦敦实笃笃的木屐，或是日式便鞋。

我买了一辆英制的赫九力士，在东洋铁牛之间倏忽穿梭，正自鸣得意，却在上课一星期后丢了坐骑，成了《单车失窃记》的苦主。怀着满腔悲哀搭公车，我发誓要存足稿费再买一辆。看官有所不知，那时候一辆赫九力士值新台币五百元，相当于荐任级的月薪，而我的一首抒情诗呢，《中央副刊》只给五元。也就是说，要写足两本诗集，才能翻身重登赫九力士，恢复昔日街头的雄风。当年我在台大发奋投稿，跟自行车也不无关系。为了提高生产额，也写了好几篇散文。如此过了两三个月，只存到二百元的光景，家中怜我情苦，只好优先贷款，让我提早实现复车大计。不久第二匹赫九力士的铃声响处，又载着意气昂扬的武士，去上中世纪文学了。

　　台北地平街宽，加以那时汽车又少，正是自行车骋骛的好城市。缺点是灰尘太大，又常下雨，好在处处骑楼，可以避雨。最怕是大风欺人，令人气结而脚疲，但有时豪气一起，就与大气为敌，几乎是立在镫上，顶风猛踩，悲壮不让西绪福斯，浪漫可比唐吉诃德①，似乎全世界的风都灌进我的肺里来了。那时台大的大王椰道上犹是绿肥红瘦，称不上什么杜鹃花城，我们在椰影下放轮直驶，不到一分钟就出了校门。从城南的同安街去中山北路二段会见女友，最快的纪录是十八分钟。一场雷阵雨过后，夏夜凉了下来，几个同学呼啸而聚，在两侧水田的乱蛙声里，排齐了龙头催轮并进，谈笑间已到新店。等到夜深潭空，兴尽回驰，路上车灯已稀，连蛙声也已散不成阵了。这坐骑是随我征伐最久的一匹，在台北盆地里追风逐尘三年有半，有一天停在文星书店的门外，可恨竟被人偷去。于是我进入了"三轮时代"。

　　踩三轮比起拉两轮来，总是一大进步，至少要省气力。至少车夫自己也坐在车上，较多歇脚的机会，如果地势平坦，踩一阵也可以歇一阵，让车子乘势滑行，不用像骆驼祥子那样步步踏实。遇到顺风或下坡，就更省力了；最怕是顶头风或上坡路，有时还得下车来拖。

　　三轮车出现在中国的街头，记得是在抗战之后，但是各地的车型颇不一样。京沪的和台北相同，都是车夫在前，在澳门见到的也是这一型。厦门的则把车夫座放在乘客座的旁边，有点像第一次世界大战时的军用摩托车。至于西贡和曼谷的，则把乘客座放在前面，倒是便于观光。去台湾以前，当然也坐过三轮车，但是经常乘坐，甚至在五十年代末期家中自备了一辆，却是在台北。

---

① 唐吉诃德，亦译堂吉诃德，17世纪西班牙作家塞万提斯创作的同名长篇小说的主人公。

乡愁：包一片月光夹在诗里

我家先后雇过五位三轮车夫，相处得都很融洽，也许因为我们的要求不苛。如果哪天车夫已经累了，我们再出门，就宁可另雇街车。有时遇上陡坡，我们也会自动下车，步行一段，甚至帮他推上坡去。三十年代的小说家也许会笑这是什么"布尔乔亚的人道主义"，但是车夫和我的家人间并无什么"阶级仇恨"，却是真的，除了一位老赵因为好赌而时常叫不到人之外，其他的几位都很忠厚、称职。可哀的是：独眼的老侯辞工之后死于肺病，而出身海军的老王大伏天去萤桥河堤下游泳，竟淹死在新店溪里。那几张多汗的面孔，我闭起眼睛就可以看见。

其中有一位的面孔，每逢年节都会重现在家人的面前，只是头发一年白于一年，而坐下来时，是在我家的沙发上，不是在当年那辆洁净的三轮车上了。老杨是退伍军人，也是五位车夫里年纪最大的一位，所以安徽的乡音很重。十五年前他依依地走出我家的大门，因为"三轮时代"已告结束，我家的三轮车被政府收购去了。老杨书法不差，文理也清畅，笔下比普通的大学生只有更高明：这方面和"旧社会"里劳动阶级的形象，也不符合。我父亲介绍他去交通机关处理交通意外的文书工作，他凭了自己的本事任职迄今。每年在鞭炮声里，他都会提着一手礼物，回厦门街这条巷子来拜年；记忆里，这时光长廊的巷子曾满布他的轮印与履痕。我笑笑说："老杨，你不踩三轮，却管起四轮来了。"老杨的笑容和十五年前没有两样；对以前那辆三轮车，我不禁怀起古来。

现在当然已经是"四轮时代"，但世界之大，并非处处如此。一九六四到一九六六，我在美国教书两年，驾了一辆雪白的道奇在中西部的大平原上飞轮无阻，想到远在东方一小巷内的父亲，每天早晨仍然坐着家里的三轮车，以五英里[1]的时速悠悠扬扬去上班，竟迂得不好意思告诉家里。两年后卖掉道奇，回到家里，我仍然每天坐三轮车去师大上课。昔日的豹纵一下子缩成今日的牛步，起初觉得这"轮差"十分异样，但久而久之，又觉得一切都理所当然，正如南人操舟北人骑马一样。挪威的学童，在风雪里只能滑雪去上学呢。

"四轮时代"使一切发生得更多，更快，但烦恼也相对增加。汽车是愈造愈好了，从古典的儒雅到超现实的离奇，各种体态的车辆驶入现代的街景。一切都高性能操作，电动化了，仪表板上灯号应有尽有，甚至不必有的也有了，一排谲红诡绿的闪光，繁复骇人像飞机的驾驶舱。但以简驭繁的也大有人在，陈之藩就从来不看反光镜，他说："千万不能看，一看，心就乱了。"

汽车愈造愈好，而且郑重宣传，说动若脱兔，从完全静止加速到时速六十英里，所需的秒数已如何减少，根本不管愈来愈挤的街头，这样的缩地术早已无地用武。有一次坐朋友的跑车，讶其忽猛忽疲，颇不稳健，他抱歉说："我这跑车马力太大，时速不到六十哩[2]，就会这么发癫。"而其实在蚁穴蜂房的香港，没有道路是可以驶上这种高速的。

汽车愈造愈好，可惜道路愈来愈挤，施展不开来，而停车的空间愈来愈小，车能缩地却不能自缩成玩具，放进主人的袋里。英国铁路一罢工，自用汽车便倾巢而出，接成六十英里的长龙，不是夭矫灵动的那种，而是尾大不掉的浅水之龙。"四轮时代"心脏病的患者，忽然看到三轮车在澳门的海边悠然踱来，应该松筋舒骨，缓一口气吧。三百多

---

[1] 英里，英美制长度单位，1 英里 = 5280 英尺 = 1.609 千米。

[2] 哩，英里的旧译名。这里系口语，予以保留。另，原文"哩""英里"并用，后文不是特殊情况的，以"英里"统一表述。

乡愁：包一片月光夹在诗里

年前，华山夏水的第一知己徐霞客，如果是驾一辆三百匹马力的跑车在云贵的高速公路上绝尘而去，那部雄奇的游记杰作只怕早收进反光镜里去了。

  但现在这世界正靠轮子来推动，至于究竟要去哪里，却是另一个问题。正如此刻，全人类的几分之一，有的为了缉凶，有的为了逃警，有的为了赶赴约会，有的只为了上街买一包烟，不都正在滚滚的大小车轮上各奔前程吗？

一九八二年六月

他的生命
是一个钟摆
在过去和未来之间
飘摆

贰·远行

乡愁：
包一片
月光
夹在诗里

逍 遥 游

当你的情人已改名玛丽，

你怎能送她一首《菩萨蛮》？

贰·远行

如果你有逸兴作太清的逍遥游行，如果你想在十二宫中缘黄道而散步，如果在蓝石英的幻境中你欲冉冉升起，蝉蜕蝶化，遗忘不快的自己，总而言之，如果你何幸患上，如果你何幸患了"观星癖"的话，则今夕，偏偏是今夕，你竟不能与我并观神话之墟，实在是太可惜太可惜了。

我的观星，信目所之，纯然是无为的。两睫交瞬之顷，一瞥往返大千，御风而行，泠然善也，泠然善也。原非古代的太史，若有什么冒失的客星，将毛足加诸皇帝的隆腹，也不用我来烦心。[①] 也不是原始的舟子，无须在雾气弥漫的海上，裂眦辨认北极的天蒂。更非现代的天文学家或太空人，无须分析光谱或驾驶卫星。科学向太空看，看人类的未来，看月球的新殖民地，看地球人与火星人不可思议的星际战争。我向太空看，看人类的过去，看占星学与天宫图、祭司的梦、酋长的迷信。

于是大度山从平地涌起，将我举向星际，向万籁之上，霓虹之上。太阳统治了钟表的世界。但此地，夜犹未央，光族在钟表之外闪烁。亿兆部落的光族，在令人目眩的距离，交射如是微渺的清辉。半克拉的孔雀石。七分之一的黄玉扇坠。千分之一克拉的血胎玛瑙。盘古斧下的金刚石矿，天文学采不完万分之一。天河蜿蜒着敏感的神经，首尾相衔，传播高速而精致的触觉，南天穹的星域热烈而显赫地张着光帜，一等星、二等星、三等星，争相炫耀他们的家谱，从 Alpha 到 Beta 到 Zeta 到 Omega，串起如是的辉煌，迤逦而下，尾扫南方的地平。亘

---

① "客星……"，据《后汉书·严光传》载，东汉严光（字子陵）与光武帝刘秀是同窗。刘秀称帝后与其叙旧，"因共偃卧，光以足加帝腹上。明日，太史奏：'客星犯御坐甚急。'帝笑曰：'朕故人严子陵共卧耳。'"

乡愁：包一片月光夹在诗里

古不散的假面舞会，除倜傥不羁的彗星，除爱放烟火的陨星，除垂下黑面纱的朔月之外，星图上的姓名全部亮起。后羿的逃妻所见如此。自大狂的李白，自虐狂的李贺所见如此。利玛窦和徐光启所见亦莫不如此。星象是一种最晦涩的灿烂。

北天的星貌森严而冷峻，若阳光不及的冰柱。最壮丽的是北斗七星。这局棋下得令人目摇心悸，大感不解。自有八卦以来，任谁也挪不动一只棋子，从天枢到瑶光，永恒的颜面亿代不移。棋局未终，观棋的人类一代代死去。维北有斗，不可以挹酒浆。圣人以前，诗人早有这狂想。想你在平旷的北方，巍峨地升起，阔大的斗魁上斜着偌长的斗柄，但不能酌一滴饮早期的诗人。那是天真的时代，圣人未生，青牛未西行。那是青铜时代，云梦的瘴疠未开，鱼龙遵守大禹的秩序，吴市的吹箫客白发未白。那是多神的时代，汉族会唱歌的时代，摽有梅野有蔓草，①自由恋爱的时代。快乐的 Pre Confucian② 的时代。

百忉下，台中的灯网交织现代的夜。湿红流碧，林荫道的彼端，霓虹茎连的繁华。脚下是，不快乐的 Post Confucian③ 的时代。凤凰不至，麒麟绝迹，龙只是观光事业的商标。八佾在龙山寺凄凉地舞着。圣裔饕餮着国家的俸禄。龙种流落在海外。诗经蟹行成英文。谁谓河广，一苇杭之。招商局的吨位何止一苇，奈何河广如是，浅浅的海峡隔绝如是！人人尽说江南好，游人只合江南老。今人竟羡古人能老于江南。江南可哀，可哀的江南。唯庾信头白在江南之北，我们头白在江南之

---

① 摽有梅，指《诗经·召南·摽有梅》；野有蔓草，指《诗经·郑风·野有蔓草》，两首均是情歌。

② Pre Confucian，意为前儒家。

③ Post Confucian，意为后儒家。

南。嘉陵江上,听了八年的鹧鸪,想了八年的后湖,后湖的黄鹂。过了十五个台风季,淡水河上,并蜀江的鹧鸪亦不可闻。帝遣巫阳招魂,在海南岛上,招北宋的诗人。"魂兮归来,南方不可以止些!"这里已是中国的至南,雁阵惊寒,也不越浅浅的海峡。雁阵向衡山南下。逃亡潮冲击着香港。留学女生向东北飞,成群的孔雀向东北飞,向新大陆。有一种候鸟只去不回。

怒而飞,其翼若垂天之云,抟扶摇而上者九万里。喷射机在云上滑雪,多逍遥的游行!曾经,我们也是泱泱的上国,万邦来朝,皓首的苏武典多少属国。长安矗第八世纪的纽约,西来的驼队,风沙的软蹄踏大汉的红尘。曾几何时,五陵少年竟亦洗碟子,端菜盘,背负摩天楼沉重的阴影。而那些长安的丽人,不去长堤,便深陷书城之中,将自己的青春编进洋装书的目录。当你的情人已改名玛丽,你怎能送她一首《菩萨蛮》?历史健忘,难为情的,是患了历史感的个人。三十六岁,常怀千万的忧愁。千岁前,宋朝第一任天子刚登基,黄袍犹新,一朵芬芳的文化欲绽放。欧洲在深邃的中世纪深处冬眠,拉丁文的祈祷有若梦呓。知晦朔的朝菌最可悲。八股文。裹脚巾。阿Q的辫子。鸦片的毒氛。租界流满了惨案流满了租界。大国的青睐翻成了白眼。小国反复着排华运动。朝菌死去,留下更阴湿的朝菌,而晦朔犹长,夜犹未央。东方的大帝国纷纷死去。巴比伦死去。波斯和印度死去。亚洲横陈史前兽的遗骸,考古家的乐园是废墟。南有冥灵,以五百岁为春,五百岁为秋。蟪蛄啊蟪蛄,我们是阅历春秋的蟪蛄。不,我们阅历的,是战国,是军阀,是太阳旗,是弯弯的镰刀如月。

夜凉如浸,虫吟似泣。星子的神经系统上,挣扎着许多折翅的光源,如果你使劲拧天蝎的毒尾,所有的星子都会呼痛。但那只是一瞬间的幻觉罢了。天苍苍何高也,绝望的手臂岂得而扣之?永恒仍然在

乡愁:包一片月光夹在诗里

拍打密码,不可改不可解的密码,自补天自屠日以来,就写在那上面,那种磷质的形象!似乎在说:就是这个意思。不周山倾时天柱倾时是这个意思。长城下,运河边是这个意思。扬州和嘉定的大屠城是这个意思。卢沟桥上,重庆的山洞里,莫非是这个意思。然则御风飞行,泠然善乎,泠然善乎?然则孔雀东北飞,是逍遥游乎,是行路难乎?曾经,也在密西西比的岸边,一座典型的大学城里,面对无欢的西餐,停杯投叉,不能卒食。曾经,立在密歇根湖岸的风中,看冷冷的日色下,钢铁的芝城森寒而黛青。日近,长安远。迷失的五陵少年,鼻酸如四川的泡菜。曾经啊,无寐的冬夕,立在雪霁的星空下,流泪想刚死的母亲,想初出世的孩子。但不曾想到,死去的不是母亲,是古中国,初生的不是女婴,是"五四"。喷射机两日的航程,感情上飞越半个世纪。总是这样。松山之后是东京之后是阿拉斯加是西雅图。上有青冥之长天,下有渌水之波澜。长风破浪,云帆可济沧海,行路难。行路难。沧海的彼岸,是雪封的思乡症,是冷冷清清的圣诞,空空洞洞的信箱和更空洞的学位。

是的,这是行路难的时代。逍遥游,只是范蠡的传说。东行不易,北归更加艰难。兵燹过后,江南江北,可以想见有多荒凉。第二度去国的前夕,曾去佛寺的塔影下祭告先人的骨灰。锈铜钟敲醒的记忆里,二百根骨骼重历六年前的痛楚。六年了!前半生的我陪葬在这小木匣里。我生在王国维投水的次年。封闭在此中的,是沦陷区的岁月,抗战的岁月,仓皇南奔的岁月,行路难的记忆,逍遥游的幻想。十岁的男孩,已经咽下了国破的苦涩。高淳古刹的香案下,听一夜妇孺的惊呼和悲啼。太阳旗和游击队拉锯战的地区,白昼匿太湖的芦苇丛中,日落后才摇橹归岸,始免于锯齿之噬。舟沉太湖,母与子抱宝丹桥础始免于溺死。然后是上海的法租界。然后是香港海上的新年。滇越路的火车，览富良江岸的桃花。高亢的昆明。险峻的山路。母子颠簸成两条黄鱼。然后是海棠溪的渡船，重庆的团圆。月圆时的空袭，迫人疏散。于是六年的中学生活开始，草鞋磨穿，在悦来场的青石板路。令人涕下的抗战歌谣。令人近视的教科书和油灯。桐油灯的昏焰下，背新诵的古文，向鬓犹未斑的父亲，向扎鞋底的母亲，伴着瓦上急骤的秋雨急骤地灌肥巴山的秋池……钟声的余音里，黄昏已到寺，黑僧衣的蝙蝠从逝去的日子里神经质地飞来。这是台北的郊外，观音山已经卧下来休憩。

栩栩然蝴蝶。蘧蘧然庄周。巴山雨，台北钟。巴山夜雨。拭目再看时，已经有三个小女孩喊我父亲。熟悉的陌生，陌生的变成熟悉。千级的云梯下，未完的出国手续待我去完成。将有远游。将经历更多的关山难越，在异域。又是松山机场的挥别，东京御河的天鹅，太平洋的云层，芝加哥的黄叶。六年后，北太平洋的卷云，犹卷着六年前乳色的轻罗。初秋的天一天比一天高。初秋的云，一片比一片白净比一片轻。裁下来，宜绘唐寅的扇面，题杜牧的七绝。且任它飞去，且任它羽化飞去。想这已是秋天了，内陆的蓝空把地平线都牧得很辽很远。北方的黄土平野上，正是驰马射雕的季节。雕落下。萧萧的红叶红叶啊落下，自枫林。于是下面是冷碧零丁的吴江。于是上面，只剩下白寥寥的无限长的楚天。怎么又是九月又是九月了呢？木兰舟中，该有楚客扣舷而歌，悲哉秋之为气也，憭栗兮若在远行！

远行。远行。念此际，另一个大陆的秋天，成熟得多美丽。碧云天。黄叶地。艾奥瓦的黑土沃原上，所有的瓜该又重又肥了。印第安人的落日熟透时，自摩天楼的窗前滚下。当暝色登上楼的电梯，必有人在楼上忧愁。摩天三十六层楼，我将在哪一层朗吟登楼赋？可想到，即最高的一层，也眺不到长安？当我怀乡，我怀的是大陆的母体，啊，

乡愁：包一片月光夹在诗里

《诗经》中的北国，《楚辞》中的南方！当我死时，愿江南的春泥覆盖在我的身上，当我死时。

当我死时。当我生时。当我在东南的天地间漂泊。战争正在海峡里焚烧。饿殍和冻死骨陈尸在中原。黄巾之后有董卓的鱼肚白有安禄山的鱼肚白后有赤眉有黄巢有白莲。始皇帝的赤焰们在高呼，战神万岁！战争燃烧着时间燃烧着我们，燃烧着你们的须发我们的眉睫。当我死时，老人星该垂下白髯，战火烧不掉的白髯，为我守坟。吾所以有大患者，为吾有身。当我物化，当我归彼大荒，我必归彼芥子归彼须弥归彼地下之水空中之云。但在那之前，我必须塑造历史，塑造自己的花岗石面，当时间在我的呼吸中燃烧。当我的三十六岁在此刻燃烧在笔尖燃烧在创造创造里燃烧。当我狂吟，黑暗应匍匐静听，黑暗应见我须发奋张，为了痛苦地欢欣地热烈而又冷寂地迎接且抗拒时间的巨火，火焰向上，挟我的长发挟我如翼的长发而飞腾。敢在时间里自焚，必在永恒里结晶。

维北有斗，不可以挹酒浆。有一种疯狂的历史感在我体内燃烧，倾北斗之酒亦无法浇熄。有一种时间的乡愁无药可医。台中的夜市在山麓奇幻地闪烁，紫水晶的盘中眨着玛瑙的眼睛。相思林和凤凰木外，长途巴士沉沉地自远方来，向远方去，一若公路起伏的鼾息。空中弥漫着露滴的凉意，和新割过的草根的清香。当它沛沛然注入肺叶，我的感觉遂透彻而无碍，若火山脚下，一块纯白多孔的浮石。清醒是幸福的。未来的大劫中，惟清醒可保自由。星空的气候是清醒的秩序。星空无限，大罗盘的星空啊，创宇宙的抽象大壁画，玄妙而又奥秘，百思不解而又百读不厌，而又美丽得令人绝望地赞叹。天河的巨瀑喷洒而下，蒸起螺旋的星云和星云，但水声复渺得永不可闻。光在卵形的空间无休止地飞啊飞，在天河的漩涡里作星际航行，无所谓现代，无所谓古典，无所谓寒武纪或冰河时期。美丽的卵形里诞生了光，千轮太阳，千只硕大的蛋黄。美丽的卵形里诞生了我，亦诞生后稷和海伦。七夕已过，织女的机杼犹纺织多纤细的青白色的光丝。五千年外，指环星云犹谜样在旋转。这婚礼永远在准备，织云锦的新娘永远年轻。五千年前，我的五立方的祖先正在昆仑山下正在黄河源濯足。然则我是谁呢？我是谁呢？呼声落在无回音的、岛宇宙的边陲。我是谁呢？我——是——谁？一瞬间，所有的光都息羽回顾，猬集在我的睫下。你不是谁，光说，你是一切。你是侏儒中的侏儒，至小中的至小。但你是一切。你的魂魄烙着北京人全部的梦魇和恐惧。只要你愿意，你便立在历史的中流。在战争之上，你应举起自己的笔，在饥馑在黑死病之上。星裔罗列，虚悬于永恒的一顶皇冠，多少克拉多少克拉的荣耀，可以为智者为勇者加冕，为你加冕。如果你保持清醒，而且屹立得够久。你是空无。你是一切。无回音的大真空中，光，如是说。

一九六四年八月二十日于台北

乡愁：
包一片
月光
夹在诗里

地　　图

八千里路云和月，

它们曾伴他，

在月下、云下。

书桌右手的第三个抽屉里，整整齐齐叠着好几十张地图，有的还很新，有的已经破损，或者字迹模糊，或者在折缝处已经磨开了口。新的，他当然喜欢，可是最痛惜的，还是那些旧的、破的，用原子笔画满了记号的。只有它们才了解，他闯过哪些城，穿过哪些镇，在异国的大平原上咽过多少州多少郡的空寂。只有它们的折缝里犹保存他长途奔驰的心境。八千里路云和月，它们曾伴他，在月下、云下。不，他对自己说，何止八千里路呢？除了自己道奇的里程计上标出来的二万八千英里之外，他还租过福特的Galaxie和雪佛兰的Impala；① 加起来，折合公里怕不有五万公里？十万里路的云和月，朔风和茫茫的白雾和雪，每一寸都曾与那些旧地图分担。

有一段日子，当他再度独身，那些地图就像他的太太一样，无论远行去何处，事先他都要和它们商量。譬如说，从芝加哥回盖提斯堡②，究竟该走坦坦的税道，还是该省点钱，走二级三级的公路？究竟该在克利夫兰③，或是在匹兹堡④休息一夜？就凭着那些地图，那些奇异的名字和符咒似的号码，他闯过费城、华盛顿、巴尔的摩⑤；去过蒙特利尔⑥、旧金山、洛杉矶、纽约。

---

① Galaxie，意为银河；Impala 意为黑斑羚，音译为英帕拉。
② 盖提斯堡（Gettysburg），一译葛底斯堡，美国东部宾夕法尼亚州南部小镇。
③ 克利夫兰（Cleveland），美国俄亥俄州城市和湖港，位于该州东北部。
④ 匹兹堡（Pittsburgh），原译匹茨堡，美国宾夕法尼亚州西南部城市。
⑤ 巴尔的摩（Baltimore），原译巴铁摩尔，美国马里兰州最大城市和海港。
⑥ 蒙特利尔（Montréal），原译蒙特利奥，加拿大第二大城市。

乡愁一片月光包夹在诗里：

回台湾后，这种倜傥的江湖行，这种意气自豪的浪游热，德国佬所谓的 wanderlust ①者，一下子就冷下来了。一年多，他守住这个已经够小的岛上一方小小的盆地兜圈子，兜来兜去，至北，是大直，至南，是新店。往往，一连半个月，他活动的空间，不出一条怎么说也说不上美丽的和平东路，呼吸一百二十万人呼吸过的第八流的空气和二百四十万只鞋底踢起的灰尘。有时，从厦门街到师大，在他的幻想里，似乎比芝加哥到卡拉马祖 更遥更远。日近长安远，他常常这样挖苦自己。偶尔他"文旌南下"，逸出那座无欢的灰城，去中南部的大学作一次演讲。他的演讲往往是免费的，但是灰城外，那种金黄色的晴美气候，也是免费的。回程的火车上，他相信自己年轻得多了，至少他的肺叶要比去时干净。可是一进厦门街，他的自信立刻下降。在心里，他对那狭长的巷子和那日式古屋说："现实啊现实，我又回来了。"

这里必须说明，所谓"文旌南下"，原是南部一位作家在给他的信中用的字眼。中国老派文人的板眼可真不少，好像出门一步，就有云旗委蛇之势，每次想起，他就觉得好笑，就像梁实秋，每次听人阔论诗坛文坛这个坛那个坛的，总不免暗自莞尔一样。"文旌北返"之后，他立刻又恢复了灰城之囚的心境，把自己幽禁在六个榻榻米的冷书斋里，向六百字稿纸的平面，去塑造他的立体建筑。六席的天地是狭小的，但是六百字稿纸的天地却可以无穷大。面对后者，他欣然无视于前者了。面对后者，他的感觉不能说不像创世纪的神。一张空白的纸永远是一个挑战，对于一股创造的欲望，宇宙未剖之际，浑浑茫茫，一个声音说，应该有光，于是便有了光。做一个发光体，一个光源，本身便

---

① Wanderlust，意为旅行癖。

卡拉马祖（Kalamazoo），美国密歇根州城市。

是一种报酬，一种无上的喜悦，每天，他的眼睛必成为许多许多眼睛的焦点。从那些清澈见底，那些年轻眼睛的反光，他悟出光源的意义和重要性。仍然，他记得，年轻时他也曾寂寞而且迷失，而且如何地嗜光。现在他发现自己竟已成为光源，这种发现，使他喜悦，也使他惶然战栗。而究竟是怎样从嗜光族人变成了光源之一的，那过程，他已经记忆朦胧了。

他所置身的时代，像别的许多时代一样，是混乱而矛盾的。这是一个旧时代的结尾，也是一个新时代的开端，充满了失望，也抽长着希望；充满了残暴，也有很多温柔，如此逼近，又如此看不清楚。一度，历史本身似乎都有中断的可能。他似乎立在一个大漩涡的中心，什么都绕着他转，什么也捉不住。所有的笔似乎都在争吵，毛笔和钢笔，钢笔和粉笔。毛笔说，钢笔是舶来品；钢笔说毛笔是土货，且已过时。又说粉笔太学院风，太贫血；但粉笔不承认钢笔的血液，因为血液岂有蓝色。于是笔战不断绝，文化界的巷战此起彼落。他也是火药的目标之一，不过在他这种时代，谁又能免于稠密的流弹呢？他自己的手里就握有毛笔、粉笔和钢笔。他相信，只要那是一支挺直的笔，一定会在历史上留下一点笔迹的，也许那是一句，也许那是整节甚至整章，至于自己本来无笔而要攮人、据人甚至焚人之笔之徒，大概是什么标点符号也留不下来的吧。

流弹如雹的雨季，他偶尔也会坐在那里，向摊开的异国地图，回忆另一个空间的逍遥游。那是一个纯然不同的世界，纯然不同，不但因为空间的阻隔，更因为时间的脱节。从这个世界到那个世界的意义，不但是八千英里，而且是半个世纪。那里，一切的节奏比这里迅疾，一切反应比这里灵敏，那里的空气中跳动着六十年代的脉搏，自由世界的神经末梢，听觉和视觉，触觉和嗅觉，似乎都向那里集中。那里的

乡愁：包一片月光夹在诗里

城市，向地下探得更深，向空中升得更高，向四方八面的触须伸得更长更长。那里的人口，有几分之一经常在高速的超级国道上，载驰载驱，从大西洋到太平洋，没有一盏红灯！新大陆，新世界，新的世纪！惠特曼的梦，林肯的预言，那里的眼睛总是向前面看，向上面、向外面看。当他们向月球看时，他们看见二十一世纪，阿拉斯加和夏威夷的延伸，人类最新的边疆，最远最辽的前哨。而他那个民族已习惯于回顾：当他们仰望明月，他们看见的是蟾，是兔，是后羿的逃妻，在李白的杯中、眼中、诗中。所以说，那是一个纯然不同的世界。他属于东方，他知道月亮浸在一个爱情典故里该有多美丽。他也去过西方，能够想象从二百英寸的巴洛马天文望远镜①中，从人造卫星上窥见的那颗死星，该怎样诱惑着未来的哥伦布和郑和。

他将自己的生命划为三个时期：旧大陆、新大陆和一个岛屿。他觉得自己同样属于这三种空间，不，三种时间，正如在思想上，他同样同情钢笔、毛笔、粉笔。旧大陆是他的母亲。岛屿是他的妻。新大陆是他的情人。和情人约会是缠绵而醉人的，但是那件事注定了不会长久。在新大陆的逍遥游中，他感到对妻子的责任，对母亲深远的怀念，渐行渐重也渐深。去新大陆的行囊里，他没有像肖邦那样带一把泥土，毕竟，那泥土属于那岛屿，不属于那片古老的大陆。他带去的是一幅旧大陆的地图，中学时代，抗战期间，他用来读本国地理的一张破地图，就是那张破地图，曾经伴他自重庆回到南京，自南京而上海而厦门而香港而终于到那个岛屿。一张破地图，一个国家，自嘲地，他想。密歇根的雪夜，盖提斯堡的花季，他常常展视那张残缺的地图，像凝视亡母的旧照片。那些记忆深长的地名。长安啊，洛阳啊，赤壁啊，台儿庄

---

① 巴洛马天文望远镜，即帕洛马山天文望远镜，多年来是世界上最优秀的天文望远镜之一。

啊,汉口和汉阳。楚和湘。往往,他的眸光逡巡在巴蜀,在嘉陵江上,在那里,他从一个童军变成一个高二的学生。

远从初中时代起,他就喜欢画地图了。一张印刷精致的地图,对于他,是一种智者的愉悦,一种令人清醒动人遐思的游戏。从一张眉目姣好的地图他获得的满足,不但是理性的,也是感情的,不但是知,也是美。蛛网一样的铁路,麦穗一样的山峦,雀斑一样的村落和市镇,雉堞隐隐的长城啊,叶脉历历的水系。神秘而荒凉而空廓廓的沙漠。而当他的目光循江河而下,徘徊于柔美而曲折的海岸线,复在罗列得缤缤纷纷或迤迤逦逦的群岛之间跳越为戏的时候,他更感到鸥族飞翔的快意。他爱海。哪一个少年不爱海呢?中学时代的他,围在千山之外仍是千山的四川,只能从地图上去嗅那蓝而又咸的活荒原的气息。秋日的半下午,他常常坐一方白净的冷石,俯临在一张有海的地图上面,作一种抽象的自由航行。这样鸥巡着水的世界,这样云游着鹰瞰着一巴掌大小的大地,他产生一种君临,不,神临一切的幻觉。这样的缩地术,他觉得,应该是一切敏感的心灵都嗜好的一种高级娱乐。

他临了一张又一张的地图。他画了那么多张,终于他发现,在这一方面,他所知道的和熟记的,竟已超过了地理老师。有些笨手笨脚的女同学,每每央他代绘中国全图,作为课业。他从不拒绝,像一个名作家不拒绝为读者签名一样,只是每绘一张,他必然留下一个错误。例如青海的一个湖泊给他的神力朝北推移了一百公里,或是辽宁的海岸线在大连附近凭空添上一个港湾等等。无知的女同学不会发现,自是意料中事。而有知的郭老师竟然也被瞒过了,怎不令他感到九级魔鬼诡计得售后的自满?

他喜欢画中国地图,更喜欢画外国地图。国界最纷繁海岸最弯曲的欧洲,他百览不厌。多湖的芬兰,多岛的希腊,多雪多峰的瑞士,

乡愁：
包一片
月光
夹在诗里

多花多牛多运河的荷兰，这些他全喜欢，但使他沉迷的，是意大利，因为它优雅的海岸线和音乐一样的地名，因为威尼斯和罗马，恺撒和朱丽叶，那波利，墨西拿，萨地尼亚①。一有空他就端详那些地图。他的心境，是企慕，是向往，是对于一种不可名状的新经验的追求。那种向往之情是纯粹的，为向往而向往。面对用绘图仪器制成的抽象美，他想不明白，秦王何以用那样的眼光看督亢，亚历山大何以要虎视印度，独脚的海盗何以要那样打量金银岛的羊皮纸地图。

在山岳如狱的四川，他的眼神如蝶，翩翩于滨海的江南。有一天能回去就好了，他想。后来蕈状云从广岛升起，太阳旗在中国的大陆降下，他发现自己怎么已经在船上，船在白帝城下在三峡，三峡在李白的韵里。他发现自己回到了江南。他并未因此更加快乐，相反地，他开始怀念四川起来。现在，他只能向老汉骑牛的地图去追忆那个山国，和山国里那些曾经用川语摆龙门阵甚至吵架的故人了。太阳旗倒下，五星旗升起。他发现自己到了这个岛上，初来的时候，他断断没有想到，自己竟会在这多地震的岛上连续抵挡十几季的台风和梅雨。现在，看地图的时候，他的目光总是在江南逡巡。燕子矶，雨花台，武进，溧桥，宜兴。几个单纯的地名便唤醒一整个繁复的世界。他更未料到，有一天，他也会怀念这个岛屿，在另一个大陆。

"你不能真正了解中国的意义，直到有一天你已经不在中国。"从新大陆寄回来的家信中，他这样写过。在中国，你仅是七万万分之一的中国，天灾，你可以怨中国的天，人祸，你可以骂中国的人，军阀、汉奸、政客、贪官污吏、土豪劣绅，你可以一个挨一个地骂下去，直骂到

---

① 那波利（Napoli），亦译"那不勒斯"（Naples），意大利西南岸港市。墨西拿（Messina），意大利西西里岛第三大城市。萨地尼亚（Sardegna），亦译撒丁岛，地中海第二大岛。

你的老师、父亲、母亲。当你不在中国，你便成为全部的中国，鸦片战争以来，所有的国耻全部贴在你脸上。于是你不能再推诿，不能不站出来。站出来，而且说："中国啊，中国，你全身的痛楚就是我的痛楚，你满脸的耻辱就是我的耻辱！"第一次去新大陆，他怀念的是这个岛屿，那时他还年轻。再去时，他的怀念渐渐从岛屿转移到大陆，那古老的大陆，所有母亲的母亲，所有父亲的父亲，所有祖先啊所有祖先的大摇篮，那古老的大陆。中国所有的善和中国所有的恶，所有的美丽和所有的丑陋，全在那片土地上和土地下面。上面，是中国的稻和麦，下面，是黄花岗的白骨是岳武穆的白骨是秦桧的白骨或者竟然是黑骨。无论你愿不愿意，将来你也将加入这些。

走进地图，便不再是地图，而是山岳与河流，原野与城市。走出那河山，便仅仅留下了一张地图。当你不在那片土地，当你不再步履于其上，俯仰于其间，你只能面对一张象征性的地图，正如不能面对一张亲爱的脸时，就只能面对一帧照片了。得不到的，果真是更可爱吗？然则灵魂究竟是躯体的主人呢，还是躯体的远客？然则临图神游是一种超越，或是一种变相的逃避，灵魂的一种土遁之术？也许那真是一个不可宽宥的弱点吧？既然已经娶这个岛屿为妻，就应该努力把蜜月延长。

于是他将新大陆和旧大陆的地图重新放回右手的抽屉。太阳一落，岛上的冬暮还是会很冷很冷的。他搓搓双手，将自己的一切，躯体和灵魂和一切的回忆与希望，完全投入刚才搁下的稿中。于是那六百字的稿纸延伸开来，吞没了一切，吞没了大陆与岛屿，而与历史等长，茫茫的空间等阔。

一九六七年十二月二十一日

乡愁：
包一片
月光
夹在诗里

九　张　床

月光是史前谁的魂魄，

自神话里流泻出来，

流向梦的、夜的、记忆的

每一角落。

一张比一张离你远。一张，比一张荒凉。检阅荒凉的岁月，九张床。

　　第一张。西雅图的旅馆里，面海，朝西。而且多风，风中有醒鼻的咸水气息。那是说，假如你打开长长的落地窗，披襟当风。对于宋玉，风有雌雄之分。对于我，风只分长短。譬如说，桃花扇底的风是短的。西雅图的风是长的。来自阿拉斯加，白海豹群吠月的岩岸，自空空洞洞的育空河口吹来。最难是，破题儿第一遭。寂寞的史诗，自午夜的此刻开始。自西雅图开始。西雅图，多风的名字，遥远的城。六年前，一个留学生的寂寞也从此开始，检阅上次回台的岁月，发现有些往事，千里外，看得分外地清晰。发现一个人，一个千瓣的心灵，很难绝对生活在此时此刻。预感带几分恐惧。回忆带几分悲伤。如是而已。如是而已。蚀肤酸骨的月光下，中秋渐近而不知中秋的西雅图啊，充军的孤城，海的弃婴！今夕，我无寐，无鼾，在浩浩乎大哉，太平洋苍老而又年轻，蓝浸四大洲的鼾声之中。小小的悲伤，小小的恩怨，小小的一夜失眠。当你想，永恒的浪潮拍着宇宙的边陲，多少光，多少清醒。

　　第二张浮在中秋的月色里。西雅图之后，北美洲大陆的心脏，听不见海，吹不到风。该是初秋的早寒了，犹逗留燠热的暑意，床单逆拂着微潮的汗毛。耳在枕上，床在楼上，红砖的楼房在广阔的中西部大平原上。正是上课的前夕，明晨的秋阳中，四十双碧瞳将齐射向我，如欲射穿五千年的神秘和陌生。李白发现他的句子横行成英文，他的名字随海客流行，到方丈与蓬莱之外，有什么感想？今人不见古时月，今月曾经照古人。投倒影在李白樽中的古月，此时将清光泼翻我满床。

月光是史前谁的魂魄，自神话里流泻出来，流向梦的、夜的、记忆的每一角落。月光光，谁追我，从台北追到西雅图追到皮奥瑞亚。如果昨夕无寐，今夜岂有入寐的理由？月光光，照他乡……抗战前流行的一首歌，在不知名处袅袅地旋起。轻罗小扇，儿时的天井。母亲做的月饼，饼面的芝麻如星。重庆，空袭的月夜，月夜的玄武湖，南京……直到曙色用一块海绵，吸干一切。

第三张在艾奥瓦城。林中铺满轻脆的干橡叶，十月小阳春的夜里，一个毕业生回想六年前，另一季美丽，但不快乐的秋天。六年前，金字塔下，许多木乃伊忽然复活，且列队行过我枕上。许多畸形的片段，七巧板似地合而复分，女巫们自"万圣节"中，拂其黑袖，骑其长帚，挟其邪恶的笑声，翩翩起飞。重游旧地，心情复杂而难加分析。六年前的异域，竟成六年后某种意义下某种程度上的故乡。毕竟，在此我忍过十个月（十个冰河期？）的真空，咽过难以消化的冷餐，消化过难以下咽的现代艺术。毕竟，在此我哭过，若非笑过，怨过，若非爱过。当长途汽车迤迤进站，且吐出灰狗重重的喘息，当艾奥瓦大学的象征，金顶的州议会旧厦森然自黑暗中升起，当旧日的老师李铸晋与安格尔，和今日的少壮作家，叶珊、王文兴、白先勇，在站前接我，一瞬间竟有重归故乡的感觉。

第四张在艾奥瓦城西北。那是黄用公寓中的双人床。重游母校的第三天，和叶珊、少聪并骑灰犬，去西北方百英里的爱姆斯，拜访黄用和他的新娘。好久不写诗的黄用，在五年前现代诗的论战中，曾是一员骁将。公寓中的黄用，并不像寓公。伶牙俐齿、唇枪舌剑之间，黄用仍令你想起离经叛道、似欲掀起一股什么校风的自行车骑士。宾主谈到星图西倾，我才被指定与叶珊共榻。不能和戴我指环的女人同衾，我可以忍受，必须和另一男人，另一件泥塑品，共榻而眠，却太难堪了。

要将四百多根雄性的骨骼，舒适地分布在不到三十平方英尺[1]的局面，实在不是一件易事，而是一件艺术，一件较之现代诗的分行为犹难的艺术。叶珊的寐态，和他俊逸的诗风颇难发生联想。同床异梦，用之形容那一夜，是再恰当不过的了。他梦他的《水之湄》，我梦我的《莲的联想》。不，说异梦也是不公平的，因为我根本无梦，尤其是当他鼾声的要冲。这还不是高潮。正当我卧莲欲禅之际，他忽在梦中翻过身来，将我抱住。我必须声明，我既非王尔德，他也不是魏尔伦。因此这种拥抱，可以想见的，甚不愉快。总算东方既白，像《白鲸记》中的依希美尔，我终于挣脱了这种睁眼的梦魇。

第五张历史较长，那是我在皮奥瑞亚[2]的布莱德利大学，安定下来后的一张，我租了美以美教会牧师杜伦夫妇寓所的二楼。那是一张古色古香，饶有殖民时期风味的双人床，榻面既高，床栏亦耸，床左与床尾均有大幅玻璃窗，饰以卷云一般的洁白罗纱，俯瞰可见人家后院的花圃和车房。三五之夜，橡树和枫树投影在窗，你会感觉自己像透明的玻璃缸中，穿游于水藻间的金鱼。万圣节的前夕，不该去城里看了一场魅影憧憧的电影，叫什么 *Witchcraft*（《巫术》）的。夜间犹有余悸，将戏院发的辟妖牌（witch deflector）悬在床栏上，似亦不起太大作用。紧闭的室内，总有一丝冷风。恍惚间，总觉得有个黑衣女人立在楼梯口上，目光磷磷，盯在我的床上，第二天，发起烧来，病了一场。

幸好，不久布莱德利大学的讲课告一段落，我转去中密大学（Central Michigan University）。第六张床比较现代化，席梦思既厚且软。这时已经是十二月，密歇根的雪季已经开始。一夜之间，气温会

---

[1] 英尺，英制长度单位，旧亦作呎。1英尺 = 12英寸 = 0.3048米。

[2] 皮奥瑞亚（Peoria），美国伊利诺伊州中部城市。

乡愁：包一片月光，夹在诗里

直落二十度，早上常会冷醒。租的公寓在乐山（Mount Pleasant）郊外，离校区还有三英里路远。屋后一片空阔的草地，满覆白雪，不见人踪、鸟迹。公寓新而宽大，起居室的三面壁上，我挂上三个小女孩的合照，弗罗斯特[1]的遗像，凡·高的向日葵，和刘国松的水墨抽象。大幅的玻璃窗外，是皑皑的平原之外还是皑皑的平原。和芬兰一样，密歇根也是一个千泽之国，而乐山正居五大湖与众小泽之间。冰封雪锁的白夜，鱼龙的悲吟一时沉寂。为何一切都离我恁遥恁远，即燃起全部的星斗，也抵不上一支烛光？有时，点起圣诞留下的欧薄荷色的蜡炬，青荧荧的幽辉下，重读自己国内的旧作，竟像在墓中读谁的遗书。一个我，接着另一个我，纷纷死去。真的我，究竟在何处呢？在抗战前的江南，抗战时的嘉陵江北？在战后的石头城下，抑在六年前的四方城里？月色如幻的夜里，有时会梦游般起床，启户，打着寒颤，开车滑上运河一般的超级公路。然后扭熄车首灯，扭开收音机，听钢琴敲叩多键的哀怨，或是黑女肥沃的喉间，吐满腔的悲伤，悲伤。

另一张也在密歇根湖边。那是一张帆布床，也是刘鎏为我特备的陈蕃之榻。每次去芝加哥，总是下榻城北爱凡思顿刘鎏和孙璐的公寓。他们伉俪二人，同任西北大学物理系教授。我一去，他们的书房即被我占据。刘鎏是我在西半球最熟的朋友之一。他可以毫无忌惮地讽刺我的诗，我也可以不假思索地取笑他的物理。身为科学家的他，偏偏爱看一点什么文艺，且喜欢发表一点议论。除了我的诗，於梨华的小说也在他射程之内。等到兴尽辞穷，呵欠连连，总是已经两三点钟。躺上这张床，总是疲极而睡。有时换换口味，也睡於梨华的床——於梨华家的床。

---

[1] 弗罗斯特（Robert Frost, 1874—1963），原译佛洛斯特，美国诗人。

第八张在豪华庄。所谓豪华庄(Howard Johnsons Motor Lodge),原是美国沿超级公路遍设的一家停车旅馆,以设计玲珑别致见称。我住在豪华庄,在匹兹堡城外一山顶上,俯览可及百里,宽阔整洁的税道上,日夕疾驶着来往的车辆。我也是疾驶而来的旅客啊!车尾曳着密歇根的残雪,车首指向盖提斯堡的古战场。唯一不同的,我是在七十五英里的时速下,豪兴遄飞,朗吟太白的绝句而来的。太白之诗 tempo(节奏)最快,在高速的逍遥游中吟之,最为快意。开了十小时的车,倦得无力看房里的电视,或是壁上挂的费宁格(Lyonel Feininger)[1]的立体写意。一陷入黑甜的盆地里便酣然入梦了。梦见未来派的车轮车轮。梦见自己是一尊噬英里的怪兽,吐长长的火舌向俄亥俄的地平。梦见不可名状闪避的车祸,自己被红睛的警车追逐,警笛曳着凄厉的响尾。

好——险!鬼哭神号的一声刹车,与死亡擦肩而过。自梦魇惊醒,庆幸自己还活着,且躺在第九张床上。床在楼上,楼在镇上,镇在古战场的中央。南北战争,已然是百年前的梦魇。这是和平的清晨,星期天的钟声,鼓着如鸽的白羽,自那边路德教堂的尖顶飞起,绕着这小镇打转,历久不息。林肯的巨灵,自古战场上,自魔鬼穴中,自四百尊铜炮与二千座石碑之间,该也正冉冉升起。当日林肯下了火车,骑一匹老马上山,在他的于思[2]胡子和清癯的颧骨之间,发表了后来成为民主经典的盖提斯堡演说。那马鞍,现在还陈列在镇上的纪念馆中。百年后,林肯的侧面像,已上了一分铜币和五元钞票,但南部的黑人仍上不了选票。同国异命,尼格罗族[3]仍卑屈地生活在爵士乐悲哀的旋

---

[1] 费宁格(Lyonel Feininger,1871—1956),原译法宁格,美国画家。

[2] 于思,形容胡须很多(多叠用)。

[3] 尼格罗族,即尼格罗人种,亦称"黑色人种""赤道人种",世界三大人种之一。

律里。"一只番薯,两只番薯""跟我一样黑"。那种悲哀,在咖啡馆的酒杯里旋转旋转,令人停杯投叉,不能卒食,令人从头盖骨麻到脚后跟。所谓自由、平等、博爱。从法国大革命到现在。比起他们,五陵少年的忧郁,没有那么黑。你一直埋怨自己的破鞋,直到你看见有人断脚。

钟声仍然在敲着和平。为谁而敲,海明威,为谁而敲?想此时,新浴的旭日自大西洋底堂堂升起,纽约港上,自由的女神凌波而立,矗几千吨的宏美和壮丽。想此时,江南的表妹们都已出嫁,该不会在采莲,采菱。巴蜀的同学们早毕业了,该不会在唱山歌,扭秧歌。母亲在黄昏的塔下。父亲在记忆的灯前。三个小女孩许已在做她们的稚梦,梦七矮人和白雪公主。想此时,夏菁在巍巍的落基山顶,黄用在艾奥瓦的雪原,望尧旋转而旋转,在越南政变的漩涡。蒲公英的岁月,一切都吹散得如此辽远。

想此时,你该仰卧在另一张床上,等待第一声啼,自第四个幼婴。浸你在太平洋初春的暖流里,一只膨胀到饱和的珠母,将生命分给生命。而春天毕竟是国际的运动,在西半球,在新英格兰,从切萨皮克湾到波托马克河到塞斯奎汉娜的两岸,①三月风,四月雨,土拨鼠从冻土里拨出了春季。放风筝的日子哪,鸟雀们来自南方,斗嘴一如开学的稚婴。鸟雀们来自风之上,云之上,越州过郡,不必纳税,只须抖一串颤音。不久春将发一声呐喊,光谱上所有的色彩都会喷洒而出。樱花和草莓,山茱萸和苜蓿,桃花绽时,原野便蒸起千朵红云,令凡·高也看得眼花。沿桃蹊而行,五陵少年,该不会迷路在武陵。至少至少,我要摘一朵红云寄你,说,红是我的爱情,云是我的行迹。那种炽热的思念,隔

---

① 波托马克河,原译波多马克河,美国中东部重要河流;塞斯奎汉娜,一译萨斯奎汉纳,美国东海岸最长的河流。流经华盛顿。

贰·远行

着航空信封，隔着邮票上林肯的虬髯，你也会觉得烫手。毕竟，这已是三月了，已三月了啊。冬的白宫即将雪崩。春天的手指呵得人好痒。钟声仍在响，催人起床。人赖在第九张床上。在想，新婚的那张，在一种梦谷，在一种爱情盆地。日暖。春田。玉也生烟。而钟声仍不止。人仍在，第九张床。

一九六五年三月十五日，盖提斯堡学院

乡愁：
包一片
月光
夹在诗里

蒲公英的岁月

灵魂，

是一球千羽的蒲公英，

一吹，

便飞向四方。

"是啊,今年秋天还要再出去一次。"对朋友们他这么说。

而每次说起,他都有一种虚幻的感觉,好像说的不是自己,是另一个人。同时又觉得有解释清楚的必要,对自己,甚于对别人。好像一个什么"时期"就要落幕,一个新的,尚未命名的"时期"正在远方等他去揭纱。好像有一扇门,狻猊怒目衔环的古典铜门,挟着一片巨影,正向他关来,辘辘之声,令人心悸。门外,车尘如雾,无尽无止的是浪子之路,伸向一些陌生的树和云,和更陌生的一些路牌。每次说起,就好像宣布自己的死亡一样。此间事,在他走后,就好像身后事了。当然,人们还会咀嚼他的名字,像一枚清香的橄榄,只是橄榄树已经不在这里。对于另一些人,他的离去将如一枚龋齿之拔除,牙痛虽愈,口里空空洞洞的,反而好不习惯。真的,每一次出国是一次剧烈的连根拔起,自泥土、气候,自许多熟悉的面孔和声音。而远行的前夕,凡口所言,凡笔所书,都带有一点遗嘱、遗作的意味。于是在国内的这段日子,将渐渐退入背景之中,记忆,冉冉升起一张茫茫的白网。网中,小盆地里的这座城,令他患得患失时喜时忧的这座城,这座城,钢铁为骨水泥为筋,在波涛浸灌鱼龙出没蓝鼾蓝息的那种梦中,将遥远如一钵小小的盆景,似真似幻的岛市水城。

所以这就是岁月啊千面无常的岁月。挂号信国际邮简车票机票船票。小时候,有一天,他把两面镜子相对而照,为了窥探这面镜中的那面镜中的这面镜中,还有那面这面镜子的无穷叠影,直至他感到一种无底的失落和恐惧。时间的交感症该是智者的一种心境吧。三去新大陆,记忆覆盖着记忆之下是更茫然的记忆,像枫树林中一层覆盖一层水渍浸蚀的残红。一来一往,亲密的变成陌生的成为亲密,预期变成现

乡愁包一片月光夹在诗里：

实又变成记忆。当喷射机忽然跃离跑道，一刹那告别地面又告别中国，一柄冰冷的手术刀，便向岁月的伤口猝然切入，灵魂，是一球千羽的蒲公英，一吹，便飞向四方。再拔出刀时，已是另一个人了。

尽管此行已经是第三度，尽管西雅图的海关像跨越后院的门槛，尽管他的朋友，在海那边的似乎比这边的还多，尽管如此，他仍然不能排除跳伞前的那种感觉。毕竟，那是全然不同的一个世界。因为一纵之后，他的胃就交给冰牛奶和草莓酱，他的肺就交给新大陆的秋天，发，交给落基山①的风，茫茫的眼睛，整个付给青翠的风景。因为闭目一纵之后，入耳的莫非多音节的节奏，张口莫非动词主词宾词。美其名为讲学为顾问，事实上是一种高雅的文化充军。异国的日历上没有清明、端午、中秋和重九，复活节是谁在复活？感恩节感谁的恩？情人节，他想起天上的七七；国殇日，他想起地上的七七。为什么下一站永远是东京是芝加哥是纽约，不是上海或厦门？

二十年前来这岛上的，是一个激情昂扬的青年，眉上睫上发上，犹飘扬大陆带来的烽火从沈阳一直燎到衡阳，他的心跳和脉搏，犹应和抗战遍地的歌声嘉陵江的涛声长江滔滔入海浪淘历史的江声。二十年后，从这岛上出发的，是一个白发侵鬓的中年人，狼烟在对岸，长江的涛声在故宫的卷卷轴轴在一吟三叹息的《念奴娇》里，旧大陆日远，新大陆日近。他乡生白发，旧国见青山。可爱的是旧国的山不改其青，可悲的是异乡人的发不能长保其不白。长长的二十年，只有两度，他眺见了旧国短短的青山，但那是隔着铁丝网，还持着望远镜。第一次在金门。望远镜的彼端是澹澹的烟水，漠漠的船帆，再过去是厦门的青山之后仍是渺渺的青山。十二年前厦门大学的学生，鼓浪屿的浪子，南

---

① 落基山，原译落矶山，北美洲科迪勒拉山系东部山脉。纵贯加拿大和美国西部。

普陀的香客，谁能够想到，有一天会隔着这样一湾的无情蓝，以远眺敌阵的心情远眺自己的前身？母校、故宅、回忆，皆成为准星搜索的目标，一五五加农炮的射程。卡车在山的盲肠里穿行，山的盲肠，回忆的盲肠。司令官在地下餐厅以有名的高粱飨客，两面的石壁上用对方的炮弹壳饰成雄豪的图案。高粱落到胃里，比炮弹更强烈，血从胃底熊熊烧起，一直到耳轮和每一个发根。那一夜，他失眠了，血和浪一直在耳中呼啸。

第二次在勒马洲[1]。崖下，阴阳一割的深圳河如哑如聋地流着。一条忘川、血川，极尽其可歌可泣的泪川自冥府的深处蜿蜿流来，似不胜绝望与恐怖之重负。但白茫茫的水面什么也不见，这是无船、无桥可渡的奈河，亡魂们徒哭奈何奈何奈何！而除了此岸的鹧鸪无辜地咕呼彼岸的鹧鸪，四野沉沉，再也听不见一声惊惶的呼救。当天下午，去沙田演讲，手执三角旗的大学生在火车站列队欢迎。拥挤的大课室里，许多耳朵在咀嚼他的国语，许多眼睛有许多反光反映着他的眼睛。二十年前，他也是那样的一双眼睛。二十年前，他就住在铜锣湾，大陆逃来的一个失学青年，失学、失业，但更加严重的是失去信仰、希望，面对一整幅阴暗的中国，和几几乎中断的历史。但历史是不会中断的，因为有诗的时代就证明至少有几个灵魂还醒在那里，有一颗心还不肯放弃跳动。因为鼾声还没有覆盖一切。即使在铁幕深深的门口，也还有这许多青年宁愿陪着他失眠。

宁可失眠，睁眼承受清清楚楚的痛楚，也不服安眠药欺骗自己。但清醒是有代价的。清醒的代价是孤独和自惩。当时他年纪轻轻，和

---

[1] 勒马洲，位于香港元朗区，邻近深圳河。传说南宋皇帝曾在此驻跸，行人路过须下马，得名"落马洲"。《新安县志》载，该地有山形状如同勒马，因此又名"勒马洲"。改革开放之前，这里一度成为远眺中国内地的旅游点，如今设有连接香港与深圳的落马洲口岸。

乡愁：包一片月光夹在诗里

一些清新的灵魂相约：绝对不受鼾声的同化，或是遁入安眠药瓶里！那时大家写诗，很有点赛跑的意味，虽然跑道的尽头只是荒原。一旦真正进入荒原，不但观众散光，连选手们也纷纷退出了这场马拉松。三年前，他刚从美国回国，臂上犹烙着西部的太阳，髭间，黏着犹他的沙尘。正是初秋的夜里，两年后他再度坐在北向的窗下，对着六百字的稿纸出神。市声漠漠，在远方流动像一条混浊的时间之流。渐渐，那浊流也愈流愈远，将一切交还给无言的星空。忽然一阵冷风卷地而起，在外面的院子里盘旋又盘旋，接着便是尤加利树的叶子扫落的声音。家人的鼾息从里面房间日式纸门的隙间传来。整个城市，醒着的只有他和冷落的星座。他是谁？他究竟是谁？在户籍之外他有无其他的存在？为何他在此地？为何要他背负着两个大陆的记忆，左耳，是长江的一片帆，右耳，大西洋岸一枚多回纹的贝壳？十年后，二十年五十年后他又是谁，他的惊呼他的怒叱和厉斥在空廊死寂的广场上哪里有回声？而年轻的真真年轻过的是否将永远年轻？而只要是美的即使只美过那么一次是否就算是永恒？然则他的朋友一起慷慨出发的那些朋友半途弃权，跳车，扭踝仆倒的选手到哪里去了？缪斯，可是无休无止地追求，而绝不接受求婚？蒲公英的岁月，一吹，便散落在四方，散落在湄公河和密西西比的水浒。即使击鼓吹箫，三啸大招，也招不回那许多亡魂。

蒲公英的岁月，流浪的一代飞扬在风中，风自西来，愈吹离旧大陆愈远。他是最轻最薄的一片，一直吹落到落基山的另一面，落进一英里高的丹佛城。丹佛城，新西域的大门，寂寞的起点，万嶂砌就的青绿山岳，一位五陵少年将因在其中，三百六十五个黄昏，在一座红砖楼上，西顾落日而长吟："一片孤城万仞山。"但那边多鸽粪的钟塔，或是圆形的足球场上，不会有羌笛在诉苦，况且更没有杨柳可诉？于是橡叶枫叶如雨在他的屋顶头顶降下赤褐鲜黄和锈红，然后白雪在四周飘落温柔的寒冷，行路难难得多美丽。于是在不胜其寒的高处他立着，一匹狼，一头鹰，一截望乡的化石。纵长城是万里的哭墙洞庭是千顷的泪壶，他只能那样立在新大陆的玉门关上，向《纽约时报》的油墨去狂嗅中国古远的芬芳。可是在蟹行虾形的英文之间，他怎能教那些碧瞳仁碧瞳人去嗅同样的菊香与兰香？

　　碧瞳人不能。黑瞳人也不可能。每次走下台大文学院的长廊，他像是一片寂寞的孤云，在青空与江湖之间摇摆，在两个世界之间摇摆。他那一代的中国人，吞吐的是大陆性庞庞沛沛的气候，足印过处，是霜是雪，上面是昊昊的青天灿灿的白日，下面是整张的海棠红叶。他们的耳朵熟悉长江的节奏黄河的旋律，他们的手掌知道杨柳的柔软梧桐的坚硬。江南，塞外，曾是胯下的马发间的风沙曾是梁上的燕子齿隙的石榴染红嗜食的嘴唇，不仅是地理课本联考的问题习题。他那一代的中国人，有许多回忆在太平洋的对岸有更深长的回忆在海峡的那边，那重重叠叠的回忆成为他们思想的背景灵魂日渐加深的负荷，但是那重量不是这一代所能感觉。旧大陆。新大陆。旧大陆。他的生命是一个钟摆，在过去和未来之间飘摆。而他，感觉像一个阴阳人，一面在阳光中，一面在阴影里，他无法将两面转向同一只眼睛。他是眼分阴阳的一只怪兽，左眼，倒映着一座塔，右眼，倒映着摩天大厦。

　　临行前夕，他接受邀请，去大度山上向一群碧瞳的青年讲解中国的古典诗。这也是另一次出国讲学的前奏吧。五年前的夏天，也是在这样出国的前夕，他曾在大度山上，为了同样的演说，住了两个月。一离开台北，他立刻神清气爽，灵魂澄明透澈，每一口呼吸都像在享受，不，饕餮新酿成的空气，肺叶张合如翅。那天夜里，他缓缓步上山顶，坐在古典建筑的高高的石阶上，任萤火与蛙鸣与星光围成凉凉的仲夏之夜。五年前，他戴着同样的星光坐在这里，面临同样的远行且享受

乡愁：包一片月光夹在诗里

同样透明的寂静。跳水之前，作一次闭目的凝神是好的。因为飞跃之后，玻璃的新世界将破成千面的寂寞，再出水已是另一个自己。那样坐着、忆着、展望着，安宁地呼吸着微凉且清香的思想，他似乎蜕出了这一层"自己"，飞临于"时间"之上如点水的蜻蜓，水流而蜻蜓并未移动。他恍然了。他感觉，能禅那么一下，让自我假寐那么一瞬，是何其美好。

从台中回来，火车穿过成串的隧道，越过河床干阔的大甲溪，迤逦行驶在西岸的平原。稻田的鲜绿强调白鹭的纯白，当长喙俯啄水底的云。阡阡陌陌从平畴的彼端从青山的麓底辐射过来，像滚动的轮辐迅速旋转。他的心中有一首牧歌的韵律升起。这样的风景是世界上最清凉的眼药水。在靠窗的座位上，他可以出神地骋目好几个小时。毕竟，只剩下这一万三千多平方英里可以说是"我的"，是"我们的"；这座岛屿是冥冥中神的恩宠，在人的意志之上似乎有一个更高的意志，属意在这艘海上的方舟，延续一个灿烂悠远的文化，使他们的民族还不致沦为真正的蒲公英，沦为无根可托的吉普赛和犹太。他不喜欢台北，不，二十年之后他仍旧一点儿也不喜欢，可是他喜欢这座岛，他庆幸，他感激，为了二十年的身之所衣，顶之所蔽，足之所履。车窗外，风到哪里七月的牧歌就扬起在哪里。豪爽慷慨的大地啊，玉米株上稻茎上甘蔗秆上累累悬结的无非是丰年。也许，真的，将来在重归旧大陆的前夕，他会跪下来吻别这块沃土。

甚至都不必等到那一天。在三去新大陆的前夕，已经有一种依依的感觉。这里很少杨柳，不是苏堤白堤的那种依依，虽远亦相随。他又特别不喜欢棕榈，无论如何也不能勉强把它们撑成一把诗。不过这城里的夏天也不是截然不能言美的，就看你怎么去猎取。植物园那两汪莲池，仲夏之夕，浮动半亩古典的清芬，等到市声沉淀，星眸半闭若眠，三只，两只，黛绿的低音箫手，犹在花底叶底鼓腹而鸣，那种古东方的恬淡感就不知有多深远。不然就在日落后坐在朝西的窗下，看鲜丽绚烂的晚霞怎样把天空让给各样的青和孔雀蓝到普鲁士蓝的蓝。于是星从日式屋脊从公寓的阳台电视天线从那边的木瓜树叶间相继点亮。一盏红灯在远处的电台铁塔上闪动。一架飞机闷闷的声音消逝后，巷底那冰果店再度传来京剧的锣鼓，和一位古英雄悲壮的咏叹。狗吠。虫吟。最后万籁皆沉，只余下邻居的水龙头作细细的龙吟，蚯蚓在星光下凿土的歌声。

因为这就是他的国家，儿时就熟悉的夏日的夜晚。不记得他一生挥过多少柄蒲扇，扑过多少只流萤，拍死多少只蚊子。不记得长长的一夏鲸饮过多少杯凉茶、酸梅汤、绿豆汤、冰杏仁。只晓得这些绝不是冷气和可口可乐所能代替。行前的半个月，他的生活宁静而安详。因为蒲公英的岁月一开始，这样的日子，不，这样的节奏就不再可能。在高速的剧动和多音节的呼吸之前他必须储蓄足够的清醒与自知。他知道，一架猛烈呼啸的喷射机在跑道那边叫他，许多城，许多长长的街伸臂在迎他，但他的灵魂反而异常宁静。因为新大陆和旧大陆，海洋和岛屿已经不再争辩，在他的心中。他是中国的。这一点比一切都重要。他吸的既是中国的芬芳，在异国的山城里，亦必吐露那样的芬芳，不是科罗拉多的积雪所能封锁。每一次出国是一次剧烈的连根拔起。但是他的根永远在这里，因为泥土在这里，落叶在这里，芬芳，亦永永永永播扬自这里。

他以中国的名字为荣。有一天，中国亦将以他的名字为荣。

一九六九年七月十六日

乡愁：
包一片
月光
夹在诗里

南 半 球
的
冬 天

如果我是人鱼，

一定和我的雌人鱼，

选这些珊瑚为家。

风平浪静的日子，

和她并坐在最小的一丛礁上，

用一只大海螺吹起杜布西袅袅的曲子，

使所有的船都迷了路。

飞行袋鼠"旷达士"（Qantas）才一展翅，偌大的新几内亚，怎么竟缩成两只青螺，大的一只，是维多利亚峰，那么小的一只，该就是塞克林峰了吧。都是海拔万呎①以上的高峰，此刻，在"旷达士"的翼下，却纤小可玩，一簇黛青，娇不盈握，虚虚幻幻浮动在水波不兴一碧千里的"南溟"之上。不是水波不兴，是"旷达士"太旷达了，俯仰之间，忽已睥睨八荒，游戏云表，遂无视于海涛的起起伏伏了。不到一杯橙汁的工夫，新几内亚的郁郁苍苍，倏已陆沉，我们的老地球，所有故乡的故乡，一切国恨家愁的所依所托，顷刻之间都已消逝。所谓地球，变成了一只水球，好蓝好美的一只水球，在好不真实的空间好缓好慢地旋转，昼转成夜，春转成秋，青青的少年转成白头。故国神游，多情应笑我早生华发。水汪汪的一只蓝眼睛，造物的水族馆，下面泳多少鲨多少鲸，多少亿兆的鱼虾在暖洋洋的热带海中悠然摆尾，多少岛多少屿在高更②的梦史蒂文斯③的记忆里午寐，鼾声均匀。只是我的想象罢了，那淡蓝的大眼睛笑得很含蓄，可是什么秘密也没有说。古往今来，她的眼里该只有日起月落，星出星没，映现一些最原始的抽象图形。留下我，上天无门，下临无地，一只"旷达士"鹤一般地骑着，虚悬在中间。头等舱的邻座，不是李白，不是苏轼，是双下巴大肚皮的西方绅士。一杯酒握着，不知该邀谁对饮。

---

① 呎，英制长度单位英尺的旧称。1 英尺 = 12 英寸 = 0.3048 米。

② 高更（Paul Gauguin，1848—1903），法国画家。后印象画派的主要代表。

③ 史蒂文斯（Wallace Stevens，1879—1955），原译史蒂文森，美国诗人。1955 年获得普利策诗歌奖。

乡愁：包一片月光夹在诗里

　　有一种叫作云的骗子，什么人都骗，就是骗不了"旷达士"。"旷达士"，一飞冲天的现代鹏鸟，经纬线织成密密的网，再也网它不住。北半球飞来南半球，我骑在"旷达士"的背上，"旷达士"骑在云的背上。飞上三万呎的高空，云便留在下面，制造它骗人的气候去了。有时它层层叠起，雪峰竞拔，冰崖争高，一望无尽的皑皑，疑是西藏高原雄踞在世界之脊。有时它皎如白莲，幻开千朵，无风的岑寂中，"旷达士"翩翩飞翔，入莲出莲，像一只恋莲的蜻蜓。仰望白云，是人。俯玩白云，是仙。仙在常中观变，在阴晴之外观阴晴，仙是我。哪怕是幻觉，哪怕仅仅是几个时辰。

　　"旷达士"从北半球飞来，五千英里的云驿，只在新几内亚的南岸息一息羽毛。摩尔斯比（Port Moresby）浸在温暖的海水里，刚从热带的夜里醒来，机场四周的青山和遍山的丛林，晓色中，显得生机郁勃，绵延不尽。机场上见到好多巴布亚的土人，肤色深棕近黑，阔鼻、厚唇、凹陷的眼眶中，眸光炯炯探人，很是可畏。

　　从新几内亚向南飞，下面便是美丽的珊瑚海（Coral Sea）了。太平洋水，澈澈澄澄清清，浮云开处，一望见底，见到有名的珊瑚礁，绰号"屏藩大礁"（Great Barrier Reef），迤迤逦逦，零零落落，系住澳洲大陆的东北海岸，好精巧的一条珊瑚带子。珊瑚是浅红色，珊瑚礁呢，说也奇怪，却是青绿色。开始我简直看不懂，双层玻璃的机窗下，奇迹一般浮现一块小岛，四周湖绿，托出中央一方翠青。正觉这小岛好漂亮好有意思，前面似真似幻，竟又浮来一块，形状不同，青绿色泽

---

[1] 摩尔斯比，一译莫尔兹比港，太平洋岛国航线主要港口之一，巴布亚新几内亚的首都和第一大城市。

[2] 澳洲，澳大利亚大陆的通称。包括附近塔斯马尼亚等岛，为世界最小的大陆。广义亦指大洋洲。

的配合则大致相同。猜疑未定，远方海上又出现了，不是一个，而是一群，长的长，短的短，不规不则得乖乖巧巧，玲玲珑珑，那样讨人喜欢的图案层出不穷，令人简直不暇目迎目送。诗人赫伯特（George Herbert）说：

> 色泽鲜丽
> 令仓促的观者拭目重看

惊愕间，我真的揉揉眼睛，被香港的红尘吹翳了的眼睛，仔细看一遍。不是岛！青绿色的图形是平铺在水底，不是突出在水面。啊我知道了，这就是闻名世界的所谓"屏藩大礁"了。透明的柔蓝中漾现变化无穷的青绿群礁，三种凉凉的颜色配合得那么谐美而典雅，织成海神最豪华的地毯。数百丛的珊瑚礁，检阅了一个多小时才看完。

如果我是人鱼，一定和我的雌人鱼，选这些珊瑚为家。风平浪静的日子，和她并坐在最小的一丛礁上，用一只大海螺吹起杜布西袅袅的曲子，使所有的船都迷了路。可是我不是人鱼，甚至也不是飞鱼，因为"旷达士"要载我去袋鼠之邦，食火鸡之国，访问七个星期，去会见澳洲的作家、画家、学者，参观澳洲的学府、画廊、音乐厅、博物馆。不，我是一位访问的作家，不是人鱼。正如普鲁夫洛克所说，我不是

---

1 赫伯特（1593—1633），原译侯伯特，英国诗人。

2 杜布西，即德彪西（Claude Debussy, 1862—1918），法国作曲家。作品有朦胧、飘忽、空幻、幽静的意境。

犹力西士,女神和雌人鱼不为我歌唱。

越过童话的珊瑚海,便是浅褐土红相间的荒地,澳大利亚庞然的体魄在望。最后我看见一个港,港口我看见一座城,一座铁桥黑虹一般架在港上,对海的大歌剧院蚌壳一般张着复瓣的白屋顶,像在听珊瑚海人鱼的歌吟。"旷达士"盘旋扑下,倾侧中,我看见一排排整齐的红砖屋,和碧湛湛的海水对照好鲜明。然后是玩具的车队,在四巷的高速公路上流来流去。然后机身辘辘,"旷达士"放下它蜷起的脚爪,触地一震,雪梨到了。

但是雪梨不是我的主人,澳大利亚的外交部,在西南方二百英里外的山区等我。"旷达士"把我交给一架小飞机,半小时后,我到了澳洲的京城坎贝拉。坎贝拉是一个计划都市,人口目前只有十四万,但是建筑物分布得既稀且广,发展的空间非常宽大。圆阔的草地,整洁的车道,富于线条美的白色建筑,把曲折多姿回环成趣的柏丽·格里芬湖围在中央。神造的全是绿色,人造的全是白色。坎贝拉是我见过的都市中最清洁整齐的一座白城。白色的迷宫。国会大厦,水电公司,国防大厦,联鸣钟楼,国立图书馆,无一不白。感觉中,坎贝拉像是用积木,不,用方糖砌成的理想之城。在我五天的居留中,街上从未见到一片垃圾。

我住在澳洲国立大学的招待所,五天的访问,日程排得很满。感觉中,许多手向我伸来,许多脸绽开笑容,许多名字轻叩我的耳朵,缤

---

① 普鲁夫洛克,指《普鲁弗洛克的情歌》,诗人艾略特的代表作之一,描述中年人普鲁弗洛克内心的迷茫。犹力西士,今译尤利西斯,罗马神话中的英雄。"女神……歌唱",《普鲁弗洛克的情歌》中有"我并非哈姆雷特王子""我不认为她们会为我而唱歌"之句(穆旦译),此处疑"犹力西士"为"哈姆雷特"的误记。

② 雪梨,悉尼的旧译。

③ 坎贝拉,今译为堪培拉。

缤纷纷坠落如花。我接受了沈锜大使及夫人、章德惠参事、澳洲外交部、澳洲国立大学亚洲研究所、澳洲作家协会、坎贝拉高等教育学院等等的宴会；会见了名诗人侯普（A. D. Hope）、康波（David Campbell）、道布森（Rosemary Dobson）和布礼盛顿（R. F. Brissenden）；接受了澳洲总督海斯勒克爵士（Sir Paul Hasuck）、沈锜大使、诗人侯普、诗人布礼盛顿及柳存仁教授的赠书，也将自己的全部译著赠送了一套给澳洲国立图书馆，由东方部主任王省吾代表接受；聆听了坎贝拉交响乐队；接受了《坎贝拉时报》的访问；并且先后在澳洲国立大学的东方学会与英文系发表演说。这一切，当在较为正式的《澳洲访问记》一文中，详加分述，不想在这里多说了。

"旷达士"猛一展翼，十小时的风云，便将我抖落在南半球的冬季。坎贝拉的冷静、高亢，和香港是两个世界，和台湾是两个世界。坎贝拉在南半球的纬度，相当于济南之在北半球。中国的诗人很少这么深入"南蛮"的。《大招》的诗人[1]早就警告过："魂乎无南！南有炎火千里，蝮蛇蜒只。山林险隘，虎豹蜿只，鰅鱅短狐，王虺骞只。魂乎无南，蜮伤躬只！"柳宗元才到柳州，已有万死投荒之叹。韩愈到潮州，苏轼到海南岛，歌哭一番，也就北返中原去了。谁会想到，深入南荒，越过赤道的炎火千里而南，越过南回归线更南，天气竟会寒冷起来，赤火炎炎，会变成白雪凛凛，虎豹蜿只，会变成食火鸡、袋鼠和攀树的醉熊？

从坎贝拉再向南行，科库斯可大山[2]便擎起须发尽白的雪峰，矗立天际。我从北半球的盛夏火鸟一般飞来，一下子便投入了科库斯可北

---

[1] 诗人指屈原，《大招》是诗集《楚辞》中的一首诗。

[2] 科库斯可大山，即科西阿斯科山。

乡愁：包一片月光夹在诗里

麓的阴影里。第一口气才注入胸中，便将我涤得神清气爽，豁然通畅。欣然，我呼出台北的烟火，香港的红尘。我走下寂静宽敞的林荫大道，白干的尤加利树叶落殆尽，枫树在冷风里摇响炫目的艳红和鲜黄，刹那间，我有在美国街上独行的感觉，不经意翻起大衣的领子。一只红冠翠羽对比明丽无伦的考克图大鹦鹉，从树上倏地飞下来，在人家的草地上略一迟疑，忽又翼翻七色，翩翩飞走。半下午的冬阳里，空气在淡淡的暖意中兀自挟带一股醒人的阴凉之感。下午四点以后，天色很快暗了下来。太阳才一下山，落霞犹金光未定，一股凛冽的寒意早已逡巡在两肘，伺机噬人，躲得慢些，冬夕的冰爪子就会探颈而下，伸向行人的背脊了。究竟是南纬高地的冬季，来得迟去得早的太阳，好不容易把中午烘到五十几度，夜色一降，就落回冰风刺骨的四十度了。中国大陆上一到冬天，太阳便垂垂倾向南方的地平，所以美宅良厦，讲究的是朝南。在南半球，冬日却贴着北天冷冷寂寂无声无嗅地旋转，夕阳没处，竟是西北。到坎贝拉的第一天，茫然站在澳洲国立大学校园的草地上，暮寒中，看夕阳坠向西北的乱山丛中。那方向，不正是中国的大陆，乱山外，不正是崦嵫的神话？西北望长安，可怜无数山。无数山。无数海。无数无数的岛。

到了夜里，乡愁就更深了。坎贝拉地势高亢，大气清明，正好饱览星空。吐气成雾的寒颤中，我仰起脸来读夜。竟然全读不懂！不，这张脸我不认得！那些眼睛啊怎么那样陌生而又诡异，闪着全然不解的光芒好可怕！那些密码奥秘的密码是谁在拍打？北斗呢？金牛呢？天狼呢？怎么全躲起来了，我高贵而显赫的朋友啊？踏的，是陌生的土地，

这里的温度均指华氏度。五十华氏度约合10摄氏度，四十华氏度约合4.4摄氏度。

崦嵫（yānzī），山名，在甘肃天水西。古代常用来指日落之处。

戴的，是更陌生的天空，莫非我误闯到一颗新的星球上来了？

当然，那只是一瞬间的惊诧罢了。我一拭眼睛。南半球的夜空，怎么看得见北斗七星呢？此刻，我站在南十字星座的下面，戴的是一顶簇新的星冕，南十字，古舟子航行在珊瑚海塔斯曼海上，无不仰天顶礼的赫赫华胄，闪闪徽章，澳大利亚人升旗，就把它升在自己的旗上。可惜没有带星谱来，面对这么奥秘幽美的夜，只能赞叹赞叹扉页。

我该去纽西兰①吗？塔斯曼冰冷的海水对面，白人的世界还有一片土。澳洲已自在天涯，纽西兰，更在天涯之外之外。庞然而阔的新大陆，澳大利亚，从此地一直延伸，连连绵绵，延伸到帕斯和达尔文，南岸，对着塔斯曼的冰海，北岸，浸在暖脚的南太平洋里。澳洲人自己诉苦，说，无论去什么国家都太远太遥，往往，向北方飞，骑"旷达士"的风云飞驰了四个小时，还没有跨出澳洲的大门。

美国也是这样。一飞入寒冷干爽的气候，就有一种重践北美大陆的幻觉。记忆，重重叠叠的复瓣花朵，在寒颤的星空下反而一瓣瓣绽开了，展开了每次初抵美国的记忆，枫叶和橡叶，混合着街上淡淡汽油的那种嗅觉，那么强烈，几乎忘了童年，十几岁的孩子，自己也曾经拥有一片大树，和直径千里的大陆性冬季，只是那时，祖国覆盖我像一条旧棉被，四万万人挤在一张大床上，一点也没有冷的感觉。现在，站在南十字架下，背负着茫茫的海和天，企鹅为近，铜驼为远，那样立着，引颈企望着企望着长安、洛阳、金陵，将自己也立成一头企鹅。只是别的企鹅都不怕冷，不像这一头啊这么怕冷。

怕冷。怕冷。旭日怎么还不升起？霜的牙齿已经在咬我的耳朵。怕冷。三次去美国，昼夜倒轮。南来澳洲。寒暑互易。同样用一枚老

---

① 今译新西兰，太平洋西南部岛国。

> 乡愁：
> 包一片
> 月光
> 夹在诗里

太阳，怎么有人要打伞，有人整天用来烘手都烘不暖？而用十字星来烘脚，是一夜也烘不成梦的啊。

一九七二年七月十四日于雪梨

前尘隔海，
古屋不再，
听听那冷雨

叁·岁月

乡愁：
包一片
月光
夹在诗里

听　　听

那　冷　雨

雨是女性，

应该最富于感性。

惊蛰一过，春寒加剧。先是料料峭峭，继而雨季开始，时而淋淋漓漓，时而淅淅沥沥，天潮潮地湿湿，即连在梦里，也似乎有把伞撑着。而就凭一把伞，躲过一阵潇潇的冷雨，也躲不过整个雨季。连思想也都是潮润润的。每天回家，曲折穿过金门街到厦门街迷宫式的长巷短巷，雨里风里，走入霏霏令人更想入非非。想这样子的台北凄凄切切完全是黑白片的味道，想整个中国整部中国的历史无非是一张黑白片子，片头到片尾，一直是这样下着雨的。这种感觉，不知道是不是从安东尼奥尼 那里来的。不过那一块土地是久违了，二十五年，四分之一的世纪，即使有雨，也隔着千山万山，千伞万伞。二十五年，一切都断了，只有气候，只有气象报告还牵连在一起，大寒流从那块土地上弥天卷来，这种酷冷吾与古大陆分担。不能扑进她怀里，被她的裙边扫一扫也算是安慰孺慕之情吧。

这样想时，严寒里竟有一点温暖的感觉了。这样想时，他希望这些狭长的巷子永远延伸下去，他的思路也可以延伸下去，不是金门街到厦门街，而是金门到厦门。他是厦门人，至少是广义的厦门人，二十年来，不住在厦门，住在厦门街，算是嘲弄吧，也算是安慰。不过说到广义，他同样也是广义的江南人，常州人，南京人，川娃儿，五陵少年。杏花春雨江南，那是他的少年时代了。再过半个月就是清明。安东尼奥尼的镜头摇过去，摇过去又摇过来。残山剩水犹如是。皇天后土犹如是。纭纭黔首、纷纷黎民从北到南犹如是。那里面是中国吗？

| 安东尼奥尼（Michelangelo Antonioni, 1912—2007），意大利电影导演。1972 年曾拍摄纪录片《中国》。

那里面当然还是中国永远是中国。只是杏花春雨已不再,牧童遥指已不再,剑门细雨渭城轻尘也都已不再。然则他日思夜梦的那片土地,究竟在哪里呢?

在报纸的头条标题里吗?还是香港的谣言里?还是傅聪的黑键白键马思聪的跳弓拨弦?还是安东尼奥尼的镜底勒马洲的望中?还是呢,故宫博物院的壁头和玻璃柜内,京戏的锣鼓声中太白和东坡的韵里?

杏花,春雨,江南。六个方块字,或许那片土就在那里面。而无论赤县也好神州也好中国也好,变来变去,只要仓颉的灵感不灭,美丽的中文不老,那形象那磁石一般的向心力当必然长在。因为一个方块字是一个天地。太初有字,于是汉族的心灵他祖先的回忆和希望便有了寄托。譬如凭空写一个"雨"字,点点滴滴,滂滂沱沱,淅淅沥沥,一切云情雨意,就宛然其中了。视觉上的这种美感,岂是什么 rain 也好 pluie 也好所能满足? 翻开一部《辞源》或《辞海》,金木水火土,各成世界,而一入"雨"部,古神州的天颜千变万化,便悉在望中,美丽的霜雪云霞,骇人的雷电霹雹,展露的无非是神的好脾气与坏脾气,气象台百读不厌门外汉百思不解的百科全书。

听听,那冷雨。看看,那冷雨。嗅嗅闻闻,那冷雨,舔舔吧那冷雨。雨下在他的伞上这城市百万人的伞上雨衣上屋上天线上,雨下在基隆港在防波堤在海峡的船上,清明这季雨。雨是女性,应该最富于感性。雨气空濛而迷幻,细细嗅嗅,清清爽爽新新,有一点点薄荷的香味,浓的时候,竟发出草和树林之后特有的淡淡土腥气,也许那竟是蚯蚓的蜗牛的腥气吧,毕竟是惊蛰了啊。也许地上的地下的生命也许

---

① rain,英文"雨",pluie,法文"雨"。

② 简体字的云、电,已不属于雨部。

古中国层层叠叠的记忆皆蠢蠢而蠕，也许是植物的潜意识和梦吧，那腥气。

第三次去美国，在高高的丹佛他山居住了两年。美国的西部，多山多沙漠，千里干旱，天，蓝似安格罗萨克逊人①的眼睛，地，红如印第安人的肌肤，云，却是罕见的白鸟。落基山簇簇耀目的雪峰上，很少飘云牵雾。一来高，二来干，三来森林线以上，杉柏也止步，中国诗词里"荡胸生层云"或是"商略黄昏雨"的意趣，是落基山上难睹的景象。落基山岭之胜，在石，在雪。那些奇岩怪石，相叠互倚，砌一场惊心动魄的雕塑展览，给太阳和千里的风看。那雪，白得虚虚幻幻，冷得清清醒醒，那股皑皑不绝一仰难尽的气势，压得人呼吸困难，心寒眸酸。不过要领略"白云回望合，青霭入看无"的境界，仍须来中国。台湾湿度很高，最饶云气氤氲雨意迷离的情调。两度夜宿溪头，树香沁鼻，宵寒袭肘，枕着润碧湿翠苍苍交叠的山影和万籁都歇的俱寂，仙人一样睡去。山中一夜饱雨，次晨醒来，在旭日未升的原始幽静中，冲着隔夜的寒气，踏着满地的断柯折枝和仍在流泻的细股雨水，一径探入森林的秘密，曲曲弯弯，步上山去。溪头的山，树密雾浓，蓊郁的水气从谷底冉冉升起，时稠时稀，蒸腾多姿，幻化无定，只能从雾破云开的空处，窥见乍现即隐的一峰半堑，要纵览全貌，几乎是不可能的。至少上山两次，只能在白茫茫里和溪头诸峰玩捉迷藏的游戏。回到台北，世人问起，除了笑而不答心自问，故作神秘之外，实际的印象，也无非山在虚无之间罢了。云缭烟绕、山隐水迢的中国风景，由来予人宋画的韵味。那天下也许是赵家的天下，那山水却是米家的山水。而

---

① 安格罗萨克逊人，即盎格鲁-撒克逊人。源于古代日耳曼人，近代常用来泛指英格兰人、苏格兰人以及他们在北美、澳大利亚、南非等地的移民。

乡愁：包一片月光夹在诗里

究竟，是米氏父子下笔像中国的山水，还是中国的山水上只像宋画，恐怕是谁也说不清楚了吧？

雨不但可嗅，可亲，更可以听。听听那冷雨。听雨，只要不是石破天惊的台风暴雨，在听觉上总是一种美感。大陆上的秋天，无论是疏雨滴梧桐，或是骤雨打荷叶，听去总有一点凄凉，凄清，凄楚，于今在岛上回味，则在凄楚之外，再笼上一层凄迷了，饶你多少豪情侠气，怕也经不起三番五次的风吹雨打。一打少年听雨，红烛昏沉。再打中年听雨，客舟中江阔云低。三打白头听雨的僧庐下，这更是亡宋之痛。一颗敏感心灵的一生：楼上，江上，庙里，用冷冷的雨珠子串成。十年前，他曾在一场摧心折骨的鬼雨中迷失了自己。雨，该是一滴湿漓漓的灵魂，窗外在喊谁。

雨打在树上和瓦上，韵律都清脆可听。尤其是铿铿敲在屋瓦上，那古老的音乐，属于中国。王禹偁在黄冈，破如椽的大竹为屋瓦。据说住在竹楼上面，急雨声如瀑布，密雪声比碎玉，而无论鼓琴，咏诗，下棋，投壶，共鸣的效果都特别好。这样岂不像住在竹和筒里面，任何细脆的声响，怕都会加倍夸大，反而令人耳朵过敏吧。

雨天的屋瓦，浮漾湿湿的流光，灰而温柔，迎光则微明，背光则幽黯，对于视觉，是一种低沉的安慰。至于雨敲在鳞鳞千瓣的瓦上，由远而近，轻轻重重轻轻，夹着一股股的细流沿瓦槽与屋檐潺潺泻下，各种敲击音与滑音密织成网，谁的千指百指在按摩耳轮。"下雨了"，温柔的灰美人来了，她冰冰的纤手在屋顶拂弄着无数的黑键啊灰键，把晌午一下子奏成了黄昏。

在古老的大陆上，千屋万户是如此。二十多年前，初来这岛上，日式的瓦屋亦是如此。先是天黯了下来，城市像罩在一块巨幅的毛玻璃里，阴影在户内延长复加深。然后凉凉的水意弥漫在空间，风自每一个角落里旋起，感觉得到，每一个屋顶上呼吸沉重都覆着灰云。雨来了，最轻的敲打乐敲打这城市。苍茫的屋顶，远远近近，一张张敲过去，古老的琴，那细细密密的节奏，单调里自有一种柔婉与亲切，滴滴点点滴滴，似幻似真，若孩时在摇篮里，一曲耳熟的童谣摇摇欲睡，母亲吟哦鼻音与喉音。或是在江南的泽国水乡，一大筐绿油油的桑叶被啃于千百头蚕，细细琐琐屑屑，口器与口器咀咀嚼嚼。雨来了，雨来的时候瓦这么说，一片瓦说千亿片瓦说，说轻轻地奏吧沉沉地弹，徐徐地叩吧挞挞地打，间间歇歇敲一个雨季，即兴演奏从惊蛰到清明，在零落的坟上冷冷奏挽歌，一片瓦吟千亿片瓦吟。

在旧式的古屋里听雨，听四月，霏霏不绝的黄梅雨，朝夕不断，旬月绵延，湿黏黏的苔藓从石阶下一直侵到舌底、心底。到七月，听台风台雨在古屋顶上一夜盲奏，千浔①海底的热浪沸沸被狂风挟来，掀翻整个太平洋只为向他的矮屋檐重重压下，整个海在他的蜗壳上哗哗泻过。不然便是雷雨夜，白烟一般的纱帐里听羯鼓一通又一通，滔天的暴雨滂滂沛沛扑来，强劲的电琵琶忐忐忑忑忐忐忑忑，弹动屋瓦的惊悸腾腾欲掀起。不然便是斜斜的西北雨斜斜，刷在窗玻璃上，鞭在墙上打在阔大的芭蕉叶上，一阵寒潮泻过，秋意便弥漫旧式的庭院了。

在旧式的古屋里听雨，春雨绵绵听到秋雨潇潇，从少年听到中年，听听那冷雨。雨是一种单调而耐听的音乐是室内乐是室外乐，户内听听，户外听听，冷冷，那音乐。雨是一种回忆的音乐，听听那冷雨，回忆江南的雨下得满地是江湖下在桥上和船上，也下在四川在秧田和蛙塘，下肥了嘉陵江下湿布谷咕咕的啼声，雨是潮潮润润的音乐下在渴望的唇上舐舐那冷雨。

---

① 浔，英寻的旧译。英寻是英美制计量水深的单位，1 英寻 =6 英尺，约合 1.83 米。

因为雨是最最原始的敲打乐从记忆的彼端敲起。瓦是最最低沉的乐器灰蒙蒙的温柔覆盖着听雨的人,瓦是音乐的雨伞撑起。但不久公寓的时代来临,台北你怎么一下子长高了,瓦的音乐竟成了绝响。千片万片的瓦翩翩,美丽的灰蝴蝶纷纷飞走,飞入历史的记忆。现在雨下下来下在水泥的屋顶和墙上,没有音韵的雨季。树也砍光了,那月桂,那枫树,柳树和擎天的巨椰,雨来的时候不再有丛叶嘈嘈切切,闪动湿湿的绿光迎接。鸟声减了啾啾,蛙声沉了咯咯,秋天的虫吟也减了唧唧。七十年代的台北不需要这些,一个乐队接一个乐队便遣散尽了。要听鸡叫,只有去《诗经》的韵里找。现在只剩下一张黑白片,黑白的默片。

正如马车的时代去后,三轮车的时代也去了。曾经在雨夜,三轮车的油布篷挂起,送她回家的途中,篷里的世界小得多可爱,而且躲在警察的辖区以外,雨衣的口袋越大越好,盛得下他的一只手里握一只纤纤的手。台湾的雨季这么长,该有人发明一种宽宽的双人雨衣,一人分穿一只袖子此外的部分就不必分得太苛。而无论工业如何发达,一时似乎还废不了雨伞。只要雨不倾盆,风不横吹,撑一把伞在雨中仍不失古典的韵味。任雨点敲在黑布伞或是透明的塑胶伞上,将骨柄一旋,雨珠向四方喷溅,伞缘便旋成了一圈飞檐。跟女友共一把雨伞,该是一种美丽的合作吧。最好是初恋,有点兴奋,更有点不好意思,若即若离之间,雨不妨下大一点。真正初恋,恐怕是兴奋得不需要伞的,手牵手在雨中狂奔而去,把年轻的长发和肌肤交给漫天的淋淋漓漓,然后向对方的唇上颊上尝凉凉甜甜的雨水。不过那要非常年轻且激情,同时,也只能发生在法国的新潮片里吧。

大多数的雨伞想不会为约会张开。上班下班,上学放学,菜市来回的途中。现实的伞,灰色的星期三。握着雨伞。他听那冷雨打在伞上。索性更冷一些就好了,他想。索性把湿湿的灰雨冻成干干爽爽的白雨,六角形的结晶体在无风的空中回回旋旋地降下来。等须眉和肩头白尽时,伸手一拂就落了。二十五年,没有受故乡白雨的祝福,或许发上下一点白霜是一种变相的自我补偿吧。一位英雄,经得起多少次雨季?他的额头是水成岩削成还是火成岩?他的心底究竟有多厚的苔藓?厦门街的雨巷走了二十年与记忆等长,一座无瓦的公寓在巷底等他,一盏灯在楼上的雨窗子里,等他回去,向晚餐后的沉思冥想去整理青苔深深的记忆。

前尘隔海。古屋不再。听听那冷雨。

一九七四年春

乡愁：
包一片
月光
夹在诗里

山　　盟

那不是朝山，

是回家，

回到一切的开始。

山，在那上面等他。从一切历书以前，峻峻然，巍巍然，从五行和八卦以前，就在那上面等他了。树，在那上面等他。从汉时云秦时月从战国的鼓声以前，就在那上面。就在那上面等他了，虬虬蟠蟠，那原始林。太阳，在那上面等他。赫赫洪洪荒荒。太阳就在玉山背后。新铸的古铜锣。当的一声轰响，天下就亮了。

　　这个约会太大，大得有点像宗教。一边是，山，森林，太阳，另一边，仅仅是他。山是岛的贵族，正如树是山的华裔。登岛而不朝山，是无礼。这山盟，一爽竟爽了二十年。其间他曾经屡次渡海，膜拜过太平洋和巴士海峡对岸，多少山。在科罗拉多那山国一闭就闭了两年。海拔一英里之上，高高晴晴冷冷，是六百多天的乡愁。一万四千英尺以上的不毛高峰，狼牙交错，白森森将他禁锢在里面，远望也不能当归，高歌也不能当泣。他成了世界上最高的浪子，石囚。只是山中的岁月，太长，太静了，连摇滚乐的电吉他也不能一声划破。那种高高在上的岑寂，令他不安。

　　春秋佳日，他常常带了四个小女孩去攀落基山。心惊胆战，脚麻手酸，好不容易爬到峰巅。站在一丛丛一簇簇的白尖白顶之上，反而怅然若失了。爬啊爬啊爬到这上面来了又怎么样呢？四个小女孩在新大陆玩得很高兴。她们只晓得新大陆，不晓得旧大陆。"问君西游何时还？畏途巉岩不可攀。"忽然他觉得非常疲倦。体魄魁梧的昆仑山，在远方喊他。母亲喊孩子那样喊他回去，那昆仑山系，所有横的岭侧的峰，上面所有的神话和传说。落基山美是美雄伟是雄伟，可惜没有回忆没有联想不神秘。要神秘就要峨嵋山五台山普陀山武当山青城山庐山泰山，多少寺多少塔多少高僧、隐士、豪侠。那一切固然令他神往，可是最最萦心的,是噶达素齐老峰。那是昆仑山之根,黄河之源。那不是朝山,是回家,回到一切的开始。有一天应该站在那上面,下面摊开整幅青海高原,看黄河,一条初生的脐带,向星宿海吮取生命。他的魂魄,就化成一只雕,向山下扑去。浩大圆浑的空间,旋,令他目眩。

那只是,想想过瘾罢了。山不转路转,路不转人转。七四七才是一只越洋大雕,把他载回海岛。一九七二年。昆仑山仍在神话和云里。黄河仍在《诗经》里流着。岛有岛神,就先朝岛上的名山吧。

上山那一天,正碰上寒流,气温很低。他们向冷上加冷的高处出发。朱红色的小火车冲破寒雾,在渐渐上升的轨道上奔驰起来,不久,嘉义城就落在背后的平原上了。两侧的甘蔗田和香蕉变成相思树和竹林。过了竹崎,地势渐高渐险,轨旁的林木也渐渐挺直起来,在已经够陡的坡上,将自己拔向更高的空中。最后,车窗外升起铁杉和扁柏,像十里苍苍的仪队,在路侧排开。也许怕风景不够柔媚,偶尔也亮起几树流霞一般明艳的复重樱花,只是惊喜的一瞥,还不够为车道镶一条花边。

路转峰回,小火车呜呜然在狭窄的高架桥上驰过。隔着车窗,山谷愈来愈深,空空茫茫的云气里,脚下远远地,只浮出几丛树尖,下临无地,好令人心悸。不久,黑黝黝的山洞一口接一口来吞噬他们的火车。他们咽进了山的盲肠里,汽笛的惊呼在山的内脏里回荡复回荡。阿里山把他们吞进去吞进去又吐出来,算是朝山之前的小小磨炼。后来才发现,山洞一共四十九条,窄桥一共八十九座。一关关闯上去,很有一点《西游记》的味道。

过了十字路,山势益险,饶它是身材窈窕的迷你红火车,到三千多英尺的高坡上,也回身乏术了。不过,难不倒它。行到绝处,车尾忽然变成车头，以退为进，潇潇洒洒，循着Z字形zigzagzig① 那样倒溜冰一样倒上山去。同时森林愈见浓密，枝叶交叠的翠盖下，难得射进一隙阳光。浓影所及，车厢里的空气更觉得阴冷逼人。最后一个山洞把他们吐出来，洞外的天蓝得那样澈底，阿里山，已经在脚下了。

终于到了阿里山宾馆，坐在餐厅里。巨幅玻璃窗外，古木寒山，连绵不绝的风景匍匐在他的脚下。风景时时在变，白云怎样回合群峰就怎样浮浮沉沉像嬉戏的列岛。一队白鸽在谷口飞翔，有时退得远远的，有时浪沫一样地忽然卷回来。眺者自眺，飞者自飞。目光所及，横卧的风景手卷一般展过去展过去展开米家② 霭霭的烟云。他不知该餐脚下的翠微，或是，回过头来，满桌的人间烟火。山中清纯如酿的空气，才吸了几口，饥意便在腹中翻腾起来。他饿得可以餐赤松子之霞，饮麻姑之露。

"爸爸，不要再看了。"佩珊说。

"再不吃，獐肉就要冷了。"咪③ 也在催。

回过头来，他开始大嚼山珍。

午后的阳光是一种黄澄澄的幸福，他和矗立的原始林和林中一切鸟一切虫自由分享。如果他有那样一把剪刀，他真想把山上的阳光剪一方带回去，挂在他们厦门街的窗上，那样，雨季就不能围困他了。金辉落在人肌肤上，干爽而温暖，可是四周的空气仍然十分寒冽，吸进肺去，使人神清意醒，有一种要飘飘升起的感觉。当然，他并没有就此

---

① zigzagzig, zigzag 意为"z"形转弯, zig 为曲折的, zag 为急转。

② 米家，北宋书画家米芾画山水不求工细，多用水墨点染，画史上有"米家山""米氏云山"之称。

③ 咪，作者对妻子范我存的昵称，又作"咪咪""宓宓"。

飞逸，只是他的眼神随昂昂的杉柏从地面拔起，拔起百尺的尊贵和肃穆之上，翠麓青盖之上，是蓝空，像传说里要我们相信的那样酷蓝。

而且静。海拔七千英尺以上那样的，万籁沉淀到底，阒寂的隔音。值得歌颂的，听觉上全然透明的灵境。森林自由自在地行着深呼吸。柏子闲闲落在地上。绿鸠像隐士一样自管自地吟啸。所以耳神经啊你就像琴弦那么松一松吧今天轮到你休假。没有电铃会奇袭你的没有电话没有喇叭会施刑。没有车要躲灯要看没有繁复的号码要记没有钟表。就这么走在光洁的青板石道上，听自己清清楚楚的足音，也是一种悦耳的音乐。信步所之，要慢，要快，或者要停。或者让一只蚂蚁横过，再继续向前。或者停下来，读一块开裂的树皮。

或者用惊异的眼光，久久，向僵死的断树桩默然致敬。整座阿里山就是这么一所户外博物馆，到处暴露着古木的残骸。时间，已经把它们雕成神奇的艺术。虽死不朽，丑到极限竟美了起来。据说，大半是日本殖民时代伐余的红桧巨树，高贵的躯干风中雨中不知矗立了千年百年，耆耆的斧斤过后，不知在什么怀乡的远方为栋为梁，或者凌迟寸磔，散作零零星星的家具器皿。留下这一盘盘一墙墙硕老无朋的树根，夭矫顽强，死而不仆，在日起月落秦风汉雨之后，虬蟠纠结，筋骨尽露的指爪，章鱼似的，犹紧紧抓住当日哺乳的后土不放。霜皮龙鳞，肌理纵横。顽比锈钢废铁，这些久僵的无头尸体早已风化为树精木怪。风高月黑之夜，可以想见满山蠢蠢而动，都是这些残缺的山魈。

幸好此刻太阳犹高，山路犹有人行。艳阳下，有的树桩削顶成台，宽大可坐十人。有的扭曲回旋，畸陋不成形状。有的枯木命大，身后春意不绝，树中之王一传而至二世，再传而至三世，发为三代同堂，不，同根的奇观。先主老死枯槁，蚀成一个巨可行牛的空洞；父王的僵尸上，却亭亭立着青翠的王子。有的昂然庞然，像一个象头，鼻牙嵯峨，神气俨然。更有一些断首缺肢的巨桧，狩然戟刺着半空，犹不甘忘却，谁知道几世纪前的那场暴风雨，劈空而来，横加于他的雷殛。

正嗟叹间，忽闻重物曳引之声，深甸甸地，辗地而来。异声愈来愈近，在空山里激荡相磨，很是震耳。他外文系出身，自然而然想起凯兹奇尔[1]的仙山中，隆隆滚球为戏的那群怪人。大家都很紧张。小女孩们不安地抬头看他。辗声更近了。隔着繁密的林木，看见有什么走过来。是——两个人。两个血色红润的山胞，气喘咻咻地拖着直径几约两英尺的一截木材，辗着青石板路跑来。怪不得一路上尽是细枝横道，每隔尺许便置一条。原来拉动木材要靠它们的滑力。两个壮汉哼哼哈哈地曳木而过，脸上臂上，闪着亮油油的汗光。

姐妹潭一掬明澄的寒水，浅可见底。迷你小潭，传说着阿里山上两姐妹殉情的故事。管它是不是真的呢，总比取些道貌可憎的名字好吧。

"你们四姐妹都丢个铜板进去，许个愿吧。"

"看你做爸爸的，何必这么欧化？"

"看你做妈妈的，何必这么缺乏幻想。管它。山神有灵，会保佑她们的。"

珊珊、幼珊、佩珊，相继投入铜币。眼睛闭起，神色都很庄重，丢罢，都绽开满意的笑容。问她们许些什么大愿时，一个也不肯说。也罢。轮到最小的季珊，只会嬉笑，随随便便丢完了事。问她许的什么愿，她说，我不知道，姐姐丢了，我就要丢。

他把一枚铜币握在手边，走到潭边，面西而立，心中暗暗祷道："希望有一天能把这几个小姐妹带回家去，带回她们真正的家，去踩那

---

[1] 凯兹奇尔，又译卡兹基尔山。美国纽约州山脉名。

乡愁：包一片月光夹在诗里

一片博大的后土。新大陆，她们已经去过两次，玩过密歇根的雪，涉过落基山的溪，但从未被长江的水所祝福。希望，有一天能回到后土上去朝山，站在全中国的屋脊上，说，看啊，黄河就从这里出发，长江就在这里吃奶。要是可能，给我七十岁或者六十五，给我一间草庐，在庐山，或是峨嵋山上，给我一根藤杖，一卷七绝，一个琴童，几位棋友，和许多猴子许多云许多鸟。不过这个愿许得太奢侈了。阿里山神啊，能为我接通海峡对面，五岳千峰的大小神明吗？"

姐妹潭一展笑靥，接去了他的铜币。

"爸爸许得最久了。"幼珊说。

"到了那一天，无论你们嫁到多远的地方去，也不关我的事了。"他说。

"什么意思吗？"

"只有猴子做我的邻居。"他说。

"哎呀好好玩！"

"最后，我也变成一只——千年老猿。像这样。"他做出欲攫季珊的姿态。

"你看爸爸又发神经了。"

慈云寺缺乏那种香火庄严禅房幽深的气氛。岛上的寺庙大半如此，不说也罢。倒是那所"阿里山森林博物馆"，规模虽小，陈设也简陋单调，离国际水准很远，却朴拙天然，令人觉得可亲。他在那里面很低回了一阵。才一进馆，颈背上便吹来一股肃杀的冷风。昂过头去。高高的门楣上，一把比一把狞恶，排列着三把青锋逼人的大钢锯。森林的刽子手啊，铁杉与红桧都受害于你们的狼牙。堂上陈列着阿里山五木的平削标本，从浅黄到深灰，色泽不一，依次是铁杉、峦大杉、台湾杉、红桧、扁柏。露天走廊通向陈列室。阿里山上的飞禽走兽，从云豹、麂、山猫、野山羊、黄鼠狼到白头鼯鼠，从绿鸠、蛇鹰到黄鱼鸮，莫不展现它们生命的姿态。一个玻璃瓶里，浮着一具小小的桃花鹿胚胎，白色的胎衣里，鹿婴的眼睛还没有睁开。令他低回的，不是这些，是沿着走廊出来，堂上庞然供立，比一面巨鼓还要硕大的，一截红桧木的横剖面。直径宽于一只大鹰的翼展，堂堂的木面竖在那里，比人还高。树中高贵的族长，它生于宋神宗熙宁十年，也就是西元①一○七七年。中华民国元年，也就是明治四十五年，日本人采伐它，千里迢迢，运去东京修造神社。想行刑的那一天，须髯临风，倾天柱，倒地根，这长老长啸仆地的时候，已经有八百三十五岁的高龄了。一个生命，从北宋延续到清末，成为中国历史的证人。他伸出手去，抚摸那伟大的横断面。他的指尖溯帝王的朝代而入，止于八百多个同心圆的中心。多么神秘的一点，一个崇高的生命便从此开始。那时苏轼正是壮年，宋朝的文化正盛开，像牡丹盛开在汴梁，欧阳修墓土犹新，黄庭坚周邦彦的灵感犹畅。他的手指按在一个古老的春天上。美丽的年轮轮回着太阳的光圈，一圈一圈向外推开，推向元，推向明，推向清。太美了。太奇妙了。这些黄褐色的曲线，不是年轮，是中国脸上的皱纹。推出去，推向这海岛的历史。喏，也许是这一圈来了葡萄牙人的三桅战船。这一年春天，红毛鬼闯进了海峡。这一年，国姓爷的楼船渡海东来。大概是这一圈杀害了吴凤②。有一年龙旗降下升起太阳旗。有一年他自己的海轮来泊在基……不对不对，那是最外的一圈之外了，喏，大约在这里。他从古代的梦中醒来，用手指画着虚空。

---

① 西元，即公元。

② 吴凤，清代人，生于福建漳州，随父母迁台，以地方官（通事）身分处理当地汉人与少数民族之间的贸易及抚化事宜，乾隆三十四年（1769）由于不可知的因素，为"阿里山番"所杀，被尊为"阿里山神"。

"爸爸，你在干什么呀？"季珊抬头看着他。

他抓住她的小手指，从外向内数，把她的指尖按在第十六圈上。

"公公就是这一年。"他说。

"公公这一年怎么啦？"她问。

走回宾馆，太阳就下山了。宋朝以前就是这样子，汉以前周以前就是这太阳，神农和燧人以前。在那尊巨红桧的心中，春来春去，画了八百圈年轮的长老，就是这太阳。在它眼中，那红桧和岛上一切的神木，都像小孩子一样幼稚吧。后羿留给我们的，这太阳。

此刻它正向谷口落下去，像那巨红桧小时候看见的那样，缓缓落了下去。千树万树，在无风的岑寂中肃立西望，参加一幕壮丽无比的葬礼。火葬烧着半边天。宇宙在降旗。一轮橙红的火球降下去，降下去，圆得完美无憾的火球啊，怪不得一切年轮都是它的模仿因为太阳造物以它自己的形象。

快要烧完了。日轮半陷在暗红的灰烬里，愈沉愈深。山口外，犹有殿后的霞光在抗拒四围的夜色，横陈在地平线上的，依次是惊红骇黄怅青惆绿和深不可泳的诡蓝渐渐沉溺于苍黛。伫望中，反托在空际的林影全黑了下来。

最后，一切都还给纵横的星斗。

但是太阳会收复世界的，在玉山之巅。在崦嵫山里这只火凤凰会铸冶新的光芒。高处不胜苦寒。他在两条厚毛毯里，瑟缩犹难入梦，盘盘旋旋的山路，还在腿上作麻。夜，太静了。毛黑茸茸的森林似乎有均匀的鼾息。不要错过日出不要，他一再提醒自己。我要亲眼看神怎样变戏法，那只火凤凰怎样突破蛋黄怎样飞起来，不要错过不要。他似乎枕在一座活火山上，有一种美丽的不安。梦是一床太短的被，无论如何也盖不完满。约会女友的前夕,从前,也有过这症状。无以名之,叫它作幸福症吧。睡吧睡吧不要真错过了不要。

走到祝山顶上,已经是六点半了。虽然是华氏四十度①的气温,大家都喘着气,微有汗意。脸上都红通通的,"阿里山的姑娘",他戏呼她们。天色透出鱼肚白,群峰睡意尚未消尽。雾气在下面的千壑中聚集。没有风。只有一只鸟,在新鲜的静寂中试投着它的清音。啾啾唧啾啾唧啭啭唧唧。屏息的期待中,东方的天壁已经炙红了一大片。"快起来了,快起来了。"他回过头去,观日楼下的广场上,已然麇集了百多位观众,在迎接太阳的诞生。已经冻红的脸上,更反映着熊熊的霞光。

"上来了!"

"上来了!"

"太阳上来了上来了!"

浩阔的空间引爆出一阵集体的欢呼。就在同时,巍峨的玉山背后,火山猝发一样迸出了日头,赤金晃晃,千臂投手向他们投过来密密集集的标枪。失声惊呼的同时,一阵刺痛,他的眼睛也中了一枪。簇新的光,簇新簇新的光,刚刚在太阳的丹炉里炼成,猬集他一身。在清虚无尘的空中飞啊飞啊飞了八分钟,扑到他身上这簇光并未变冷。巨铜锣玉山上捶了又捶,神的噪音金熔熔的赞美诗火山熔浆一样滚滚而来,观礼的凡人全擎起双臂忘了这是一种无条件降服的仪式在海拔七千英尺以上。一座峰接一座峰在接受这样灿烂的祝福,许多绿发童子在接受那长老摩挲头颅。不久,福建和浙江也将天亮。然后是湖北和四川。庐山与衡山。秦岭与巴山。然后是漠漠的青海高原。溯长江溯黄

---

① 华氏度,非法定计量单位中的华氏温度单位,四十华氏度约合四点四摄氏度。

乡愁：包一片月光夹在诗里

河而上噫吁嚱危乎高哉天苍苍野茫茫的昆仑山天山帕米尔的屋顶。太阳抚摸的，有一天他要用脚踵去膜拜。

可是他不能永远这样许下去，这长愿。四个小女孩在那边喊他。小红火车在高高的站上喊他，因为嘉义在下面的平原上喊小红火车。该回家了，许多声音在下面那世界喊他。许多街许多巷子许多电话电铃许多开会的通知限时信。许多电梯许多电视天线在许多公寓的屋顶。许多许多表格在阴暗的许多抽屉等许多图章的打击。第二手的空气。第三流的水。无孔不入无坚不摧，文明的赞美诗，噪音。什么才是家呢？他属于下面那世界吗？

火车引吭高呼。他们下山了。六千英尺，五千五，五千……他的心降下去。四十九个洞。八十九座桥。刹车的声音起自铁轨，令人心烦。把阿里山还给云豹。还给鹰和鸠。还给太阳和那些森林。荷兰旗。日本旗。森林的绿旌绿帜是不降的旗。四十九个洞。千年亿年。让太阳在上面画那些美丽的年轮。

一九七二年二月廿八日

乡愁：
包一片
月光
夹在诗里

望乡的牧神

我的生活就像一部翻译小说，

情节不多，

气氛很浓。

那年的秋季特别长，一直拖到感恩节，还不落雪。事后大家都说，那年的冬季，也不像往年那么长，那么严厉。雪是下了，但不像那么深，那么频。幸好圣诞节的一场还积得够厚，否则圣诞老人就显得狼狈失措了。

那年的秋季，我刚刚结束了一年浪游式的讲学，告别了第三十三张席梦思，回到密歇根来定居。许多好朋友都在美国，但黄用和华苓在艾奥瓦，梨华远在纽约，一个长途电话能令人破产。咪咪手续未备，还阻隔半个大陆加一个海加一个海关。航空邮简是一种迟缓的箭，射到对海，火早已熄了，余烬显得特别冷。

那年的秋季，显得特别长。草，在渐渐寒冷的天气里，久久不枯。空气又干，又爽，又脆。站在下风的地方，可以嗅出树叶，满林子树叶散播的死讯，以及整个中西部成熟后的体香。中西部的秋季，是一场弥月不熄的野火，从浅黄到血红到暗赭到郁沉沉的浓栗，从艾奥瓦一直烧到俄亥俄，夜以继日日以继夜地维持好几十郡的灿烂。云罗张在特别洁净的蓝虚蓝无上，白得特别惹眼。谁要用剪刀去剪，一定装满好几箩筐。

那年的秋季特别长，像一段雏形的永恒。我几乎以为，站在四围的秋色里，那种圆溜溜的成熟感，会永远悬在那里，不坠下来。终于一切瓜一切果都过肥过重了，从腴沃中升起来的仍垂向腴沃。每到黄昏，太阳也垂垂落向南瓜田里，红澄澄的，一只熟得不能再熟下去的特大号的南瓜。日子就像这样过去。晴天之后仍然是晴天之后仍然是完整无憾饱满得不能再饱满的晴天，敲上去会敲出音乐来的稀金属的晴天。就这样微醺地饮着清醒的秋季，好怎么不好，就是太寂寞了。在

乡愁一片　包月光　夹在诗里：

西密歇根大学，开了三门课，我有足够的时间看书、写信。但更多的时间，我用来幻想，而且回忆，回忆在有一个岛上做过的有意义和无意义的事情，一直到半夜，到半夜以后。有些事情，曾经恨过的，再恨一次；曾经恋过的，再恋一次；有些无聊，甚至再无聊一次。一切都离我很久，很远。我不知道，我的寂寞应该以时间或空间为半径。就这样，我独自坐到午夜以后，看窗外的夜比《圣经·旧约》更黑，万籁俱灭之中，听两颊的胡髭无赖地长着，应和着腕表巡回的秒针。

这样说，你就明白了。那年的秋季特别长。我不过是个客座教授，悠悠荡荡的，无挂无牵。我的生活就像一部翻译小说，情节不多，气氛很浓；也有其现实的一面，但那是异国的现实，不算数的。例如汽车保险到期了，明天要记得打电话给那家保险公司；公寓的邮差怪可亲的，圣诞节要不要送他件小礼品等。究竟只是一部翻译小说，气氛再浓，只能当作一场逼真的梦罢了。而尤其可笑的是，读来读去，连一个女主角也不见。男主角又如此地无味。这部恶汉体①（picaresque）的小说，应该是没有销路的。不成其为配角的配角，倒有几位。劳悌芬便是其中的一位。在我教过的一百六十几个美国大孩子之中，劳悌芬和其他少数几位，大概会长久留在我的回忆里。一切都是巧合。有一个黑发的东方人，去到密歇根，恰巧会到那一个大学。恰巧那一年，有一个金发的美国青年，也在那大学里。恰巧金发选了黑发的课，恰巧谁也不讨厌谁，于是金发出现在那部翻译小说里。

那年的秋季，本来应该更长更长的。是劳悌芬，使它显得不那样长。劳悌芬，是我给金发取的中文名字。他的本名是 Stephen Cloud②。

---

① 恶汉体，又叫流浪汉小说、恶棍小说，是一种以流浪汉、无赖流浪冒险为题材的小说。

② Stephen Cloud，通常译为史蒂芬·克劳德。Cloud 意为"云"。

一个姓云的人，应该是洒脱的。劳悌芬倒不怎么洒脱。他毋宁是有些腼腆的，不像班上其他的男孩，爱逗着女同学说笑。他也爱笑，但大半是坐在后排，大家都笑时他也参加笑，会笑得有些脸红。后来我才发现他是戴隐形眼镜的。

同时，秋季愈益深了。女学生们开始穿大衣来教室。上课的时候，掌大的枫树落叶，会簌簌叩打大幅的玻璃窗。我仍记得，那天早晨刚落过霜，我正讲到杜甫的"秋来相顾尚飘蓬"。忽然瞥见红叶黄叶之上，联邦的星条旗扬在猎猎的风中，一种摧心折骨的无边秋感，自头盖骨一直麻到十个指尖。有三四秒钟我说不出话来。但脸上的颜色一定泄露了什么。下了课，劳悌芬走过来，问我周末有没有约会。当我的回答是否定时，他说：

"我家在农场上，此地南去四十多英里。星期天就是万圣节了。如果你有兴致，我想请你去住两三天。"

所以三天后，我就坐在他西德产的小汽车右座，向南方出发了。十月底的一个半下午，小阳春停在最美的焦距上，湿度至小，能见度至大，风景呈现最清晰的轮廓。出了卡拉马祖，密歇根南部的大平原抚得好空好阔，浩浩乎如一片陆海，偶然的农庄和丛树散布如列屿。在这样响当当的晴朗里，这样高速这样平稳地驰骋，令人幻觉是在驾驶游艇。一切都退得很远，腾出最开敞的空间，让你回旋。秋，确是奇妙的季节。每个人都幻觉自己像两万英尺高的卷云那么轻，一大张卷云卷起来称一称也不过几磅[①]。又像空气那么透明，连忧愁也是薄薄的，用裁纸刀这么一裁就裁开了。公路，像一条有魔术的白地毯，在车头

[①] 磅，英美制质量或重量单位。1磅＝16盎司，合0.4536千克。

前面不断舒展，同时在车尾不断卷起。

如是卷了二十几英里，西德的小车在一面小湖旁停了下来。密歇根原是千湖之州，五大湖之间尚有无数小泽。像其他的小泽一样，面前的这个湖蓝得染人肝肺。立在湖边，对着满满的湖水，似乎有一只幻异的蓝眼瞳在施术催眠，令人意识到一种不安的美。所以说秋是难解的。秋是一种不可置信而居然延长了这么久的奇迹，总令人觉得有点不妥。就像此刻，秋色四面，上面是土耳其玉的天穹，下面是普鲁士蓝的清澄，风起时，满枫林的叶子滚动香熟的灿阳，仿佛打翻了一匣子的玛瑙。莫奈和西斯莱死了，印象主义的画面永生。

这只是刹那的感觉罢了。下一刻，我发现劳悌芬在喊我。他站在一株大黑橡下面。赤褐如焦的橡叶丛底，露出一间白漆木板钉成的小屋。走进去，才发现是一爿小杂货店。陈设古朴可笑，饶有殖民时期风味。西洋杉铺成的地板，走过时轧轧有声。这种小铺子在城市里是已经绝迹了。店主是一个满脸斑点的胖妇人。劳悌芬向她买了十几根红白相间的竿竿糖，满意地和我走出店来。

橡叶萧萧，风中甚有寒意。我们赶回车上，重新上路。劳悌芬把糖袋子递过来，任我抽了两根。糖味不太甜，有点薄荷在里面，嚼起来倒也津津可口。劳悌芬解释说：

"你知道，老太婆那家小店，开了十几年了，生意不好，也不关门。读初中起，我就认得她了，也不觉得她的糖有什么好吃。后来去卡拉马祖上大学，每次回家，一定找她聊天，同时买点糖吃，让她高兴高兴。现在居然成了习惯，每到周末，就想起薄荷糖来了。"

"是蛮好吃。再给我一根。你也是，别的男孩子一到周末就约

chic① 去了,你倒去看祖母。"

劳悌芬红着脸傻笑。过了一会,他说:

"女孩子麻烦。她们喝酒,还做好多别的事。"

"我们班上的好像都很乖。例如路丝——"

"哦,满嘴的存在主义什么的,好烦。还不如那个老婆婆坦白!"

"你不像其他的美国男孩子。"

劳悌芬耸耸肩,接着又傻笑起来。一辆货车挡在前面,他一踩油门,超了过去。把一袋糖吃光,就到了劳悌芬的家了。太阳已经偏西。夕照正当红漆的仓库,特别显得明艳映颊。劳悌芬把车停在两层的木屋前,和他父亲的旅行车并列在一起。一个丰硕的妇人从屋里探头出来,大呼说:

"Steve②!我晓得是你!怎么这样晚才回来!风好冷,快进来吧!"

劳悌芬把我介绍给他的父母和弟弟侯伯(Herbert)。终于,大家在晚餐桌边坐定。这才发现,他的父亲不过五十岁,已然满头白发,可是白得整齐而洁净,反而为他清瘦的面容增添光辉。侯伯是一个很漂亮的,伶手俐脚的小伙子。但形成晚餐桌上暖洋洋的气氛的,还是他的母亲。她是一个胸脯宽阔、眸光亲切的妇人,笑起来时,启露白而齐的齿光,映得满座粲然。她一直忙着传递盘碟。看见我饮牛奶时狐疑的脸色,她说:

"味道有点怪,是不是?这是我们自己的母牛挤的奶,原奶,和超级市场上买到的不同。等会你再尝尝我们自己的榨苹果汁看。"

"你们好像不喝酒。"我说。

---

① chic,意为别致的,时髦的,此处指时髦、漂亮的女孩。

② Steve,史蒂夫,是史蒂芬的昵称。

"爸爸不要我们喝，"劳悌芬看了父亲一眼，"我们只喝牛奶。"

"我们是清教徒，"他父亲眯着眼睛说，"不喝酒，不抽烟。从我的祖父起就是这样子。"

接着他母亲站起来，移走满桌子残肴，为大家端来一碟碟南瓜饼。

"Steve，"他母亲说，"明天晚上汤普森家的孩子们说了要来闹节的。""不招待，就作怪。余先生听说过吧？糖倒是准备了好几包，就缺一盏南瓜灯。地下室有三四只空南瓜，你等会去挑一只雕一雕。我要去挤牛奶了。"

等他父亲也吃罢南瓜饼，起身去牛栏里帮他母亲挤奶时，劳悌芬便到地下室去。不久，他捧了一只脸盆大小的空干南瓜，开始雕起假面来。他在上端先开了两只菱形的眼睛，再向中部挖出一只鼻子，最后，又挖了一张新月形的阔嘴，嘴角向上。接着，他把假面推到我的面前，问我像不像。相了一会，我说：

"嘴好像太小了。"

于是他又把嘴向两边开得更大。然后他说：

"我们把它放到外面去吧。"

我们推门出去。他把南瓜脸放在走廊的地板上，从夹克的大口袋里掏出一截白蜡烛，塞到蒂眼里，企图把它燃起。风又急又冷，一吹，就熄了。徒然试了几次，他说：

"算了，明晚再点吧。我们早点睡。明天还要去打野兔子呢。"

第二天下午，我们果然背着猎枪去打猎了。这在我说来，是有点滑稽的。我从来没有打猎的经验。军训课上，是射过几发子弹，但距离红心不晓得有好远。劳悌芬却兴致勃勃，坚持要去。

"上个周末没有回家。再上个周末，帮爸爸驾收割机收黄豆。一直没有机会到后面的林子里去。"

劳悌芬穿了一件粗帆布的宽大夹克，长及膝盖，阔腰带一束，显得五呎十吋①上下的身材分外英挺。他把较旧式的一把猎枪递给我，说：

"就凑合着用一下吧。一九五八年出品，本来是我弟弟用的。"看见我犹豫的脸色，他笑笑说："放松一点。只要不向我身上打就行。很有趣的，你不妨试试看。"

我原有一肚子的话要问他。可是他已经领先向屋后的橡树林欣然出发了。我端着枪跟上去。两人绕过黄白相间的耿西牛群的牧地，走上了小木桥彼端的小土径，在犹青的乱草丛中蜿蜒而行。天气依然爽朗朗地晴。风已转弱，阳光不转瞬地凝视着平野，但空气拂在肌肤上，依然冷得人神志清醒，反应敏锐。舞了一天一夜的斑斓树叶，都悬在空际，浴在阳光金黄的好脾气中。这样美好而完整的静谧，用一发猎枪子弹给炸碎了，岂不是可惜。

"一只野兔也不见呢。"我说。

"别慌。到前面的橡树丛里去等等看。"

我们继续往前走。我努力向野草丛中搜索，企图在劳悌芬之前发现什么风吹草动；如此，我虽未必能打中什么，至少可以提醒我的同伴。这样想着，我就紧紧追上了劳悌芬。蓦地，我的猎伴举起枪来，接着耳边炸开了一声脆而短的骤响。一样毛茸茸的灰黄的物体从十几码②外的黑橡树上坠了下来。

"打中了！打中了！"劳悌芬向那边奔过去。

"是什么？"我追过去。

等到我赶上他时，他正挥着枪柄在追打什么。然后我发现草坡下，

---

① 吋，英寸的旧称，1英寸约合2.54厘米。五呎十吋约合1.78米。

② 码，英美制长度单位。1码＝3英尺，合0.9144米。

劳悌芬脚边的一个橡树窟窿里，一只松鼠尚在抽搐。不到半分钟，它就完全静止了。

"死了。"劳悌芬说。

"可怜的小家伙。"我摇摇头。我一向喜欢松鼠。以前在艾奥瓦念书的时候，我常爱从红砖的古楼上，俯瞰这些长尾多毛的小动物在修得平整的草地上嬉戏。我尤其爱看它们躬身而立，捧食松果的样子。劳悌芬捡起松鼠。它的右腿渗出血来，修长的尾巴垂着死亡。劳悌芬拉起一把草，把血斑拭去说：

"它掉下来，带着伤，想逃到树洞里去躲起来。这小东西好聪明。带回去给我父亲剥皮也好。"

他把死松鼠放进夹克的大口袋里，重新端起了枪。

"我们去那边的树林子里再找找看。"他指着半英里外的一片赤金和鲜黄。想起还没有庆贺猎人，我说：

"好准的枪法，刚才！根本没有看见你瞄准，怎么它就掉下来了。"

"我爱玩枪。在学校里，我还是预备军官训练队的上校呢。每年冬季，我都带侯伯去北部的半岛打鹿。这一向眼睛差了。隐形眼镜还没有戴惯。"

这才注意到劳悌芬的眸子是灰蒙蒙的，中间透出淡绿色的光泽。我们越过十二号公路。岑寂的秋色里，去芝加哥的车辆迅疾地扫过，曳着轮胎磨地的嚓嚓，和掠过你身边时的风声。一辆农场的拖拉机，滚着齿槽深凹的大轮子，施施然碾过，车尾扬着一面小红旗。劳悌芬对车上的老叟挥挥手。

"是汤普森家的丈人。"他说。

"车上插面红旗子干嘛？"

"哦，是州公路局规定的。农场上的拖拉机之类，在公路上穿来穿去，开得太慢，怕普通车辆从后面撞上去。挂一面红旗，老远就看见了。"

说着，我们一脚高一脚低走进了好大一片刚收割过的田地。阡陌间歪歪斜斜地还留着一行行的残梗，零零星星的豆粒，落在干燥的土块里。劳悌芬随手折起一片豆荚，把荚剥开。淡黄的豆粒滚入了他的掌心。

"这是汤普森家的黄豆田。尝尝看，很香的。"

我接过他手中的豆子，开始尝起来。他折了更多的豆荚，一片一片地剥着。两人把嚼不碎的豆子吐出来。无意间，我哼起"高粱肥，大豆香，遍地黄金少灾殃……"

"嘿，那是什么？"劳悌芬笑起来。

"二战时大家都唱的一首歌……那时我们都是小孩子。"说着，我的鼻子酸了起来。两人走出了大豆田，又越过一片尚未收割的玉蜀黍。劳悌芬停下来，笑得很神秘。过了一会，他说：

"你听听看，看能听见什么。"

我当真听了一会。什么也没有听见。风已经很微。偶尔，玉蜀黍的干穗壳和邻株磨出一丝窸窣。劳悌芬的浅灰绿瞳子向我发出问询。

我茫然摇摇头。

他又阔笑起来。

"玉米田，多耳朵。有秘密，莫要说。"

我也笑起来。

"这是双关语，"他笑道，"我们英语管玉米穗叫耳朵。好多笑话都从它编起。"

接着两人又默然了。经他一说，果然觉得玉蜀黍秆上挂满了耳朵。成千的耳朵都在倾听，但下午的遗忘覆盖一切，什么也听不见。一枚硬壳果从树上跌下来，两人吓了一跳。劳悌芬俯身拾起来，黑褐色的硬壳已经干裂。

"是山胡桃呢。"他说。

我们继续向前走。杂树林子已经在面前。不久，我们发现自己已在树丛中了。厚厚的一层落叶铺在我们脚下。卵形而有齿边的是桦，瘦而多棱的是枫，橡叶则圆长而轮廓丰满。我们踏着千叶万叶已腐的、将腐的、干脆欲裂的秋季向更深处走去，听非常过瘾也非常伤心的枯枝在我们体重下折断的声音。我们似乎践在暴露的秋筋秋脉上。秋日下午那安静的肃杀中，似乎，有一些什么在我们里面死去。最后，我们在一截断树干边坐下来。一截合抱的黑橡树干，横在枯枝败叶层层交叠的地面，龟裂的老皮形成阴郁的图案，记录霜的齿印、雨的泪痕。黑眼眶的树洞里，覆盖着红叶和黄叶，有的仍有潮意。

两人靠着断干斜卧下来，猎枪搁在断柯的杈丫上。树影重重叠叠覆在我们上面，蔽住更上面的蓝穹。落下来的锈红蚀褐已经很多，但仍有很多的病叶，弥留在枝柯上面，犹堪支撑一座两丈多高的镶黄嵌赤的圆顶。无风的林间，不时有一张叶子飘飘荡荡地坠下。而地面，纵横的枝叶间，会传来一声不甚可解的窸窣，说不出是足拨的或是腹游的路过。

"你看，那是什么？"我转向劳悌芬。他顺着我指点的方向看去。那是几棵银桦树间一片凹下去的地面，里面的桦叶都压得很平。

"好大的坑。"我说。

"是鹿，"他说，"昨夜大概有鹿来睡过。这一带有鹿。如果你住在湖边，就会看见它们结队去喝水。"

接着他躺了下来，枕在黑皮的树干上，穿着方头皮靴的脚交叠在一起。他仰面凝视叶隙透进来的碎蓝色。如是仰视着，他的脸上覆盖着纷沓而游移的叶影，红的朦胧叠着黄的模糊。他的鼻梁投影在一边的面颊上，因为太阳已沉向西南方，被桦树的白干分割着的西南方，牵着一线金灿灿的地平。他的阔胸脯微微地起伏。

"Steve，你的家园多安静可爱。我真羡慕你。"

仰着的脸上漾开了笑容。不久，笑容静止下来。

"是很可爱啊，但不会永远如此。我可能给征到越南去。"

"那样，你去不去呢？"我说。

"如果征到我，就必须去。"

"你——怕不怕？"

"哦，还没有想过。美国的公路上，一年也要死五万人呢。我怕不怕？好多人赶着结婚。我同样地怕结婚。年纪轻轻的，就认定一个女孩，好没意思。"

"你没有女朋友吗？"我问。

"没有认真的。"

我茫然了。躺在面前的是这样的一个躯体，结实、美好，充溢的生命一直到指尖和趾尖。就是这样的一个躯体，没有爱过，也未被爱过，未被情欲燃烧过的一截空白。有一个东方人是他的朋友。冥冥中，在一个遥远的战场上，将有更多的东方人等着做他的仇敌。一个遥远的战场，那里的树和云从未听说过密歇根。

这样想着，忽然发现天色已经晚了。金黄的夕暮淹没了林外的平芜。乌鸦叫得原野加倍地空旷。有谁在附近焚烧落叶，空中漫起灰白的烟来，嗅得出一种好闻的焦味。

"我们回去吃晚饭吧。"劳悌芬说。

那年的秋季特别长，似乎，万圣节来得也特别迟。但到了万圣节，白昼已经很短了。太阳一下去,天很快就黑了,比《圣经》的封面还黑。吃过晚饭,劳悌芬问我累不累。

"不累。一点儿也不累。从来没有像这样好兴致。"

"我们开车去附近逛逛去。"

"好啊——今晚不是万圣节前夕吗?你怕不怕?"

"怕什么?"劳悌芬笑起来。"我们可以捉两个女巫回来。"

"对!捉回来,要她们表演怎样骑扫帚!"

全家人都哄笑起来。劳悌芬和我穿上厚毛衫与夹克。推门出去,在寒颤的星光下,我们钻进西德的小车。车内好冷,皮垫子冰人臀股,一切金属品都冰人肘臂。立刻,车窗上就呵了一层翳翳的雾气。车子上了十二号公路,速度骤增,成排的榆树向两侧急急闪避,白脚的树干反映着首灯的光,但榆树的巷子外,南密歇根的平原罩在一件神秘的黑巫衣里。劳悌芬开了暖气。不久,我的膝头便感到暖烘烘了。

"今晚开车特别要小心,"劳悌芬说,"有些小孩子会结队到邻近的村庄去捣蛋。小孩子边走边说笑,在公路边上,很容易发生车祸。今年,警察局在报上提醒家长,不要让孩子穿深色的衣服。"

"你小时候有没有闹过节呢?"

"怎么没有?我跟侯伯闹了好几年。"

"怎么一个捣蛋法?"

"哦,不给糖吃的话,就用烂泥糊在人家门口。或在窗子上画个鬼,或者用粉笔在汽车上涂些脏话。"

"倒是满有意思的。"

"现在渐渐不作兴这样了。父亲总说,他们小时候闹得比我们还凶。"

说着,车已上了跨越大税路的陆桥。桥下的车辆四巷来去地疾驶着，首灯闪动长长的光芒，向芝加哥，向托莱多①。

"是印第安纳的超级税道。我家离州界只有七英里。"

"我知道。我在这条路上开过两次的。"

"今晚已经到过印第安纳了。我们回去吧。"

说着，劳悌芬把车子转进一条小支道，绕路回去。

"走这条路好些，"他说，"可以看看人家的节景。"

果然远处闪着几星灯火。驶近时，才发现是十几户人家。走廊的白漆栏杆上，皆供着点燃的南瓜灯，南瓜如面，几何形的眼鼻展览着布拉克②和毕加索，说不清是恐怖还是滑稽。有的廊上，悬着骑帚巫的怪异剪纸。打扮得更怪异的孩子们，正在拉人家的门铃。灯火自楼房的窗户透出来，映出洁白的窗帷。

接着劳悌芬放松了油门。路的右侧隐约显出几个矮小的人影。然后我们看出，一个是王，戴着金黄的皇冠，持着权杖，披着黑色的大氅。一个是后，戴着银色的后冕，曳着浅紫色的衣裳。后面一个武士，手执斧钺，不过四五岁的样子。我们缓缓前行，等小小的朝廷越过马路。不晓得为什么，武士忽然哭了起来。国王劝他不听，气得骂起来。还是好心的皇后把他牵了过去。

劳悌芬和我都笑起来。然后我们继续前进。劳悌芬哼起《出埃及》③中的一首歌，低沉之中带点凄婉。我一面听，一面数路旁的南瓜灯。最后劳悌芬说：

"那一盏是我们家的南瓜灯了。"

---

① 托莱多（Toledo），原译陀里多，美国俄亥俄州城市和湖港。

② 布拉克，即乔治·布拉克（Georges Braque, 1882—1963），法国立体主义画家与雕塑家。

③ 《出埃及》，这里应指电影《出埃及记》。

我们把车停在铁丝网成的玉蜀黍圆仓前面。劳悌芬的母亲应铃来开门。我们进了木屋，一下子，便把夜的黑和冷和神秘全关在门外了。

"汤普森家的孩子们刚来过，"他的妈妈说，"爱弟装亚述王①，简妮装贵妮薇儿②，佛莱德跟在后面，什么也不像，连'不招待，就作怪'都说不清楚。"

"表演些什么？"劳悌芬笑笑说。

"简妮唱了一首歌。佛莱德什么都不会，硬给哥哥按在地上翻了一个筋斗。"

"汤姆怎么没来？"

"汤姆吗？汤姆说他已经大了，不搞这一套了。"

那年的秋季特别长，似乎可以那样一直延续下去。那一夜，我睡在劳悌芬家楼上，想到很多事情。南密歇根的原野向远方无限地伸长，伸进不可思议的黑色的遗忘里。地上，有零零落落的南瓜灯。天上，秋夜的星座在人家的屋顶上电视的天线上，在光年外排列百年前千年前第一个万圣节前就是那样的阵图。我想得很多，很乱，很不连贯。高粱肥。大豆香。从越战想到抗美援朝战争想到八年的抗战③。想冬天就要来了空中嗅得出雪来，今年的冬天我仍将每早冷醒在单人床上。大豆香。想大豆在密歇根香着在印第安纳在俄亥俄香着的大豆在另一个大陆有没有在香着？劳悌芬是个好男孩，我从来没有过弟弟。这部翻

---

① 亚述王，即亚瑟王（Arthur），传说中的英国古代历史人物，曾联合不列颠各部落抵抗撒克逊人的入侵。

② 贵妮薇儿，即桂妮维亚（Guinevere），又称格温娜维尔，传说中亚瑟王的王后。

③ 八年的抗战，此处指 1937 年 "卢沟桥事变" 到 1945 年日本投降的八年。抗日战争从 1931 年 "九一八" 事变到 1945 年日本投降，共十四年。

译小说，愈写愈长愈没有情节而且男主角愈益无趣，虽然气氛还算逼真。南瓜饼是好吃的，比苹果饼好吃些。高粱肥。大豆香。大豆香后又怎么样？我实在再也吟不下去了。我的床向秋夜的星空升起，升起。大豆香的下一句是什么？

那年的秋季特别长，所以说，我一整夜都浮在一首歌上。那些尚未收割的高粱，全失眠了。这么说，你就完全明白了，不是吗？那年的秋季特别长。

一九六六年十月二十四日追忆

乡愁：包一片月光片夹在诗里

伐桂的前夕

他是一棵青青的桂树，

集秋天和月和诗于一身。

最后，他在一块鼓形石上坐了下来。幽森森的月光将满园子的荒芜浸在凉凉的回忆里。一切都过去了。曾经是"家"的一切（就叫它"家"吧），只留下一堆瓦砾、木条、玻璃屑。曾经是黑压压的那幢日式古屋，平房特有的那种谦逊和亲切，夏午的风凉和冬日早晨户内一层比一层深的阴影，桧木高贵的品德，白蚂蚁多年的阴谋，以及泻下鸽灰色的温柔和忧郁的鳞鳞屋瓦——这一切，经过拆屋队一星期的努力，都已经夷成平地了。曾经为他抵抗过十六季的台风和黄梅雨，那古屋，已经被肢解，被寸磔，被一片一片地鳞批，连尸体都不留下。可用的部分，也像换肾人的新肾一样，移植到别的躯体上去了。十六年！上面的一代在古屋的幽灵中老去，死去，落发，落牙，如落花；下面的一代，在其中，一个接一个诞生，生日蛋糕的红烛，一年比一年辉煌；而他，中间的一代，也在其中恋爱，结婚，做了爸爸，长出胡子，剃了再长，黑的变灰，灰的变白。生，老，病，死。对于他，这古屋就是一个小型的世界。在他回忆中浮现的，不是单纯的一景，而是重重底片的叠影。悲剧喜喜剧悲悲喜剧亦悲亦喜。母亲的癌症。一位三轮车夫的溺毙，就在后面的河里。一位下女被南部的家人追踪，寻获。另一位，生下一个胖胖的私生子。交游满天下：旧的朋友去，新的朋友来，各式各样的鞋子将他的玄关泊成一种诗的海港。朝北的书斋里，曾经辉煌过好些侧面好些名字。好些名字，有一阵子，连下女都念得舌头发烫；另外的一些，光度渐渐弱下来，生冷得像拉丁文，在他学生们的眼中，激不起一丝反光。学生们也一样。一九六〇那一班，曾经泊平底鞋高跟鞋在玄关的小湖里的，大半越过远海，不再回来。于是又换了一九六一级后是一九六二、一九六三……

疑真疑幻的月光下，那古屋，为这一切做见证的鸽灰色的精灵，只留下了一片朦胧的废墟。他侧耳聆听，似乎只有蚯蚓在那边墙角下吟掘土之清歌，此外，万籁都歇，市声和蛙鸣两皆沉沉。十六年的种种，那些晴美的早晨和阴霾窒人的黄昏，不再留下任何见证，任何见证，除了后院子里这些美丽的树。除了那边的三株杜鹃，从岁末开到初夏，向韩国草上挥霍好几个月的缤缤纷纷。除了更远处的那丛月季和那树月桂，轮流维持半个后院的清芬。还有头顶的这棵枫树，修直挺拔，战胜过无数的毛虫和台风。他从冰屁股的鼓形石面上站起来，就着清朗的月色，企图寻找苍老多裂纹的树干上，他曾经刻过的英文字母。那是YLM三个字首，十五年前，在一阵激越而白热的日子里，用一柄小刀虐待这枫树的结果。至于它们代表的是什么，他从来没有对人说过，包括那位M。这是我们之间的一项秘密啊，他时常拍拍枫树，这么戏谑地说。南宋诗人的"鸥盟"，他羡慕而无能分享，但是诗人与树之间，也可以订"枫盟"的，是不是？说着，他又拍了枫树一下。十几年来，他一直喜欢这枫树。秋天的大孩子，竟然流落在没有秋天的亚热带这岛上。而他，也是从北方来而且想秋天想得要死的一种灵魂啊。思秋症的患者，理应相怜。因此，对于这棵英俊散朗的枫树，他一直特别"照顾"。每年十一月，树上飘落几张勾勒锈红色的三瓣叶子，他总高兴得说不出话来，心里满是故土的温柔。

但刻字那件事毕竟很久很久了。冰冰的月色里，已经辨不出谁是字，谁是裂纹。他抚摩了一会儿，终于放弃。一生的历史，是用许多小小的疯狂串成的，他想。在年轻的世界里，爱情是最流行的一种疯狂。YLM！幸好那种焚心的焦灼只维持了两年。当一切疯狂都痊愈，他的疯狂仍然是诗。像爱情一样，那里面也有狂喜和失意，成功的满足和妒忌的刺痛，但是那缪斯，她永远那样年轻而且惑人，今天，比起二十年前开始追逐的时候，更其如此。这样子的疯狂，毋宁是一种高度的清醒吧。

这么想着，他踏过瓦砾堆，向东边的围墙走去。月光从桂叶丛中泻下来，沾了他一身凉湿。现在他完全进入它的芬芳了。冰薄荷的夜空气中，他贪馋地吸了好一阵子。好遥好远的回忆啊，那嗅觉！因为那是大陆的泥香，古中国幽渺飘忽的品德，近时，浑然不觉，但愈远愈令人临风神往。秋天。多桥多水的江南。水上有月。月里有古代渺茫的箫声。舅舅的院子里。高高的桂树下，满地落花，泛起一层浮动的清香，像一张看不见躲不开的什么魔网。他便和表兄妹们一火柴匣又一火柴匣地拾起来，拿回房去。于是一整个秋季，他都浮在那种高贵的氛围里，像一个仙人。

但那是二十多年前的事了。眼前这树桂花，只有八尺多高，唯它的馥郁已足够使他回到舅舅的那个院子里。如果说，枫是秋的血，那桂就是秋的魂魄了。满园树木中，他最宝贝这棵小桂树，因为在他的迷信里，它形成了一个"情意结"，桂树，秋天，月亮，诗，四个意象交叠成形，丰富而清朗地象征着许多东西。譬如说，他叫它作秋之魂，王维却叫它作桂魄，西方人把它戴在诗人的头上，而秋天，是他的，也是它的生日。十六年来，他的笔锋愈挥愈利，他的名字在港湾之间颇有回声；在他的迷信里，这一切，都和他园子里这一片芬芳有关。第一次去新大陆，他曾站在旧大陆的这片芬芳里，面对青青的小树，默默祝福自己的家国，也祝福自己和自己的诗。他的祝福没有落空。在艾奥瓦的河边，他颇得缪斯的垂青。第二年回国时，原来才到他眉毛的桂树竟已高过了他的头发。他高兴极了，说："看你，真的长大了呢！我的诗也该长高些才行。"第二次再从新大陆回来，他的鬓发怎么带回寒带的薄霜，但是这桂树依旧青青，竟比他高出一个半头了。可以说，

乡愁：包一片月光在诗里

他是看着它长大的，但在另一方面，它也是他的见证啊，见证他的希望和恐惧，光荣和空虚。

十六年的岁月，他是既渡的行人，过去种种，犹如隔岸的风景，倒映在水中。木讷而健忘的灰色老屋，曾经覆他载他在烈日中在寒流中蔽翼他的那老屋，终于死了，只留下满园子的树木，那些重碧交翠的灵魂，做他无言的见证。但你们也不能久留了啊，月光下，他对那桂树说。今晚，是你最后的一夕芬芳，在永恒的月辉中，徐徐呼吸。然后你们就死去，去那老屋刚去的地方。

白血飞溅白屑飞溅啊白血。锯断绿色的灵魂流乳白的血，当钢齿咬进年轮无辜的年轮。明天早晨，伐木工人将全副武装涌至，一下子就占据这园子，展开屠杀。顷刻间，这些和平的生命将集体死亡，而这花园，这绿色的共和国，将沦为一片水泥的平原，一寸绿色也不留下。于是重吨的巨兽将气呼呼在门口停下。他们将掘出一立方英尺又一立方英尺的泥土，种下永不开花一束又一束的钢筋和铁骨，阴郁的地下室，拼花地板，磨石子，嵌磁，嵌磁，最后，一幢不温柔更不美丽的怪物从地面上升起，到空中，去参加这都市的千百只现代恐龙。

因为凡有根的都必须连根拔起。他也是一棵桂一张枫叶，从旧大陆的肥沃中连根拔起。这岛屿，是海波镶边的一种乡愁。在新大陆无根的岁月里，他发现自己是一棵植物，乡土观念那么重那么深的一棵树，每一圈年轮都是江南的太阳。因为他最欣赏嘉木那种无言的谦逊，忍耐无争的美德，和不为谁而绿的蔼蔼清荫，戴一朵云，栖一只鸟，或者垂首聆一只蟋蟀的徐徐歌吟。他相信古印度一位先知的经验：只要你立得够久，够静，升入树顶的那种生命力，亦将从泥下透过你脚底而上升。这样出神地想着想着，在浸渍记忆的月光下，他觉得自己已经成为一棵树，绿其发而青其肢，大地的乳汁逆他的血管而上，直达于他的心脏。他是一棵青青的桂树，集秋天和月和诗于一身。但今晚是他最后的一次芬芳，因为现代的吴刚一点也不神话，因为不神话的吴刚执的是高速的链锯，一举手就招来机械的杀戮，因为锯断了的桂树不会在神话里再生。而且所谓月，只是一颗死了的顽石，种不活桂，养不活蟾蜍。于是一片霍霍飞旋的锋芒，向他热乎乎的喉核滚来，一瞬间，高速的痛苦自顶至踵，一切神经张紧如满弓，剖他成两半。凡有根的都躲不掉斧斤。

"月桂树啊，这是你最后的一次清芬！"他忽然有跪下去的冲动，跪下去，请求无辜者的饶恕。

一轮满月，牵动半个夜的冰冰清光，向那边人家的电视天线上落下。阴影在许多院落里延长。哪家厨房的洋铁皮屋顶，两只猫在捉对儿叫春。这都市已经陷在各式各样的梦或恶魔之中，许多灵魄在许多鼾声里扑翅飞起，各式的盆花在各层阳台上想家而且叹气。牧神的羊蹄声在远方的天桥上消逝……

五小时后东方将泛白。红通通的太阳将升起，自蓝森森自蓝浩浩的太平洋上，于是亚热带这城市，千门万户，将在朝霞里醒来。贪婪无餍，这膨胀的城市将吞噬摩肩接踵的行人和川流不绝的车群，像一只消化不良的巨食蚁兽。于是千分贝百分贝的嚣喊呼喝，真空管、汽笛、喇叭、引擎，不同的噪音自不同的喉中呕出吐出，符咒一般网住这城市。喷射机是一切的高潮，逆着百万人扭曲的神经，以一种撕去所有屋顶的声威迫害天使。同时另一个恢恢巨网，以这城市为直径，从八方四面冉冉升起，无声，无形，染毒你呼吸的每一口空气，且美其名曰红尘，滚滚十丈。于是在两张巨网的围袭下，一百五十万只毒蜘蛛展开大规模的集体屠杀，在天上，在地上，在地下。没有一只不中毒。

机器一占领这城市，牧歌就复不可闻了。马达声代替了蛙声蝉声。

> 乡愁一片
> 包一片月光
> 夹在诗里

到夜里,还剩下一些阴暗的角落还有些伶仃的纺织娘、蟋蟀、蚯蚓,企图负隅抵抗那市声。十六年前,在水源路的那一边在金门街在同安街迷宫似的小巷子里还可以做晚餐后的散步,在初夏勃然的蛙鸣中从容构思一首有韵的田园诗。但现在,那一带诗的走廊早已让给了计程车的红蟹队电单车的虾群去横行。所以一到黄昏,许多苍白的脸上许多饥饿的眼睛,从许多交通车流动的牢狱里向外饕餮,许多建筑物空隙里的一片晚云。

所以机器一占领这城市,牧神就死了。他们在高高的烟囱下屠宰牧歌,装成大大小小的罐头。他们在广告牌上写诗,在大大小小的围墙上张贴哲学。他们用钢铁、玻璃和铝把城市举到虹的旁边,然后从观光酒店从公寓顶上俯瞰延平祠和孔庙,清真寺和基督教堂。

所以机器一占领这城市,绿色的共和国就亡了。植物是一种少数民族,日趋毁灭。莲是一种羞怯的回忆,像南宋词选脱线的零页零叶,散在地上。柳是江南长长的头发飘起,在日式院子亚热带的风中,许多树许多古宅必须倒下,因为有更多的公寓,更多的人笼子必须升起。因为机器说,七十年代在那上面等待我们。

所以月亮就挂在电视的天线上。该有天使在高压线上呼救。再过三小时东方将泛白。手执机器的吴刚将来伐桂,而他,即使是一位诗人,也无力保卫。一只螳螂怎能抵抗一架开路机?最后的芬芳总是最感人。那样的嗅觉,从鼻孔一直达到他灵魂。秋天。成熟的江南。古典的庭院。月光。童时。诗。

他做了最后的一次深呼吸。他扫了好几簇桂瓣在掌心,用手帕小心翼翼地包起来。

"Good-bye, my laurel[1], Good-bye."

他转过身去，向高高挺挺的枫树看了一眼。

"再见了，我的枫。这里本来不是你故乡。"

说着，他踏过玻璃屑和断木条，踏过遍地的残残缺缺，向虚掩的大门走去。都已停歇，狗吠，蛙鸣，人语，车声。整个城市像一个荒坟。落月的昏蒙中，树影屋影融成一片灰蓬蓬的温柔。空气新酿地清新。他锁上木门，触到金属的坚与冷。他走下厦门街的巷子，听自己的步履空洞的回声。水源路的河堤上似有人在喊谁的名字。他停下来，仔细听了好一阵。桂花的幽香从手帕里散出来。

"没有。没有谁在喊我。"

他缓缓向前走。

霍霍的链锯声在背后升起……

一九六九年五月二十日

---

[1] Laurel，月桂。

乡愁：
包一片
月光
夹在诗里

鬼　　雨

——But the rain is full of ghosts tonight.

Edna St. Vincent Millay

中国的历史浸满了雨渍。

似乎从石器时代到现在。

1

"请问余光中先生在家吗？噢，您就是余先生吗？这里是台大医院小儿科病房。我告诉你噢，你的小宝宝不大好啊，医生说他的情形很危险……什么？您知道了？您知道了就行了。"

"喂，余先生吗？我跟你说噢，那个小孩子不行了，希望你马上来医院一趟……身上已经出现黑斑，医生说实在是很危险了……再不来，恐怕就……"

"这里是小儿科病房，我是小儿科黄大夫……是的，你的孩子已经……时间是十二点半，我们曾经努力急救，可是……那是脑溢血，没有办法。昨夜我们打了土霉素，今天你父亲守在这里……什么？你就来办理手续？好极了，再见。"

2

"今天我们要读莎士比亚的一首挽歌 *Fear No More*[①]。翻开诗选，第五十三页。这是莎士比亚晚年的作品 *Cymbeline*[②] 里面摘出来的一首挽歌。你们读过 *Cymbeline* 吗？据说丁尼生临终之前读的一卷书，就是 *Cymbeline*。这首诗咏叹的是生的烦恼和死的恬静，生的无常和死的确

[①] *Fear No More*，中文译为《再不惧》或《无需再怕》。

[②] *Cymbeline*，即《辛白林》，传奇剧，讲述不列颠国王辛白林、公主伊诺贞与恋人以及不列颠和罗马关系的故事。

定。它咏叹的是死的无所不在，无所不容（死就在你的肘边）。前面三段是沉思的，它们泛论死亡的 omnipresence① 和 omnipotence②，最后一段直接对死者而言，像是念咒，有点'孤魂野鬼，不得相犯，呜呼哀哉尚飨！'的味道。读到这里，要朗声而吟，像道士诵经超度亡魂那样。现在，听我读：

> No exorciser harm thee !
> Nor no witchcraft charm thee !
> Ghost unlaid forbear thee !
> Nothing ill come near thee !

"你们要是夜行怕鬼，不妨把莎老头子这段诗念出来壮壮胆。这没有什么好笑的。再过三十年，也许你们会比较欣赏这首诗。现在我们再从头看起。第一段说，你死了，你再也不用怕太阳的毒焰，也不用畏惧冬日的严寒了（那孩子的痛苦已经结束）。哪怕你是金童玉女，是 Anthony Perkins③ 或者 Sandra Dee④，到时候也不免像烟囱扫帚一样，去拥抱泥土。噢，这实在没有什么好笑。不到半个世纪，这间教室里的人都变成一堆白骨，一把青丝，一片碧森森的磷光（那孩子三天，仅仅是三天啊，停止了呼吸）。对不起，也许我不应该说得这么可怕，不过，事实就是如此（我刚从雄辩的太平间回来）。青春从你们的指隙潺

---

① Omnipresence，意为无所不在。

② Omnipotence，意为万能。

③ Anthony Perkins，即安东尼·博金斯（1932—1992），美国电影演员。

④ Sandra Dee，即桑德拉·迪（1942—2005），美国女演员，被誉为一代"青春女星"。

潺地流去，那么昂贵，那么甜美的青春（停尸间的石脸上开不出那种植物）！青春不是常春藤，让你像戴指环一样戴在手上。等你们老些，也许你们会握得紧些，但那时你们只抓到一些痛风症和糖尿病，一些变酸了的记忆。即使把满头的白发编成渔网，也网不住什么东西……

"一来这里，我们就打结，打一个又一个的结，可是打了又解，解了再打，直到死亡的边缘。在胎里，我们就和母亲打一个死结。但是护士的剪刀在前，死亡的剪刀在后（那孩子的脐带已经解缆，永远再看不到母亲）。然后我们又忙着编织情网，然后发现神话中的人鱼只是神话，爱情是水，再密的网也网不住一滴湛蓝……

"这世界，许多灵魂忙着来，许多灵魂忙着去。来的原来都没有名字，去的，也不一定能留下名字。能留下一个名字已经不容易，留下一个形容词，像 Shakespearean[1]，更难。我来。我见。我征服。然后死亡征服了我。（那孩子，那尚未睁眼的孩子，什么也没有看见）这一阵，死亡的黑氛很浓。Pauline[2] 请你把窗子关上。好冷的风！这似乎是祂的丰年。一位现代诗人（他去的地方无所谓古今）。一位末代的孤臣（春草年年绿，王孙归不归）。一位考古学家（不久他就成考古的对象了）。

"莎士比亚最怕死。一百五十多首十四行诗，没有一首不提到死，没有一首不是在自我安慰。毕竟，他的蓝墨水冲淡了死亡的黑色。可是他仍然怕死，怕到要写诗来诅咒侵犯他骸骨的人们。'千古艰难惟一死'，满口永恒的人，最怕死。凡大天才，没有不怕死的。愈是天才，便活得愈热烈，也愈怕丧失它。在死亡的黑影里思想着死亡，莎

---

[1] Shakespearean，即莎士比亚。

[2] Pauline，人名，波林。

士比亚如此，李贺如此，济慈和迪伦·托马斯[1]亦如此。啊，我又打岔了……Any questions[2]？怎么已经是下课铃了？Sea nymphs hourly ring his knell……（怎么已经是下课铃了？）

"再见，江玲，再见，Carmen[3]，再见，Pearl（Those are pearls that were his eyes）[4]。这雨怎么下不停的？谢谢你的伞，我有雨衣。Sea nymphs hourly ring his knell，他的丧钟。（他的丧钟。他的小棺材。他的小手。握得紧紧的，但什么也没有握住，Nobody, not even the rain, has such small hands.[5]）江玲再见。女孩子们再见！"

3

南山何其悲，鬼雨洒空草。雨在海上落着。雨在这里的草坡上落着。雨在对岸的观音山落着。雨的手很小，风的手帕更小，我腋下的小棺材更小更小。小的是棺材里的手。握得那么紧，但什么也没有握住，除了三个雨夜和雨天。潮天湿地。宇宙和我仅隔层雨衣。雨落在草坡上。雨落在那边的海里。海神每小时摇他的丧钟。

"路太滑了。就埋在这里吧。"

"不行。不行。怎么可以埋在路边？"

---

① 迪伦·托马斯（1914—1953），原译狄伦·托马斯。威尔士诗人。

② Any questions，意为任何问题。

③ Carmen，人名，卡门。

④ Pearl，意为珍珠；括号内的英文出自艾略特的诗《荒原》，意为"这些明珠就是他的眼睛（赵萝蕤译）"。

⑤ 这句英文出自美国诗人卡明斯的诗《我从未旅行过的地方》，作者将其译为"没有谁，即使是雨，有这样小的手"。

"都快到山顶了,就近找一个角落吧。哪,我看这里倒不错。"

"胡说!你脚下踩的不是墓石?已经有人了。"

"该死!怎么连黄泉都这样挤!一块空地都没有。"

"这里是乱葬岗呢。好了好了,这里有四尺空地了。就这里吧,你看怎么样?要不要我帮你抱一下棺材?"

"不必了,轻得很。老侯,就挖这里。"

"怎么这一带都是葬的小朋友?你看那块碑!"

顺着白帆指的方向,看见一座五尺长的隆起的小坟。前面的碑上,新刻红漆的几行字:

一九五八年七月生

一九六三年九月殁

爱女苏小菱之墓

母 孙婉宜

父 苏鸿文

"那边那个小女孩还要小。"我把棺材轻轻放在墓前的青石案上。"你看这个。一九六〇年生。一九六二年殁。好可怜。好可怜。唉,怎么有这许多小幽灵。死神可以在这里办一所幼稚园了。"

"那你的宝宝还不够入园的资格呢。他妈妈知不知道?"

"不知道。我暂时还不告诉她。唉,这也是没有缘分,我们要一个小男孩。神给了我们一个,可是一转眼又收了回去。"

"你相信有神?"

"我相信有鬼。I'm very superstitious, you know, I'm as superstitious as

乡愁：包一片月光夹在诗里

Byron.[①] 你看过我译的《缪斯在地中海》没有？雪莱在一年之内，抱着两口小棺材去墓地埋葬……"

"小时候我有个初中同学，生肺病死的。后来我每天下午放学，简直不敢经过他家门口。天一黑，他母亲就靠在门口，脸又瘦又白，看见我走过，就死盯着我，嘴里念念有词，喊她儿子的名字。那样子，似笑非笑，怕死人！她儿子秋天死的。她站在白杨树下，每天傍晚等我。今年的秋天站到明年的秋天，足足喊了她儿子三年。后来转了学，才算躲掉这个巫婆……话说回来，母亲爱儿子，那真是怎么样也忘不掉的。"

"那是在哪里的时候？"

"丰都县。现在我有时还梦见她。"

"梦见你同学？"

"不是。梦见他妈妈。"

上风处有人在祭坟。一个女人。哭得怪凄厉的。荨麻草在雨里直眨眼睛。一只野狗在坡顶边走边嗅。隐隐地，许多小亡魂在呼唤他们的姆妈。这里的幼稚园冷而且潮湿，而且没有人在做游戏。只有清明节，才有家长来接他们回去。正是下午四点，吃点心的时候。小肚子又冷又饿哪。海神按时敲他的丧钟。无所谓上课，无所谓下课。虽然海神敲凄其[②]的丧钟，按时。

"上午上的什么课？"

---

① 此句大意为：我非常迷信，我和拜伦一样迷信。

② 凄其，寒冷貌，凄凉貌。

"英诗，莎士比亚的 *Fear No More* 和 *Full Fathom Five*，同学们不知道为什么要选这两首诗。Sea nymphs hourly ring ……好了，好了，够深了。轻一点，轻一点，不要碰……"

大铲大铲的黑泥扑向土坑。很快地，白木小棺便不见了。我的心抖了一下。一扇铁门向我关过来。

"回去吧。"我的同伴在伞下喊我。

4

文兴：

接到你自雪封的艾奥瓦城寄来的信，非常为你高兴。高兴你竟在零下的异国享受熊熊的爱情。握着小情人的手，踏过白晶晶的雪地，踏碎满地的黄橡叶子。风来时，翻起大衣的貂皮领子，看雪花落在她的帽檐上。我可以想见你的快意，因为我也曾在那座小小的大学城里，被禁于六角形盖成的白宫。易地而居，此心想必相同。

我却因在森冷的雨季之中，有雪的一切烦恼，但没有雪的爽白和美丽。湿天潮地，雨气蒸浮，充盈空间的每一个角落。木麻黄和尤加利树的头发全湿透了，天一黑，交叠的树影里拧得出秋的胆汁。伸出脚掌，你将踩不到一寸干土。伸出手掌，凉蠕蠕的泪就滴入你的掌心。太阳和太阴皆已篡位。每一天都是日蚀。每一夜都是月蚀。雨云垂翼在这座本就无欢的都市上空，一若要孵出一只凶年。长此以往，我的

---

① *Full Fathom Five*，出自莎士比亚戏剧《暴风雨》，直译为"五英寻深的地方"，意译为"海神的召唤"。

② 本句为 *Full Fathom Five* 中的诗句，意为"海的女神时时摇起他的丧钟"（申恩荣译）。

乡愁包一片月光夹在诗里

肺里将可闻蚋①群的悲吟，蟑螂亦将顺我的脊椎而上。

在信里你曾向我预贺一个婴孩的诞生。我不知道该怎么回答你。我只能告诉你，那婴孩是诞生了，但不在这屋顶下面。他屋顶比这矮小得多。他睡得很熟，在一张异常舒适的小榻上。总之我已经将他全部交给了户外的雨季。那里没有门牌，也无分昼夜。那是一所非常安静的幼稚园，没有秋千，也没有荡船。在一座高高的山顶，可以俯瞰海岸。海神每小时摇一次铃铛。雨地里，腐烂的薰草化成萤，死去的萤流动着神经质的碧磷。不久他便要捐给不息的大化，汇入草下的冻土，营养九茎的灵芝或是野地的荆棘。扫墓人去后，旋风吹散了纸马，马踏着云。秋坟的络丝娘唱李贺的诗，所有的耳朵都凄然竖起。百年老鸮修炼成木魅，和山魈争食祭坟的残肴。蓦然，万籁流窜，幼稚园恢复原始的寂静。空中回荡着诗人母亲的厉斥：

是儿要呕出心乃已耳！

最反对写诗的总是诗人的母亲。我的母亲已经不能反对我了。她已经在浮图下聆听了五年，听殿上的青铜钟摇撼一个又一个的黄昏，当幽魂们从塔底啾啾地飞起，如一群畏光的蝙蝠。母亲。母亲。最悦耳的音乐该是木鱼伴奏着铜磬。雨在这里下着。雨在远方的海上下着。雨在公墓的小坟顶，坟顶的野雏菊上下着。雨在母亲的塔上下着。雨在海峡的这边下着雨在海峡的那边，也下着雨。巴山夜雨。雨在二十年前下着的雨在二十年后也一样地下着，这雨。桐油灯下读古文的孩子。雨下得更大了。雨声中唤孩子去睡觉的母亲。同一盏桐油

---

① 蚋（ruì），蚊类昆虫。

灯下，为我扎鞋底的母亲。氧化成灰烬的，一吹就散的母亲。巴山的秋雨涨肥了秋池。少年听雨巴山上。桐油灯支撑黑穹穹的荒凉。（而今听雨僧庐下，鬓已星星也？）中年听雨，听鬼雨如号，淋在孩子的新坟上，淋在母亲的古塔上，淋在苍茫的回忆回忆之上。雨更加猖狂。屋瓦腾腾地跳着。空屋的心脏病态到高潮。妻在产科医院的楼上，听鬼雨叩窗，混合着一张小嘴喊妈妈的声音。父亲辗转在风湿的床上，咳声微弱，沉没在浪浪的雨声之中。一切都离我恁远，今夜，又离我恁近。今夜的雨里充满了鬼魂。湿漓漓，阴沉沉，黑森森，冷冷清清，惨惨凄凄切切。今夜的雨里充满了寻寻觅觅，今夜这鬼雨。落在莲池上，这鬼雨，落在落尽莲花的断肢断肢上。连莲花也有诛九族的悲剧啊。莲莲相连，莲瓣的千指握住了一个夏天，又放走了一个夏天。现在是秋夜的鬼雨，哗哗落在碎萍的水面，如一个乱发盲睛的肖邦在虐待千键的钢琴。许多被鞭笞的灵魂在雨地里哀求大赦。魑魅呼喊着魍魉回答着魑魅。月蚀夜，迷路的白狐倒毙，在青狸的尸旁。竹黄。池冷。芙蓉死。地下水腐蚀了太真的鼻和上唇。西陵下，风吹雨，黄泉酝酿着空前的政变，芙蓉如面。蔽天覆地，黑风黑雨从破穹破苍的裂隙中崩溃了下来，八方四面，从罗盘上所有的方位向我们倒下，捣下，倒下。女娲炼石补天处，女娲坐在彩石上绝望地呼号。《石头记》的断线残编。石头城也泛滥着六朝的鬼雨。郁孤台下，马嵬坡上，羊公碑①前，落多少行人的泪。也落在湘水。也落在潇水。也落在苏小小的西湖。黑风黑雨打熄了冷翠烛，在苏小小的小小的石墓。潇潇的鬼雨从大禹的时代便潇潇下起。雨落在中国的泥土上。雨渗入中国的地层下。中国的

---

① 羊公碑，即羊碑，位于湖北省襄阳市岘山，是当地百姓纪念西晋大臣羊祜所建。后世用"羊碑"称颂爱民的官吏。

乡愁：
包一片
月光
夹在诗里

历史浸满了雨渍。似乎从石器时代到现在。同一个敏感的灵魂，在不同的躯体里忍受无尽的荒寂和震惊。哭过了曼卿，滁州太守也加入白骨的行列。[①]哭湿了青衫，江州司马也变成苦竹和黄芦。即使是王子乔，也带不走李白和他的酒瓶。今夜的雨中浮多少蚯蚓。

这已是信笺的边缘了。盲目的夜里摸索着盲目的风雨。一切都黯然，只有胡髭在唇下茁长。明晨，我剃刀的青刃将享受一顿丰收的早餐。这轻飘飘的国际邮简，亦将冲出厚厚的雨云，在孔雀蓝的晴脆里向东飞行了。

光中 十二月九日
一九六三年十二月十日

[①] 滁州太守，指北宋文学家欧阳修（曾任滁州太守），他为纪念诗友石延年（字曼卿）而作《祭石曼卿文》。

从从容容地过日子，
看花开花谢

肆·生活

乡愁：
包一片
月光
夹在诗里

假如

我有

九条命

既有肉身，

就注定要承受与生俱来的千般惊扰。

假如我有九条命，就好了。

一条命，就可以专门应付现实的生活。苦命的丹麦王子说过：既有肉身，就注定要承受与生俱来的千般惊扰。现代人最烦的一件事，莫过于办手续；办手续最烦的一项莫过于填表格。表格愈大愈好填，但要整理和收存，却愈小愈方便。表格是机关发的，当然力求其小，于是申请人得在四根牙签就塞满了的细长格子里，填下自己的地址。许多人的地址都是节外生枝，街外有巷，巷中有弄，门牌还有几号之几，不知怎么填得进去。这时填表人真希望自己是神，能把须弥纳入芥子，或者只要在格中填上两个字"天堂"。一张表填完，又来一张，上面还有密密麻麻的各条说明，必须皱眉细阅。至于照片、印章，以及各种证件的号码，更是缺一不可。于是半条命已去了，剩下的半条勉强可以用来回信和开会，假如你找得到相关的来信，受得了邻座的烟熏。

一条命，有心留在台北的老宅，陪伴父亲和岳母。父亲年逾九十，右眼失明，左眼不清。他原是最外倾好动的人，喜欢与乡亲契阔谈宴，现在却坐困在半昧不明的寂寞世界里，出不得门，只能追忆冥隔了二十七年的亡妻，怀念分散在外地的子媳和孙女。岳母也已过了八十，五年前断腿至今，步履不再稳便，却能勉力以蹒跚之身，照顾旁边的朦胧之人。她原是我的姨母，家母亡故以来，她便迁来同住，主持失去了主妇之家的琐务，对我的殷殷照拂，情如半母，使我常常感念天无绝人之路，我失去了母亲，神却再补我一个。

一条命，用来做丈夫和爸爸。世界上大概很少有全职的丈夫，男人忙于外务，做这件事不过是兼差。女人做妻子，却往往是专职。女人填表，可以自称"主妇"（housewife），却从未见过男人自称"主夫"

（househusband）。一个人有好太太，必定是天意，这样的神恩应该细加体会，切勿视为当然。我觉得自己做丈夫比做爸爸要称职一点，原因正是有个好太太。做母亲的既然那么能干而又负责，做父亲的也就乐得"垂拱而治"了。所以我家实行的是总理制，我只是合照上那位俨然的元首。四个女儿天各一方，负责通信、打电话的是母亲，做父亲的总是在忙别的事情，只在心底默默怀念着她们。

一条命，用来做朋友。中国的"旧男人"做丈夫虽然只是兼职，但是做起朋友来却是专任。妻子如果成全丈夫，让他仗义疏财，去做一个漂亮的朋友，"江湖人称小孟尝"，便能赢得贤名。这种有友无妻的作风，"新男人"当然不取。不过"新男人"也不能遗世独立，不交朋友。要表现得"够朋友"，就得有闲、有钱，才能近悦远来。穷忙的人怎敢放手去交游？我不算太穷，却穷于时间，在"够朋友"上面只敢维持低姿态，大半仅是应战。跟身边的朋友打完消耗战，再无余力和远方的朋友隔海越洲，维持庞大的通讯网了。演成近交而不远攻的局面，虽云目光如豆，却也由于鞭长莫及。

一条命，用来读书。世界上的书太多了，古人的书尚未读通三卷两帙，今人的书又汹涌而来，将人淹没。谁要是能把朋友题赠的大著通通读完，在斯文圈里就称得上是圣人了。有人读书，是纵情任性地乱读，只读自己喜欢的书，也能成为名士。有人呢，是苦心孤诣地精读，只读名门正派的书，立志成为通儒。我呢，论狂放不敢做名士，论修养不够做通儒，有点不上不下。要是我不写作，就可以规规矩矩地治学；或者不教书，就可以痛痛快快地读书。假如有一条命专供读书，当然就无所谓了。

书要教得好，也要全力以赴，不能随便。老师考学生，毕竟范围有限，题目有形。学生考老师，往往无限又无形。上课之前要备课，下课之后要阅卷，这一切都还有限。倒是在教室以外和学生闲谈问答之间，更能发挥"人师"之功，在"教"外施"化"。常言"名师出高徒"，未必尽然。老师太有名了，便忙于外务，席不暇暖，怎能即之也温？倒是有一些老师"博学而无所成名"，能经常与学生接触，产生实效。

另一条命应该完全用来写作。台湾的作家极少是专业，大半另有正职。我的正职是教书，幸而所教与所写颇有相通之处，不至于互相排斥。以前在台湾，我日间教英文，夜间写中文，颇能并行不悖。后来在香港，我日间教三十年代文学，夜间写八十年代文学，也可以各行其是。不过艺术是需要全神投入的活动，没有一位兼职然而认真的艺术家不把艺术放在主位。鲁本斯[①]任荷兰驻西班牙大使，每天下午在御花园里作画。一位侍臣在园中走过，说道："哟，外交家有时也画几张画消遣呢。"鲁本斯答道："错了，艺术家有时为了消遣，也办点外交。"陆游诗云："看渠胸次隘宇宙，惜哉千万不一施。空回英概入笔墨，生民清庙非唐诗。向令天开太宗业，马周遇合非公谁？后世但作诗人看，使我抚几空嗟咨。"陆游认为杜甫之才应立功，而不应仅仅立言，看法和鲁本斯正好相反。我赞成鲁本斯的看法，认为立言已足自豪。鲁本斯所以传后，是由于他的艺术，不是他的外交。

一条命，专门用来旅行。我认为没有人不喜欢到处去看看：多看他人，多阅他乡，不但可以认识世界，亦可以认识自己。有人旅行是乘豪华邮轮，谢灵运再世大概也会如此。有人背负行囊，翻山越岭。有人骑自行车环游天下。这些都令我羡慕。我所优为的，却是驾车长

[①] 鲁本斯（Peter Paul Rubens, 1577—1640），佛兰德斯（今分属法国、比利时和荷兰）画家，其成就在于融合尼德兰和意大利的艺术传统，复兴了佛兰德斯画派。

征，去看天涯海角。我的太太比我更爱旅行，所以夫妻两人正好互作旅伴，这一点只怕徐霞客也要艳羡。不过徐霞客是大旅行家、大探险家，我们，只是浅游而已。

最后还剩一条命，用来从从容容地过日子，看花开花谢，人往人来，并不特别要追求什么，也不被"截止日期"所追迫。

一九八五年七月七日

乡愁:
包一片
月光
夹在诗里

书斋 · 书灾

对于一个书呆子,

理书是带一点回忆的哀愁的。

物以类聚，我的朋友大半也是书呆子。很少有朋友约我去户外恋爱春天。大半的时间，我总是与书为伍。大半的时间，总是把自己关在六叠①之上，四壁之中，制造氮气，做白日梦。我的书斋，既不像沃尔波尔②（Horace Walpole）中世纪的哥特式③城堡那么豪华，也不像格勒布街④（Grub Street）的阁楼那么寒酸。我的藏书不多，也没有统计，大约在一千册左右。"书到用时方恨少"，花了那么多钱买书，要查点什么仍然不够应付。有用的时候，往往发现某本书给朋友借去了没还来。没用的时候，它们简直满坑、满谷；书架上排列得整整齐齐的之外，案头、椅子上、唱机上、窗台上、床上、床下，到处都是。由于为杂志写稿，也编过刊物，我的书城之中，除了居民之外，还有许多来来往往的流动户口，例如《文学杂志》《现代文学》《中外》《蓝星》《作品》《文坛》《自由青年》等等，自然，更有数以百计的《文星》。

"腹有诗书气自华。"奈何那些诗书大半不在腹中，而在架上、架下、墙隅，甚至书桌脚下。我的书斋经常在闹书文，令我的太太、岳母，和擦地板的下女顾而绝望。下女每逢擦地板，总把架后或床底的

---

① 叠，日式房屋面积用榻榻米（一种草席）的块数来计算，一块称为一叠。一叠尺寸约合1.62平方米。六叠指可以铺设六块榻榻米的房间，面积约9.72平方米。

② 沃尔波尔，原译华波尔，即霍勒斯·沃尔波尔（1717—1797），英国小说家。其中篇小说《奥特兰托堡》以中世纪的意大利为背景，写一个发生在古城堡里的恐怖怪诞的故事，开英国"哥特式小说"的先河。

③ 哥特式，原译歌德式。哥特式建筑是欧洲中世纪后期的建筑风格，采用尖拱券、小尖塔、飞扶壁、彩色玻璃镶嵌的花窗。代表作品有法国巴黎圣母院、德国科隆大教堂、意大利米兰教堂等。

④ 格勒布街，一译格拉布街，位于英国伦敦西区的一条以新闻出版产业著称的街道，也是重要的资产阶级公共领域。

书一股脑儿堆在我床上。我的岳母甚且几度提议,用秦始皇的方法来解决。有一次,在台风期间,中和乡大闹水灾,夏菁家里数千份《蓝星》随波逐流,待风息水退,乃发现地板上、厨房里、厕所中、狗屋顶,甚至院中的树上,或正或反,举目皆是《蓝星》。如果厦门街也有这么一次水灾,则在我家,水灾过后,必有更严重的书灾。

你会说,既然怕铅字为祸,为什么不好好整理一下,使各就其位,取之即来呢?不可能,不可能!我的答复是不可能。凡有几本书的人,大概都会了解,理书是多么麻烦,同时也是多么消耗时间的一件事。对于一个书呆子,理书是带一点回忆的哀愁的。喏,这本书的扉页上写着:"一九五二年四月购于台北。"(那时你还没有大学毕业哪!)那本书的封底里页,记着一个女友可爱的通信地址(现在不必记了,她的地址就是我的。可叹,可叹!这是幸福,还是迷惘?)。有一本书上写着:"赠余光中,一九五九年于艾奥瓦城。"(作者已经死了,他巍峨的背影已步入文学史。将来,我的女儿们读文学史到他时,有什么感觉呢?)另一本书令我想起一位好朋友,他正在太平洋彼岸的一个小镇上穷泡,好久不写诗了。翻开这本红面烫金古色古香的诗集,不料一张叶脉毕呈枯脆欲断的橡树叶子,翩翩地飘落在地上。这是哪一个秋天的幽灵呢?那么多书,那么多束信,那么多叠的手稿!我来过,我爱过,我失去——该是每块墓碑上都适用的墓志铭。而这,也是每位作家整理旧书时必有的感想。谁能把自己的回忆整理清楚呢?

何况一面理书,一面还要看书。书是看不完的,尤其是自己的藏书。谁要能把自己的藏书读完,一定成为大学者。有的人看书必借,借书必不还。有的人看书必买,买了必不看完。我属于后者。我的不少朋友属于前者。这种分类法当然纯粹是主观的。有一度,发现自己的一些好书,甚至是绝版的好书,被朋友们久借不还,甚至于久催不理,我愤怒地考虑写一篇文章，声讨这批雅贼，不，"雅盗"，因为他们的罪行是公开的。不久我就打消这念头了，因为发现自己也未能尽免"雅盗"的作风。架上正摆着的，就有几本向朋友久借未还的书——有一本论诗的大著是向淡江某同事借的，已经半年多没还了，他也没来催。当然这么短的"侨居"还不到"归化"的程度。有一本《美国文学的传统》下卷，原是朱立民先生处借来，后来他料我毫无还意，绝望了，索性声明是送给我，而且附赠了上卷。在十几册因久借而"归化"了的书中，大部分是台大外文系的财产。它们的"侨龄"都已逾十一年。据说系图书馆的管理员仍是当年那位女士，吓得我十年来不敢跨进她的辖区。借钱不还，是不道德的事。书也是钱买的，但在"文艺无国界"的心理下，似乎借书不还是一件不值一提的事了。

除了久借不还的以外，还有不少书——简直有三四十册——是欠账买来的。它们都是向某家书店"买"来的，"买"是买来了，但几年来一直未曾付账。当然我也有抵押品——那家书店为我销售了百多本的《万圣节》和《钟乳石》，也始终未曾结算。不过我必须立刻声明，到目前为止，那家书店欠我的远少于我欠书店的。我想我没有记错，或者可以说，没有估计错，否则我不会一直任其发展而保持缄默。大概书店老板也以为他欠我较多，而容忍了这么久。

除了上述两种来历不太光荣的书外，一部分的藏书是作家朋友的赠书。其中绝大多数是中文的新诗集，其次是小说、散文、批评和翻译，自然也有少数英文，乃至法文、韩文和土耳其文的著作。这些赠书当然是来历光明的，因为扉页上都有原作者或译者的亲笔题字，更加可贵。可是，坦白地说，这一类的书，我也很少全部详细拜读完毕的。我敢说，没有一位作家会把别的作家的赠书一一览尽。英国作家贝洛克（Hilaire Belloc）有两行谐诗：

When I am daed, I hope it may be said:
"His sins were scarlet, but his books were read."

勉强译成中文，就成为：

当我死时，我希望人们会说：
"他的罪深红，但他的书有人读过。"

此地的 read 是双关的，它既是"读"的过去分词，又和"红"（red）同音，因此不可能译得传神。贝洛克的意思，无论一个人如何罪孽深重，只要他的著作真有人当回事地拜读过，也就算难能可贵了。一个人，尤其是一位作家之无法遍读他人的赠书，由此可以想见。每个月平均要收到三四十种赠书（包括刊物），我必须坦白承认，我既无时间逐一拜读，也无全部拜读的欲望。事实上，太多的大著，只要一瞥封面上作者的名字，或是多么庸俗可笑的书名，你就没有胃口开卷饕餮了。世界上只有两种作家——好的和坏的。除了一些奇迹式的例外，坏的作家从来不会变成好的作家。我写上面这段话，也许会莫须有地得罪不少赠书的作家朋友。不过我可以立刻反问他们："不要动怒。你们可以反省一下，曾经读完，甚至部分读过，我的赠书没有？"我想，他们大半不敢遽作肯定的回答。那些"难懂"的现代诗，那些"嚼饭喂人"的译诗，谁能够强人拜读呢？十九世纪牛津大学教授达旦生[①]（C. L. Dodgson）曾将他著的童话小说《爱丽丝漫游奇境记》（*Alice in*

[①] 达旦生，即查尔斯·勒特威奇·道奇生，又名刘易斯·卡罗尔。英国数学家、逻辑学家、作家。

Wonderland），呈献一册给维多利亚女皇。女皇很喜欢那本书，要达旦生教授将他以后的作品见赠。不久她果然收到他的第二本大著——一本厚厚的数学论文。我想女皇该不会读完第一页的。

　　第三类的书该是自己的作品了。它们包括四本诗集，三本译诗集，一本翻译小说，一本翻译传记。这些书中，有的尚存三四百册，有的仅余十数本，有的甚至已经绝版。到现在我仍清晰地记得，印第一本书时患得患失的心情。出版的那一晚，我曾经兴奋得终宵失眠，幻想着第二天那本小书该如何震撼整个文坛，如何再版、三版，像拜伦那样传奇式地成名。为那本书写书评的梁实秋先生，并不那么乐观。他预计"顶多销三百本。你就印五百本好了"。结果我印了一千册，在半年之内销了三百四十多册。不久我因参加第一届大专毕业生的预官受训，未再继续委托书店销售。现在早给周梦蝶先生销光了。目前我业已发表而迄未印行成集的，有五种诗集，一本《现代诗选译》，一本《蔡斯德菲尔家书》，一本画家保罗·克利的评传和两种散文集。如果我不夭亡——当然，买半票，充"神童"的年代早已逝去——到五十岁时，希望自己已是拥有五十本作品（包括翻译）的作家，其中至少应有二十种诗集。对九缪斯许的这个愿，恐怕是太大了一点。然而照目前写作的"产量"看来，打个六折，有三十本是绝对不成问题的。

　　最后一类藏书，远超过上述三类的总和。它们是我付现买来，集少成多的中英文书籍。惭愧得很，中文书和英文书的比例，十多年来，愈来愈悬殊了。目前大概是三比七。大多数的书呆子，既读书，亦玩书。读书是读书的内容，玩书则是玩书的外表。书确是可以"玩"的。一本印刷精美、封面华丽的书，其物质的本身就是一种美的存在。我所以买了那么多的英文书，尤其是缤纷绚烂的袖珍版丛书，对那些七色鲜明设计潇洒的封面一见倾心，往往是重大的原因。"企鹅丛书"

（Penguin Books）的典雅，"现代丛书"（Modern Library）的端庄，"袖珍丛书"（Pocket Books）的活泼，"人人丛书"（Everyman's Library）的古拙，"花园城丛书"（Garden City Books）的豪华，瑞士"史基拉艺术丛书"（Skira Art Books）的堂皇富丽、尽善尽美……这些都是使蠹鱼们神游书斋的乐事。资深的书呆子通常有一种不可救药的毛病。他们爱坐在书桌前，并不一定要读哪一本书，或研究哪一个问题，只是喜欢这本摸摸，那本翻翻，相相封面，看看插图和目录，并且嗅嗅（尤其是新书的）怪好闻的纸香和油墨味。就这样，一个昂贵的下午用完了。

约翰生博士曾经说，既然我们不能读完一切应读的书，则我们何不任性而读？我的读书便是如此。在大学时代，出于一种攀龙附凤、进香朝圣的心情，我曾经遵循文学史的指点，自勉自励地读完八百多页的《汤姆·琼斯》，七百页左右的《虚荣市》①，甚至咬牙切齿，边读边骂地咽下了"自我主义者"。自从毕业后，这种啃劲愈来愈差了。到目前忙着写诗、译诗、编诗、教诗、论诗，"五马分尸"之余，几乎毫无时间读诗，甚至无时间读书了。架上的书，永远多于腹中的书；读完的藏书，恐怕不到十分之三。尽管如此，"玩"书的毛病始终没有痊愈。由于常"玩"，我相当熟悉许多并未读完的书，要参考某一意见，或引用某段文字，很容易就能翻到那一页。事实上，有些书是非玩它一个时期不能欣赏的。例如凡·高的书集、卡明斯②的诗集，就需要久玩才能玩熟。

然而，十年玩下来了，我仍然不满意自己这书斋。由于太小，书斋之中一直闹着书灾。那些漫山遍野、满坑满谷、汗人而不充栋的洋

---

① 《虚荣市》，即《名利场》，英国作家萨克雷（1811—1863）创作的小说。

② 卡明斯（Edward Estlin Cummings，1894—1962），原译康明思，美国诗人、小说家。

装书，就像一批批永远取缔不了的流氓一样，没法加以安置。由于是日式，它嫌矮，而且像一朵"背日葵"那样，永远朝北，绝对晒不到太阳。如果中国多了一个阴郁的作家，这间北向的书房应该负责。坐在这扇北向之窗的阴影里，我好像冷藏在冰箱中一只满孕着南方的水果。白昼，我似乎沉浸在海底，岑寂的幽暗奏着灰色的音乐。夜间，我似乎听得见爱斯基摩人①雪橇滑行之声，而北极星的长髯垂下来，铮铮然，敲响串串的白钟乳。

可是，在这间艺术的冷宫中，有许多回忆仍是炽热的。朋友来访，我常爱请他们来这里坐谈，而不去客厅，似乎这里是我的"文化背景"，不来这里，友情的铅锤落不到我的心底。弗罗斯特②的凝视悬在壁上，我的缪斯是男性的。在这里，我曾经听吴望尧，现代诗一位失踪的王子，为我讲一些猩红热和翡冷翠③的鬼故事。在这里，黄用给我看到几乎是他全部的作品，并且磨利了他那柄冰冷的批评。在这里，王敬义第一次遭遇黄用，但是，使我们大失所望，并没有吵架。在这里，陈立峰，一个风骨凛然的编辑，也曾遗下一朵黑色的回忆……比起这些回忆，零乱的书籍显得整齐多了。

一九六三年四月十五日

---

① 爱斯基摩人，今通译为因纽特人。

② 弗罗斯特（Robert Frost，1874—1963），原译佛洛斯特，美国诗人。

③ 翡冷翠，今译佛罗伦萨。

乡愁：
包一片
月光
夹在诗里

三间书房

比我阔的人太多了，

但是绝少阔人会把这么阔的

房间拿来当书房。

小说大家伍尔夫①夫人生前有个愿望：但愿拥有一间自己的房间。那当然是指书房。对比之下，我一人拥有三间书房，而且都在楼上，应该感到满足。

当然，这三间书房并不在一起。

第一间在厦门街的老宅。不是三十多年前的那一幢古屋，它早已拆掉改建了。目前的老宅也已有了十五年的风霜。我的书房在二楼，有十二坪②之宽。当初建屋，这一间就特别设计，所以横亘二十五尺的墙壁全嵌了书橱，从地板一直到天花板，一眼望去，卷帙浩繁，颇有书城巍巍的气象。这么宽敞的书房，相信一般人家并不常见。比我阔的人太多了，但是绝少阔人会把这么阔的房间拿来当书房。所以刚搬进去时，我委实踌躇满志了一阵子。不过得意了没有几年，就像台湾的人口一样，这书城的人口也迅告膨胀。幸好不久我就来了香港，六百册书随我一同西来。书城的人口压力暂时稍减。

我在沙田山居的书房，只有厦门街的这间一半大，可是一排五扇长窗朝西，招来了对海的层层山色，和我共对一几。所以这间书房，这临海的高斋，室虽小而可纳天地，另是一番气象。人迁之初，架上的六百册书疏疏落落，任其或立或倚，一副政简讼清的样子。照例闲不了多久，新的图书杂志，各有各的身材、身价、身世，从四面八方盲目地投奔而来，于是这小小书城的人口很快地就饱和如香港的人口。终于我不得不把走投无路的书刊，一叠又一叠，陶侃运甓那样，搬去我的

---

① 伍尔夫（Virginia Woolf，1882—1941），原译吴尔芙，英国女作家。

② 坪，土地或房屋面积单位，1坪约合3.3平方米（台湾地区）。

办公室。

　　我在中文大学的办公室在太古楼的六楼，位于长廊尽头。这六楼已是绝顶，我的房间又在绝顶的绝处，世界上没有任何人会在门外过路。绝对的安静归我一人独享，简直是耳朵的放假。临窗俯眺，半里之外的斜坡道上争驶着小轿车和长长的货柜车，看不尽多少的长安道上客。我却高高坐着，像尼采，像宙斯在奥林匹斯之巅。教授的办公室其实也就等于书房。不要多久，这第三书房也书满为患。于是又把无处安顿的书一批批运回家去。

　　我的办公室在太古楼，静寂亦如太古，这清福实在修来不易。以前我在中文大学的办公室位于碧秋楼二楼，正当梯口，又隔着走廊与教师的联谊室斜斜相对，既扼要冲，自为兵家必争之地。所以门外总是笑语喧阗，足音杂沓，不时更有人在长廊的两头此呼彼应，回声不绝，或是久别重逢，狭路相遇，齐发惊叹。长廊未半有女工坐守柜台，别处的女工不时来访，印证了广东人的一句话："三个女人一个墟。"再过去是厕所，又是兵家必争之地，同事们出入其门，少不了又有一番寒暄。从那里搬到太古楼来，简直是听觉的大赦。

　　此刻我坐在太古楼上，山色可玩，六根清净，从从容容享受免于噪音的自由。但这好景恐怕是长不了了。一回台北，等于重投噪音的罗网。而香港这两间书房里满坑满谷的书刊，又将如何运回台北去呢？这一搬，岂不成了"浩劫"？

一九八五年四月十四日

乡愁：
包一片
月光
夹在诗里

沙田①山居

起风的日子，

海吹成了千亩蓝田，

无数的百合此开彼落。

---

① 沙田，地名，位于香港九龙半岛。

书斋外面是阳台，阳台外面是海，是山，海是碧湛湛的一弯，山是青郁郁的连环。山外有山，最远的翠微淡成一袅青烟，忽焉似有，再顾若无，那便是大陆的莽莽苍苍了。日月闲闲，有的是时间和空间。一览不尽的青山绿水，马远夏圭的长幅横披。任风吹，任鹰飞，任渺渺之目舒展来回。而我在其中俯仰天地，呼吸晨昏，竟已有十八个月了。十八个月，也就是说，重九的陶菊已经两开；中秋的苏月已经圆过两次了。

　　海天相对，中间是山，即使是秋晴的日子，透明的蓝光里，也还有一层轻轻的海气，疑幻疑真，像开着一面玄奥的迷镜，照镜的不是人，是神。海与山绸缪在一起，分不出，是海侵入了山间，还是山诱俘了海水，只见海把山围成了一角角的半岛，山呢，把海围成了一汪汪的海湾。山色如环，困不住浩淼的南海，毕竟在东北方缺了一口，放橹桅出去，风帆进来。最是晴艳的下午，八仙岭下，一艘白色渡轮，迎着酣美的斜阳悠悠向大埔驶去，整个吐露港平铺着千顷的碧蓝，就为了反衬那一影耀眼的洁白。起风的日子，海吹成了千亩蓝田，无数的百合此开彼落。到了夜深，所有的山影黑沉沉都睡去，远远近近，零零落落的灯全睡去，只留下一阵阵的潮声起伏，永恒的鼾息，撼人的节奏撼我的心血来潮。有时十几盏渔火赫然，浮现在阒黑的海面，排成一弯弧形，把渔网愈收愈小，围成一丛灿灿的金莲。

　　海围着山，山围着我。沙田山居，峰回路转，我的朝朝暮暮，日起日落，月望月朔，全在此中度过，我成了山人。问余何事栖碧山，笑而不答，山已经代我答了。其实山并未回答，是鸟代山答了，是虫，是松风代山答了。山是禅机深藏的高僧，轻易不开口的。人在楼上倚

乡愁：月光一片，夹在诗里

栏杆，山列坐在四面如十八尊罗汉叠罗汉，相看两不厌。早晨，我攀上佛头去看日出，黄昏，从联合书院的文学院一路走回来，家，在半山腰上等我，那地势，比佛肩要低，却比佛肚子要高些。这时，山什么也不说，只是争噪的鸟雀泄露了他愉悦的心境。等到众鸟栖定，山影茫然，天籁便低沉下去，若断若续，树间的歌者才歇下，草间的吟哦又四起。至于山坳下面那小小的幽谷，形势和地位都相当于佛的肚脐，深凹之中别有一番情趣。山谷是一个爱音乐的村女，最喜欢学舌拟声，可惜太害羞，技巧不很高明。无论是鸡鸣犬吠，或是火车在谷口扬笛路过，她都要学叫一声，落后半拍，应人的尾音。

　　从我的楼上望出去，马鞍山奇拔而峭峻，屏于东方，使朝暾①姗姗其来迟。鹿山巍然而逼近，魁梧的肩臂遮去了半壁西天，催黄昏早半小时来临，一个分神，夕阳便落进他的僧袖里去了。一炉晚霞，黄铜烧成赤金又化作紫灰与青烟，壮哉崦嵫的神话，太阳的葬礼。阳台上，坐看晚景变幻成夜色，似乎很缓慢，又似乎非常敏捷，才觉霞光烘颊，余曛在树，忽然变生咫尺，眈眈的黑影已伸及你的肘腋，夜，早从你背后袭来。那过程，是一种绝妙的障眼法，非眼睫所能守望的。等到夜色四合，黑暗已成定局，四围的山影，重甸甸阴森森的，令人肃然而恐。尤其是西屏的鹿山，白天还如佛如僧，蔼然可亲，这时竟收起法相，庞然而踞，黑毛茸蒙如一尊暗中伺人的怪兽，隐然，有一种潜伏的不安。

　　千山磅礴来势如压，谁敢相撼？但是云烟一起，庄重的山态便改了。雾来的日子，山变成一座座的列屿，在白烟的横波回澜里，载浮载沉，八仙岭果真化作了过海的八仙，时在波上，时在弥漫的云间。有一天早晨，举目一望，八仙、马鞍和远远近近的大小众峰，全不见了，偶尔

---

① 朝暾，朝阳。

云开一线，当头的鹿山似从天隙中隐隐相窥，去大埔的车辆出没在半空。我的阳台脱离了一切，下临无地，在汹涌的白涛上自由来去。谷中的鸡犬从云下传来，从敻远的人间。我走去更高处的联合书院上课，满地白云，师生衣袂飘然，都成了神仙。我登上讲坛说道，烟云都穿窗探首来旁听。

起风的日子，一切云云雾雾的朦胧氤氲全被拭净，水光山色，纤毫悉在镜中。原来对岸的八仙岭下，历历可数，有这许多山村野店，水浒人家。半岛的天气一日数变，风骤然而来，从海口长驱直入，脚下的山谷顿成风箱，抽不尽满壑的咆哮翻腾。蹂躏着罗汉松与芦草，掀翻海水，吐着白浪，风是一群透明的野兽，奔踹而来，呼啸而去。

海潮与风声，即使撼天震地，也不过为无边的静加注荒情与野趣罢了。最令人心动而神往的，却是人为的骚音。从清早到午夜，一天四十多班，在山和海之间，敲轨而来，鸣笛而去的，是九广铁路的客车、货车、猪车。曳着黑烟的飘发，蟠蜿着十三节车厢的修长之躯，这些工业时代的元老级交通工具，仍有旧世界迷人的情调，非协和的超音速飞机所能比拟。山下的铁轨向北延伸，延伸着我的心弦。我的中枢神经，一日四十多次，任南下又北上的千只铁轮轮番敲打，用钢铁火花的壮烈节奏，提醒我，藏在谷底的并不是洞里桃源，住在山上，我亦非桓景①，即使王粲，也不能不下楼去：

栏杆三面压人眉睫是青山
碧螺黛迤逦的边愁欲连环

---

① 桓景，传说人物。南朝志怪小说集《续齐谐记》有桓景九月九日佩戴茱萸，登高饮菊花酒的传说。

乡愁：
包一片
月光
夹在诗里

叠嶂之后是重峦，一层淡似一层
湘云之后是楚烟，山长水远
五千载与八万万，全在那里面……

乡愁：
包一片
月光
夹在诗里

我的四个假想敌

人生有许多事情，

正如船后的波纹，

总要过后才觉得美的。

二女幼珊在港参加侨生联考，以第一志愿分发台大外文系。听到这消息，我松了一口气，从此不必担心四个女儿通通嫁给广东男孩了。

我对广东男孩当然并无偏见，在港六年，我班上也有好些可爱的广东少年，颇讨老师的欢心，但是要我把四个女儿全都让那些"靓仔""叻仔"① 掳掠了去，却舍不得。不过，女儿要嫁谁，说得洒脱些，是她们的自由意志，说得玄妙些呢，是姻缘，做父亲的又何必患得患失呢？何况在这件事上，做母亲的往往位居要冲，自然而然成了女儿的亲密顾问，甚至亲密战友，作战的对象不是男友，却是父亲。等到做父亲的惊醒过来，早已腹背受敌，难挽大势了。

在父亲的眼里，女儿最可爱的时候是在十岁以前，因为那时她完全属于自己。在男友的眼里，她最可爱的时候却在十七岁以后，因为这时她正像毕业班的学生，已经一心向外了。父亲和男友，先天上就有矛盾。对父亲来说，世界上没有东西比稚龄的女儿更完美的了，唯一的缺点就是会长大，除非你用急冻术把她久藏，不过这恐怕是违法的，而且她的男友迟早会骑了骏马或摩托车来，把她吻醒。

我未用太空舱的冻眠术，一任时光催迫，日月轮转，再揉眼时，怎么四个女儿都已依次长大，昔日的童话之门砰地一关，再也回不去了。四个女儿，依次是珊珊、幼珊、佩珊、季珊。简直可以排成一条珊瑚礁。珊珊十二岁的那年，有一次，未满九岁的佩珊忽然对来访的客人说："喂，告诉你，我姐姐是一个少女了！"在座的大人全笑了起来。

曾几何时，惹笑的佩珊自己，甚至最幼稚的季珊，也都在时光的

---

① 叻（lè）仔，广东方言，通常用于称赞男孩子聪明、优秀。

魔杖下，点化成"少女"了。冥冥之中，有四个"少男"正偷偷袭来，虽然蹑手蹑足，屏声止息，我却感到背后有四双眼睛，像所有的坏男孩那样，目光灼灼，心存不轨，只等时机一到，便会站到亮处，装出伪善的笑容，叫我岳父。

我当然不会应他。哪有这么容易的事！我像一棵果树，天长地久在这里立了多年，风霜雨露，样样有份，换来果实累累，不胜负荷。而你，偶尔过路的小子，竟然一伸手就来摘果子，活该蟠地的树根绊你一跤！

而最可恼的，却是树上的果子，竟有自动落入行人手中的样子。树怪行人不该擅自来摘果子，行人却说是果子刚好掉下来，给他接着罢了。这种事，总是里应外合才成功的。当初我自己结婚，不也是有一位少女开门揖盗吗？"堡垒最容易从内部攻破"，说得真是不错。不过彼一时也，此一时也。同一个人，过街时讨厌汽车，开车时却讨厌行人。现在是轮到我来开车。

好多年来，我已经习惯于和五个女人为伍，浴室里弥漫着香皂和香水气味，沙发上散置皮包和发卷，餐桌上没有人和我争酒，都是天经地义的事。戏称吾庐为"女生宿舍"，也已经很久了。做了"女生宿舍"的舍监，自然不欢迎陌生的男客，尤其是别有用心的一类。但自己辖下的女生，尤其是前面的三位，已有"不稳"的现象，却令我想起叶芝①的一句诗：

一切已崩溃，失去重心。

---

① 叶芝（William Butler Yeats, 1865—1939），原译叶慈，爱尔兰诗人、剧作家、批评家。

我的四个假想敌，不论是高是矮，是胖是瘦，是学医还是学文，迟早会从我疑惧的迷雾里显出原形，一一走上前来，或迂回曲折，嗫嚅其词，或开门见山，大言不惭，总之要把他的情人，也就是我的女儿，对不起，从此领去。无形的敌人最可怕，何况我在亮处，他在暗里，又有我家的"内奸"接应，真是防不胜防。只怪当初没有把四个女儿及时冷藏，使时间不能拐骗，社会也无由污染。现在她们都已大了，回不了头。我那四个假想敌，那四个鬼鬼祟祟的地下工作者，也都已羽毛丰满，什么力量都阻止不了他们了。先下手为强，这件事，该乘那四个假想敌还在襁褓的时候，就予以解决的。至少美国诗人纳许（Ogden Nash, 1902—1971）劝我们如此。他在一首妙诗《由女婴之父来唱的歌》（*Song to be Sung by the Father of Infant Female Children*）之中，说他生了女儿吉儿之后，惴惴不安，感到不知什么地方正有个男婴也在长大，现在虽然还浑浑噩噩，口吐白沫，却注定将来会抢走他的吉儿。于是做父亲的每次在公园里看见婴儿车中的男婴，都不由神色一变，暗暗想："会不会是这家伙？"想着想着，他"杀机陡萌"（My dreams, I fear, are infanticiddle），便要解开那男婴身上的别针，朝他的爽身粉里撒胡椒粉，把盐撒进他的奶瓶，把沙撒进他的菠菜汁，再扔头优游的鳄鱼到他的婴儿车里陪他游戏，逼他在水深火热之中挣扎而去，去娶别人的女儿。足见诗人以未来的女婿为假想敌，早已有了前例。

不过一切都太迟了。当初没有当机立断，采取非常措施，像纳许诗中所说的那样，真是一大失策。如今的局面，套一句史书上常见的话，已经是"寇入深矣"！女儿的墙上和书桌的玻璃垫下，以前的海报

乡愁：包一片月光夹在诗里

和剪报之类，还是披头①、拜丝、大卫·凯西弟的形象，现在纷纷都换上男友了。至少，滩头阵地已经被入侵的军队占领了去，这一仗是必败的了。记得我们小时，这一类的照片仍被列为机密要件，不是藏在枕头套里，贴着梦境，便是夹在书堆深处，偶尔翻出来神往一番，哪有这么二十四小时眼前供奉的？

这一批形迹可疑的假想敌，究竟是哪年哪月开始入侵厦门街余宅的，已经不可考了。只记得六年前迁港之后，攻城的军事便换了一批口操粤语的少年来接手。至于交战的细节，就得问名义上是守城的那几个女将，我这位"昏君"是再也搞不清的了。只知道敌方的炮火，起先是瞄准我家的信箱，那些歪歪斜斜的笔迹，久了也能猜个七分；继而是集中在我家的电话，"落弹点"就在我书桌的背后，我的文苑就是他们的沙场，一夜之间，总有十几次脑震荡。那些粤音平上去入，有九声之多，也令我难以研判敌情。现在我带幼珊回了厦门街，那头的广东部队轮到我太太去抵挡，我在这头，只要留意台湾健儿，任务就轻松多了。

信箱被袭，只如战争的默片，还不打紧。其实我宁可多情的少年勤写情书，那样至少可以练习作文，不致在视听教育的时代荒废了中文。可怕的还是电话中弹，那一串串警告的铃声，把战场从门外的信箱扩至书房的腹地，默片变成了身历声，假想敌在实弹射击了。更可怕的，却是假想敌真的闯进了城来，成了有血有肉的真敌人，不再是假想了好玩的了，就像军事演习到中途，忽然真的打起来了一样。真敌人是看得出来的。在某一女儿的接应之下，他占领了沙发的一角，从此两人

---

① 披头，指英国披头士摇滚乐队。"披头士"是英语 Beatles 的音意合译。该乐队 1960 年成立于英国利物浦，1970 年解散。成员有约翰·列侬、林戈·斯塔尔等。

呢喃细语，嗫嚅密谈，即使脉脉相对的时候，那气氛也浓得化不开，窒得全家人都透不过气来。这时几个姐妹早已回避得远远的了，任谁都看得出情况有异。万一敌人留下来吃饭，那空气就更为紧张，好像摆好姿势，面对照相机一般。平时鸭塘一般的餐桌，四姐妹这时像在演哑剧，连筷子和调羹都似乎得到了消息，忽然小心翼翼起来。明知这僭越的小子未必就是真命女婿（谁晓得宝贝女儿现在是十八变中的第几变呢？），心里却不由自主升起一股淡淡的敌意。也明知女儿正如将熟之瓜，终有一天会蒂落而去，却希望不是随眼前这自负的小子。

当然，四个女儿也自有不乖的时候，在恼怒的心情下，我就恨不得四个假想敌赶快出现，把她们统统带走。但是那一天真要来到时，我一定又会懊悔不已。我能够想象，人生的两大寂寞，一是退休之日，一是最小的孩子终于也结婚之后。宋淇有一天对我说："真羡慕你的女儿全在身边！"真的吗？至少目前我并不觉得自己有什么可羡之处。也许真要等到最小的季珊也跟着假想敌度蜜月去了，才会和我存并坐在空空的长沙发上，翻阅她们小时的相簿，追忆从前六人一车长途壮游的盛况，或是晚餐桌上，热气蒸腾，大家共享的灿烂灯光。人生有许多事情，正如船后的波纹，总要过后才觉得美的。这么一想，又希望那四个假想敌，那四个生手笨脚的小伙子，还是多吃几口闭门羹，慢一点出现吧。

袁枚写诗，把生女儿说成"情疑中副车①"，这书袋掉得很有意思，却也流露了重男轻女的封建意识。照袁枚的说法，我是连中了四次副车，命中率够高的了。余宅的四个小女孩现在变成了四个小妇人，在假想敌环伺之下，若问我择婿有何条件，一时倒恐怕答不上来。沉吟

---

① 副车，原意为君主的备用车辆，也用来称呼皇帝的女婿。

半晌，我也许会说："这件事情，上有月下老人的婚姻谱，谁也不能窜改，包括韦固①，下有两个海誓山盟的情人，'二人同心，其利断金'，我凭什么要逆天拂人，梗在中间？何况终身大事，神秘莫测，事先无法推理，事后不能悔棋，就算交给二十一世纪的电脑，恐怕也算不出什么或然率来。倒不如故示慷慨，伪作轻松，博一个开明父亲的美名，到时候带颗私章，去做主婚人就是了。"

问的人笑了起来，指着我说："什么叫作'伪作轻松'？可见你心里并不轻松。"

我当然不很轻松，否则就不是她们的父亲了。例如人种的问题，就很令人烦恼。万一女儿发痴，爱上一个耸肩摊手口香糖嚼个不停的小怪人，该怎么办呢？在理性上，我愿意"有婿无类"，做一个大大方方的世界公民。但是在感情上，还没有大方到让一个臂毛如猿的小伙子把我的女儿抱过门槛。现在当然不再是"严夷夏之防"的时代，但是一任单纯的家庭扩充成一个小型的联合国，也大可不必。问的人又笑了，问我可曾听说混血儿的聪明超乎常人。我说："听过，但是我不稀罕抱一个天才的'混血孙'。我不要一个天才儿童叫我Grandpa，我要他叫我外公。"问的人不肯罢休："那么省籍呢？"

"省籍无所谓，"我说，"我就是苏闽联姻的结果，还不坏吧？当初我母亲从福建写信回武进，说当地有人向她求婚。娘家大惊小怪，说'那么远！怎么就嫁给南蛮！'后来娘家发现，除了言语不通之外，这位闽南姑爷并无可疑之处。这几年，广东男孩锲而不舍，对我家的压力很大，有一天闽粤结成了秦晋，我也不会感到意外。如果有个台湾

---

① 韦固，唐代李复言传奇小说集《续幽怪录·定婚店》的主人公。故事讲述唐代少年韦固在旅馆中遇到主管人间婚姻的月下老人，并被告知其姻缘，日后果然验证。

少年特别巴结我，其志又不在跟我谈文论诗，我也不会怎么为难他的。至于其他各省，从黑龙江直到云南，口操各种方言的少年，只要我女儿不嫌他，我自然也欢迎。"

"那么学识呢？"

"学什么都可以。也不一定要是学者，学者往往不是好女婿，更不是好丈夫。只有一点：中文必须精通。中文不通，将祸延吾孙！"

客又笑了。"相貌重不重要？"他再问。

"你真是迂阔之至！"这次轮到我发笑了，"这种事，我女儿自己会注意，怎么会要我来操心？"

笨客还想问下去，忽然门铃响起。我起身去开大门，发现长发乱处，又一个假想敌来掠余宅。

一九八〇年九月于厦门街

古典脉脉，
现代眈眈

伍·
边愁

乡愁：
包一片
月光
夹在诗里

从母亲到外遇

整个欧洲当然早已"迟暮"了，

却依然十分"美人"，

也许正因迟暮，

美艳更教人怜。

"大陆是母亲，台湾是妻子，香港是情人，欧洲是外遇。"我对朋友这么说过。

大陆是母亲，不用多说。烧我成灰，我的汉魂唐魄仍然萦绕着那一片后土。那无穷无尽的故国，四海漂泊的龙族叫她作大陆，壮士登高叫她作九州，英雄落难叫她作江湖。不但是那片后土，还有那上面正走着的、那下面早歇下的，所有龙族。还有几千年下来还没有演完的历史，和用了几千年似乎要不够用了的文化。我离开她时才二十一岁呢，再还乡时已六十四了："掉头一去是风吹黑发／回首再来已雪满白头。"长江断奶之痛，历四十三年。洪水成灾，却没有一滴溅到我唇上。这许多年来，我所以在诗中狂呼着、低呓着中国，无非是一念耿耿为自己喊魂。不然我真会魂飞魄散，被西潮淘空。

当你的女友已改名玛丽，你怎能送她一首《菩萨蛮》？

乡情落实于地理与人民，而弥漫于历史与文化，其中有实有虚，有形有神，必须兼容，才能立体。乡情是先天的，自然而然，不像民族主义会起政治的作用。把乡情等同于民族主义，更在地理、人民、历史、文化之外加上了政府，是一种"四舍五入"的含混观念。朝代来来去去，强加于人的政治不能持久。所以政治使人分裂而文化使人相亲：我们只听说有文化，却没听说过武化。托马斯·曼[①]逃离纳粹，在异国对记者说："凡我在处，即为德国。"他说的德国当然是指德国的文

[①] 托马斯·曼（Thomas Mann, 1875—1955），原译汤玛斯·曼，德国小说家。代表作有长篇小说《布登勃洛克一家》，以《魔山》》获 1929 年诺贝尔文学奖。

化,而非纳粹政权。同样地,毕加索①因为反对佛朗哥②而拒返西班牙,也不是什么"背叛祖国"。

台湾是妻子,因为我在这岛上从男友变成丈夫再变成父亲,从青涩的讲师变成沧桑的老教授,从投稿的"新秀"变成写序的"前辈",已经度过了大半个人生。几乎是半世纪前,我从厦门经香港来到台湾,下跳棋一般连跳了三岛,就以台北为家定居了下来。其间虽然也去了美国五年,香港十年,但此生住得最久的城市仍是台北,而次久的正是高雄。我的"双城记"不在巴黎、伦敦,而在台北、高雄。

我以台北为家,在城南的厦门街一条小巷子里,像"虫归草间,鱼潜水底",蛰居了二十多年,喜获了不仅四个女儿,还有廿三本书。及至晚年海外归来,在这高雄港上、西子湾头一住又是悠悠十三载。厦门街一一三巷是一条幽深而隐秘的窄巷,在其中度过有如壶底的岁月。西子湾恰恰相反,虽与高雄的市声隔了一整座寿山,却海阔天空,坦然朝西开放。高雄在货柜的吞吐量上号称全世界第三大港,我窗下的浩淼接得通七海的风涛。诗人晚年,有这么一道海峡可供题咏,竟比老杜的江峡还要阔了。

不幸失去了母亲,何幸又遇见了妻子。这情形也不完全是隐喻。在实际生活中,我的慈母生我育我,牵引我三十年才撒手,之后便由我的贤妻来接手了。没有这两位坚强的女性,怎会有今日的我?在隐喻的层次上,大陆与海岛更是如此。所以在感恩的心情下我写过《断奶》一诗,而以这么三句结束:

---

① 毕加索(Pablo Picasso,1881—1973),原译毕卡索,西班牙画家。

② 佛朗哥(Francisco Franco y Bahamonde,1892—1975),西班牙国家元首(1939—1973),独裁者。

> 断奶的母亲依旧是母亲
> 断奶的孩子,我庆幸
> 断了嫘祖,还有妈祖

  海峡虽然壮丽,却像一柄无情的蓝刀,把我的生命剖成两半,无论我写了多少怀乡的诗,也难将伤口缝合。母亲与妻子不断争辩,夹在中间的亦子亦夫最感到伤心。我究竟要做人子呢还是人夫,真难两全。无论在大陆、香港、南洋或国际,久矣我已被称为"台湾作家"。我当然是台湾作家,也是广义的台湾人,台湾的祸福荣辱当然都有份。但是我同时也是,而且一早就是,中国人了:华夏的河山、人民、文化、历史都是我与生俱来的"家当",怎么当都当不掉的,而中国的祸福荣辱也是我鲜明的"胎记",怎么消也不能消除。然而今日的台湾,在不少场合,谁要做中国人,简直就负有"原罪"。明明全都是马,却要说白马非马。这矛盾说来话长,我只有一个天真的希望:"莫为五十年的政治,抛弃五千年的文化。"

  香港是情人,因为我和她曾有十二年的缘分,最后虽然分了手,却不是为了争端。初见她时,我才二十一岁,北顾茫茫,是大陆出来的流亡学生,一年后便东渡台湾。再见她时,我早已中年,成了中文大学的教授,而她,风华绝代,正当惊艳的盛时。我为她写了不少诗,和更多的美文,害得台湾的朋友艳羡之余纷纷西游,要去当场求证。所以那十一年也是我"后期"创作的盛岁,加上当时学府的同道多为文苑的知己,弟子之中也新秀辈出,蔚然乃成沙田文风。

---

[1] 嫘祖,亦作"雷祖""累祖"。传为西陵氏之女,黄帝正妃。传说中养蚕治丝方法的创造者。妈祖亦称"天妃""天后",传说中掌管海上航运的女神。相传是宋代福建莆田人,姓林名默。

乡愁一片
包月光
夹在诗里：

香港久为国际气派的通都大邑，不但东西对比、左右共存，而且南北交通，城乡兼胜，不愧是一位混血美人。观光客多半目眩于她的闹市繁华，而无视于她的海山美景。九龙与香港隔水相望，两岸的灯火争妍，已经璀璨耀眼，再加上波光倒映，盛况更翻一倍。至于地势，伸之则为半岛，缩之则为港湾，聚之则为峰峦，撒之则为洲屿，加上舟楫来去，变化之多，乃使海景奇幻无穷，我看了十年，仍然饫目未餍。

我一直庆幸能在香港无限好的岁月去沙田任教，庆幸那琅嬛福地坐拥海山之美，安静的校园，自由的学风，让我能在时代的嚣乱之外，登上大陆后门口这一座象牙塔，定定心心写了好几本书。于是我这"台湾作家"竟然留下了"香港时期"。

不过这情人当初也并非一见钟情，甚至有点刁妮子作风。例如她的粤腔九音佶屈，已经难解，有时还爱写简体字来考我，而冒犯了她，更会在报上对我冷嘲热讽，所以开头的几年颇吃了她一点苦头。后来认识渐深，发现了她的真性情，终于转而相悦。不但粤语可解，简体字能读，连自己的美式英语也改了口，换成了矜持的不列颠腔。同时我对英语世界的兴趣也从美国移向英国，香港更成为我去欧洲的跳板，不但因为港人欧游成风，远比台湾人为早，也因为签证在香港更迅捷方便。等到八十年代初期大陆逐渐开放，内地作家出国交流，也多以香港为首站，因而我会见了朱光潜、巴金、辛笛、柯灵，也开始与流沙河、李元洛通信。

不少人瞧不起香港，认定她只是一块殖民地，又诋之为文化沙漠。一九四〇年三月五日，蔡元培逝于香港，五天后举殡，全港下半旗志哀。对一位文化领袖如此致敬，不记得其他华人城市曾有先例，至少胡适当年去世，台北不曾如此。如此的香港竟能称为文化沙漠吗？

欧洲开始成为外遇，则在我将老未老、已哺未暮的善感之年。我初践欧土，是从纽约起飞，而由伦敦入境，绕了一个大圈，已经四十八岁了。等到真的步上巴黎的卵石街头，更已是五十之年，不但心情有点"迟暮"，季节也值春晚，偏偏又是独游。临老而游花都，总不免感觉是辜负了自己，想起李清照所说："春归秣陵树，人老建康城。"

一个人略谙法国艺术有多风流倜傥，眼底的巴黎总比一般观光嬉客所见要丰盈。"以前只是在印象派的画里见过巴黎，幻而似真；等到亲眼见了法国，却疑身在印象派的画里，真而似幻。"我在《巴黎看画记》一文，就以这一句开端。

巴黎不但是花都、艺都，更是欧洲之都。整个欧洲当然早已"迟暮"了，却依然十分"美人"，也许正因迟暮，美艳更教人怜。而且同属迟暮，也因文化不同而有风格差异。例如伦敦吧，成熟之中仍不失端庄，至于巴黎，则不仅风韵犹存，更透出几分撩人的明艳。

大致说来，北欧的城市比较秀雅，南欧的则比较秾丽；新教的国家清醒中有节制，旧教的国家慵懒中有激情。所以斯德哥尔摩虽有"北方威尼斯"之美名，但是冬长夏短，寒光斜照，兼以楼塔之类的建筑多以红而带褐的方砖砌成，隔了茫茫烟水，只见灰蒙蒙阴沉沉的一大片，低压在波上。那波涛，也是蓝少黑多，说不上什么浮光耀金之美。南欧的明媚风情在那样的黑涛上是难以想象的：格拉纳达的中世纪"红堡"① （Alhambra），那种细柱精雕、引泉入室的伊斯兰宫殿，即使再三擦拭阿拉丁的神灯，也不会赫现在波罗的海岸。

不过话说回来，无论是沉醉醉人，或是清醒醒人，欧洲的传统建筑之美总会令人仰瞻低回，神游中古。且不论西欧南欧了，即使东欧的小国，不管目前如何弱小"落后"，其传统建筑如城堡、宫殿与教堂之

---

① "红堡"，西班牙故宫，是中世纪摩尔人在西班牙建立的格拉纳达埃米尔国的王宫。

类，比起现代的暴发都市来，仍然一派大家风范，耐看得多。历经两次世界大战，遭受纳粹的浩劫，岁月的沧桑仍无法摧尽这些迟暮的美人，一任维也纳与布达佩斯在多瑙河边临流照镜，或是战神刀下留情，让布拉格的桥影卧魔涛而横陈。爱伦·坡说得好：

> 你女神的风姿已招我回乡，
> 回到希腊不再的光荣
> 和罗马已逝的盛况。

一切美景若具历史的回响、文化的意义，就不仅令人兴奋，更使人低回。何况欧洲文化不仅悠久，而且多元，"外遇"的滋味远非美国的单调、浅薄可比。美国再富，总不好意思在波托马克河边盖一座卢浮宫①吧？怪不得王尔德要说："善心的美国人死后，都去了巴黎。"

一九九八年八月于西子湾

---

① 卢浮宫（Palais de Louvre），原译罗浮宫。位于法国巴黎市中心，原为法国国王的宫殿，现为博物馆。

乡愁：
包一片
月光
夹在诗里

不朽，
是
一堆顽石？

盖棺之论论难定，一个民族，

有时要看上几十年几百年，

才看得清自己的诗魂。

那天在悠悠的西敏古寺①里,众鬼寂寂,所有的石像什么也没说。游客自纽约来,游客自欧陆来,左顾右盼,恐后争先,一批批的游客,也吓得什么都不敢妄说。岑寂中,只听得那该死的向导,无礼加上无知,在空厅堂上指东点西,制造合法的噪音。十个向导,有九个进不了天国。但最后,那卑微断续的噪音,亦如历史上大小事件的骚响一样,终于寂灭,在西敏古寺深沉的肃穆之中。游客散后,他兀自坐在大理石精之间,低回久不能去。那些石精铜怪,百魄千魂的噤嘿②之中,自有一种冥冥的雄辩,再响的噪音也辩它不赢,一层深似一层的阴影里,有一种音乐,灰扑扑地安抚他敏感的神经。当晚回到旅舍,他告诉自己的日记:"那是一座特大号的鬼屋。徘徊在幽光中,被那样的鬼所祟,却是无比的安慰。大过瘾。大感动。那样的被祟等于被祝福。很久,没有流那样的泪了。"

说它是一座特大号的鬼屋,一点也没错。在那座嵯峨的中世纪古寺里,幢幢作祟的鬼魂,可分三类。掘墓埋骨的,是实鬼。立碑留名的,是虚鬼。勒石供像的一类,有虚有实,无以名之,只好叫它作石精了。而无论是据墓为鬼也好,附石成精也好,这座石寺里的鬼籍是十分杂乱的。帝王与布衣,俗众与僧侣,同一拱巍巍的屋顶下,鼾息相闻。高高低低,那些嶙峋的雕像,或立或坐,或倚或卧,或镀金,或敷彩,异代的血肉都化为同穴的冷魂,一矿的顽块。李白所说"屈

---

① 西敏古寺,亦译威斯敏斯特教堂,位于英国伦敦的基督教新教教堂。1050 年由英王爱德华(忏悔者)开始兴建。为历代英国国王加冕和国王及名人的下葬之地。

② 噤嘿,亦作噤默,指缄默不言。

平词赋悬日月,楚王台榭空山丘",在此地并不适用。在西敏寺中,诗人一隅独拥,固然受百代的推崇,而帝王的墓穴,将相的遗容,也遍受四方的游客瞻仰。一九六六年,西敏寺庆祝立寺九百年,宣扬的精神正是"万民一体"。

西敏寺的位置,居伦敦的中心而稍稍偏南,诗人斯宾塞① 笔下的"风流的泰晤士河"在其东缓缓流过,华兹华斯驻足流连的西敏寺大桥凌乎波上,在寺之东北。早在公元七世纪初年,这块地面已建过教堂。一〇六五年,敕建西敏寺的英王,号称"忏悔的爱德华"。次年诺曼第公爵威廉北渡海峡,征服了大不列颠,那年的圣诞节就在西敏寺举行加冕大典,成为法裔的第一任英王。从此,在西敏寺加冕成了英国宫廷的传统,而历代的帝王卿相高僧名将皇后王子等等,也纷纷葬在寺中,不葬在此地的,也往往立碑勒铭,以志不忘。西敏寺,是一座大理石砌的教堂,七色的玻璃窗开向天国,至今仍是英国人每日祈祷的圣殿。但同时是一座石气阴森阳光罕见的博物巨馆,石椁铜棺,拱门回廊,无一不通向死亡,无一不通向幽暗的过去。

对于他,西敏古寺不止是这些。坐在南翼大壁画前的古木排椅上,两侧是历代诗人的雕像,凌空是百呎拱柱高举的屋顶,远眺北翼,历代将相成排的白石立像尽处是所罗门的走廊,其上是直径廿呎的蔷薇圆窗,七彩斑斓的蔷瓣上,十一使徒的绘像,染花了上界的天光——这么坐着,仰望着,恍恍惚惚,神游于天人之际,西敏寺就是一部立体的英国历史,就是一部,尤其是对于他,石砌的英国文学史。

不敢高声语,恐惊天上人。诗人之隅,他是屏息敛气,放轻了脚步走进来的。忽然他已经立在诗魂蠢动的中间,四周,一尊尊的石像,

---

① 斯宾塞,原译史宾塞,指埃德蒙·斯宾塞(Edmund Spenser,约1552—1599),英国诗人。

伍·边愁

顶上，一方方的浮雕，脚下，一块接一块的纪念碑平嵌于地板，令人落脚都为难。天使步踌躇，妄人踹莫顾，他低吟起蒲柏[1]的名句来。似曾相识的那许多石像，逼近去端详，退后来打量，或正面瞻仰，或旁行侧望，或碑文喃喃以沉吟，或警句津津而冥想，诗人虽一角，竟低回了两个小时。终于在褐色的老木椅上坐下来，背着哥尔德斯密斯[2]的侧面浮雕，仰望着崇高的空间怔怔出神。六世纪的英诗，巡礼两小时。那么多的形象、联想、感想，疲了，眼睛，酸了，肩颈，让心灵慢慢去调整。

最老的诗魂，是六百多岁的乔叟[3]。诗人晚年贫苦，曾因负债被告，乃戏笔写了一首谐诗，向自己的阮囊[4]诉穷。亨利四世读诗会意，加赐乔叟年俸。不到几个月，乔叟却病死在寺侧一小屋中，时为一四〇〇年十月二十五日。寺方葬他在寺之南翼，尸体则由东向的侧门抬入。但身后之事并未了结。原来乔叟埋骨圣殿，不是因为他是英诗开卷的大师，或什么"英诗之父"之类的名义——那都是后来的事——而是因为他做过朝官，当过宫中的工务总监，死前的寓所又恰是寺方所赁。七十多年后，卡克斯顿[5]在南翼墙外装置了英国第一架印刷机，才向寺方请准在乔叟墓上刻石致敬，说明墓中人是一位诗人。又过了八十年的光景，英国人对自己的这位诗翁认识渐深，乃于一五五六年，把乔叟

---

[1] 蒲柏（Alexander Pope, 1688—1744），原译颇普，一译波普，英国诗人。

[2] 哥尔德斯密斯（Oliver Goldsmith, 约 1730—1774），原译哥德斯密司，英国作家。代表作有长诗《荒村》和小说《威克菲尔德牧师传》。

[3] 乔叟（Geoffrey Chaucer, 约 1343—1400），英国诗人。英国人文主义作家的最早代表。

[4] 阮囊，《韵府群玉》："（晋）阮孚持一皂囊，游会稽，客问：'囊中何物？'阮曰：'但有一钱看囊，恐其羞涩。'"后人因以自称钱财匮乏为"阮囊羞涩"或"阮囊"。

[5] 卡克斯顿（William Caxton, 1422—1491），原译凯克斯敦，英国出版家。

从德莱顿①此时立像的地点，迁葬于今日游客所瞻仰的新墓。当时的诗人名布礼根者，更为他嵌立一方巨碑，横于硕大典丽的石棺之上，赫赫的诗名由是而彰，其后又过百年，大诗人德莱顿提出"英诗之父，或竟亦英诗之王"之说，乔叟的地位更见崇高。所谓寂寞身后事，看来也真不简单。盖棺之论论难定，一个民族，有时要看上几十年几百年，才看得清自己的诗魂。

乔叟死后二百年，另一位诗人葬到西敏寺来。一五九八年的圣诞前夕，斯宾塞从兵燹余烬的爱尔兰逃来伦敦，贫病交加，不到一月便死了。亲友遵他遗愿，葬他于乔叟的墓旁，他的棺木入寺，也是经由当年的同一道侧门。据说写诗吊他的诗友，当场即将所写的诗和所用的笔一齐投入墓中陪葬。直到一六二〇年，杜赛特伯爵夫人才在他墓上立碑纪念，可见斯宾塞死时，诗名也不很隆。

其实盛名即如莎士比亚，盖棺之时，也不是立刻就被西敏寺接纳的。英国最伟大的诗人，死于一六一六年，却要等到一七四〇年，在寺中才有石可托。一六七四年弥尔顿②死时，清教徒的革命早已失败，在政治上，弥尔顿是一个失势的叛徒。时人报道他的死讯，十分冷淡，只说他是"一个失明的老人，书写拉丁文件维生"。六十三年之后，他长发垂肩的半身像才高高俯临于诗人之隅。

西敏寺南翼这一角，成为名诗人埋骨之地，既始于乔叟与斯宾塞，到了十八世纪，已经相沿成习。一七一一年，散文家艾迪生在《阅世小品》里已经称此地为"诗人之苑"，他说："我发现苑中或葬诗人而

---

① 德莱顿（John Dryden，1631—1700），原译朱艾敦，英国诗人、剧作家、文学批评家。

② 弥尔顿（John Milton，1608—1674），原译米尔顿，英国诗人、政论家。著有长诗《失乐园》《复乐园》《力士参孙》。

未立其碑，或有其碑而未葬其人。"至于首先使用"诗人之隅"这名字的，据说是后来自己也立碑其间的哥尔德斯密斯。

诗人之隅的形成，是一个缓慢的传统而且不规则。说它是石砌的一部诗史吧，它实在建得不够严整。时间那盲匠运斤成风，鬼斧过处固然留下了骇目的神工，失手的地方也着实不少。例如石像罗列，重镇的诗魁文豪之间就缭绕着一缕缕虚魅游魂，有名无实，不，有石无名，百年后，犹飘飘浮浮没有个安顿。雪莱与济慈，有碑无像。柯勒律治①有半身像而无碑。相形之下，普赖尔②（Matthew Prior）不但供像立碑，而且天使环侍，独据一龛，未免大而无当了。至于谢德威尔③（Thomas Shadwell）不但浮雕半身，甚且桂冠加顶，帷饰俨然，乍睹之下，他不禁哑然失笑，想起的，当然是德莱顿那些断金削玉冷锋凛人的千古名句。德莱顿的讽刺诗犹如一块坚冰，谢德威尔冥顽的形象急冻冷藏在里面，透明而凝定。谢德威尔亦自有一种不朽，但这种不朽不是他自己光荣挣来的，是德莱顿给骂出来的，算是一种反面的永恒，否定的纪念吧。跟天才吵架，是没有多大好处的。

诗人之隅，不但是历代时尚的记录，更是英国官方态度的留影。拜伦生前名闻全欧，时誉之隆，当然有资格在西敏寺中立石分土，但是他那叛徒的形象，法律、名教、朝廷，皆不能容，注定他是要埋骨异乡。浪漫派三位前辈都安葬本土，三位晚辈都魂游海外，叶飘飘而归不了根，拜伦死时，他的朋友霍普浩司出面呼吁，要葬他在西敏寺里而

---

① 柯勒律治（Samuel Taylor Coleridge, 1772—1834），原译柯立基，英国诗人、文艺评论家。湖畔派代表。

② 普赖尔（Matthew Prior, 1664—1721），英国诗人、外交家。曾任国会议员和外交官。

③ 谢德威尔（1642？—1692），英国剧作家、桂冠诗人。

不得。其后一个半世纪，西敏寺之门始终不肯为拜伦而开。十九世纪末年，又有人提议为他立碑，为住持布瑞德礼所峻拒，引起一场论战。直到一九六九年五月，诗人之隅的地上才算为这位浪子奠了一方大理石碑，上面刻着："拜伦勋爵，一八二四年逝于希腊之米索郎吉，享年三十六岁。"英国和她的叛徒争吵了一百多年，到此才告和解。激怒英国上流社会的，是一个魔鬼附身的血肉之躯，被原谅的，却是一堆白骨了。

本土的诗人，魂飘海外，一放便是百年，外国的诗客却高供在像座上，任人膜拜，是诗人之隅的另一种倒置。莎士比亚、弥尔顿、布莱克[1]、拜伦，都要等几十年甚至百年才能进寺，新大陆的朗费罗[2]，死后两年便进来了。丁尼生身后的柱石上，却是澳洲的二流诗人高登（A. L. Gordon）。蒲柏不在，他是天主教徒。洛里爵士也不在，他已成为西敏宫中的冤鬼。可是大诗人叶芝呢，他又在哪里？

甚至诗人之隅的名字，也发生了问题。南翼的这一带，鬼籍有多么零乱。有的鬼实葬在此地，墓上供着巍然的雕像，像座刻着堂皇的碑铭，例如德莱顿、约翰逊、江森。至于葬在他处的诗魂，有的在此只有雕像和碑铭，例如华兹华斯和莎翁；有的有像无碑，例如柯勒律治和司各特[3]；有的有碑无像，例如拜伦和奥登。生前的遭遇不同，死后的待遇也相异，这些幽灵之中，附诗魂之外，尚有散文家、小说家、戏剧家、批评家、音乐家、学者、贵妇、僧侣和将军，诗人的一角也不尽

---

① 布莱克，原译布雷克，即威廉·布莱克（William Blake, 1757—1827）。英国浪漫主义诗人、版画家。

② 朗费罗（Henry Wadsworth Longfellow, 1807—1882），美国诗人。诗作反对民族压迫和种族歧视，同情印第安人和黑人的痛苦遭遇，赞美国资本主义社会。

③ 司各特（Walter Scott, 1771—1832），原译史考特，英国诗人、小说家。

归于诗人。大理石的殿堂，碑接着碑，雕像凝望着雕像，深刻拉丁文的记忆英文的玄想。圣乐绕梁，犹缭绕韩德尔①的雕像。哈代的地碑毗邻狄更斯的地碑。麦考莱偏头侧耳，听远处，历史迂缓的回音？巧舌的名伶，贾礼克那样优雅的手势，掀开的绒幕里，是哪一出悲壮的莎剧？

而无论是雄辩滔滔或情话喃喃，无论是风琴的圣乐起伏如海潮，大理石的听众，今天，都十分安宁，冷石的耳朵，白石的盲瞳，此刻都十分肃静。游客自管自来去，朝代自管自轮替，最后留下的，总是这一方方、一棱棱、一座座，坚冷凝重的大理白石，日磋月磨，不可磨灭的石精石怪永远祟着中古这厅堂。风晚或月夜，那边的老钟楼当当敲罢十二时，游人散尽，寺僧在梦魇里翻一个身，这时，石像们会不会全部醒来，可惊千百对眼瞳，在暗处矍矍复眈眈，无声地旋转，被不朽罚站的立像，这时，也该换一换脚了。

因为古典的大理石雕像，在此地正如在他处一样，眼虽睁而无瞳如盲。传神尽在阿堵，画龙端待点睛。希腊人放过这灵魂的穴口，一任它空空茫茫而对着大荒，真是聪明，因为石像所视不是我们的世界，原不由我们向那盈寸间去揣摩、妄想。什么都不说的，说得最多。倚柱支颐，莎翁的立姿，俯首沉吟，华兹华斯的坐像，德莱顿的儒雅，弥尔顿的严肃，诗人之隅大大小小的石像，全身的，半身的，侧面浮雕的，全盲了那对灵珠，不与世间人的眼神灼灼相接。天人之间原应有一堵墙，哪怕是一对空眶。

---

① 韩德尔，现通译为亨德尔（Georg Friedrich Händel, 1685—1759），作曲家，晚期巴洛克音乐的代表人物。

> 死者的心声相通，以火焰为舌，
>
> 活人的语言远不可接。

所以隐隐他感到，每到午夜，这一对对伪装的盲睛，在暗里会全部活起来，空厅里一片明灭的青磷。但此刻正是半下午，寺门未闭，零落的游客三三两两，在厅上逡巡犹未去。

也就在此时，以为览尽了所有的石魂，一转过头去，布莱克的青铜半身像却和他猛打个照面！刚强坚硬的圆头颅光光，额上现两三条纹路像凿在绝壁上，眉下的岩穴深深，睁两只可怖的眼睛，瞳孔漆漆黑，那眼神惊愕地眺出去，像一层层现象的尽头骤见到，预言里骇目的远景，不忍注目又不能不逼视。雕者亦惊亦怒，铜像亦怒亦惊，鼻脊与嘴唇紧闭的棱角，阴影，塑出瘦削的颊骨沉毅的风神。更瘦更刚是肩胛骨和宽大的肩膀，头颅和颈项从其上挺起矗一座独立的顽岗。先知就是那样。先知的眼睛是两个火山口近处的空气都怕被灼伤。惶惶然他立在那铜像前，也怕被灼伤又希望被灼伤。于是四周的石像都显得太驯服太乖太软弱太多脂肪，锁闭的盲瞳与盲瞳之间唯有这铜像瞋目而裂眦。古典脉脉。现代眈眈。

铜像是艾普斯坦①的杰作。千座百座都兢兢仰望过，没一座令他悸栗震动像这座。布莱克默默奋斗了一生，老而更贫，死后草草埋彭山的荒郊，墓上连一块碑也未竖。生前世人都目他为狂人，现在，又追认他为浪漫派的先驱大师，既叹其诗，复惊其画。艾普斯坦的雕塑，粗犷沉雄出于罗丹，每出一品，辄令观者骇怪不安。这座青铜像是他死前两年的力作，那是一九五七年，来供于诗人之隅，正是布莱克诞生

---

① 艾普斯坦，一译雅各布·爱泼斯坦（Jacob Epstein，1880—1959），英国雕塑家。

的两百周年。承认一位天才，有时需要很久的时间。

诗人之隅虽为传统的圣地，却也为现代而开放。现代诗人在其中有碑题名者，依生年先后，有哈代、吉卜林、梅斯菲尔德①、艾略特、奥登。如以对现代诗坛的实际影响而言，则尚有布莱克与霍普金斯。除了布莱克立有雕像之外，其他六人的长方形石碑都嵌在地上。年代愈晚，诗人之隅更供置石像便愈少空间，鬼满为患，后代的诗魂只好委屈些，平铺在地板上了。哈代的情形最特别：他之入葬西敏寺，小说家的身份恐大于诗名，同时，葬在寺里，是他的骨灰，而他的心呢？却照他遗嘱所要求，是埋在道且斯特的故乡。艾略特和奥登，死后便入了诗人之隅，足证两人诗名之盛。而英国的政教也不厚古人而薄今人。奥登是入寺的最后一人。他死于一九七三年九月，葬在奥地利。第二年十月，他的地碑便在西敏寺揭幕，由桂冠诗人贝杰曼②献上桂冠。

下一位可轮到贝杰曼自己？奥登死时才六十六岁，贝杰曼今年却已过七十。他从东方一海港来乔叟和莎翁的故乡，四十多国的作家也和他一样，自热带自寒带的山城与水港，济慈的一笺书，书中的一念信仰，群彦倜傥要仔细参详。七天前也是一个下午，他曾和莎翁的诗苗诗裔分一席讲坛；右侧是白头怒发鹰颜矍然的斯彭德③，再右，是清瘦而易愠的洛威尔④，半被他挡住的，是贝杰曼好脾气的龙钟侧影。洛威

---

① 梅斯菲尔德（John Masefield, 1878—1967），原译梅士菲尔，英国诗人、剧作家。少年时当过水手，去美国谋生。1930 年被封为桂冠诗人。成名作诗集《咸水谣》。

② 贝杰曼（John Betjeman, 1906—1984），原译贝吉曼，英国诗人，1972 年获"桂冠诗人"称号。

③ 斯彭德（Stephen Harold Spender, 1909—1995），原译史班德，英国诗人、评论家。在牛津大学读书时与奥登、衣修午德等人交往，30 年代成为左翼新诗派诗人。

④ 洛威尔（Robert Lowell, 1917—1977），原译罗威尔，美国诗人。晚年常住英国，诗集《咸利爵爷的城堡》获普利策文学奖。

乡愁一包
月光一片
夹在诗里

尔是美国人，虽然西敏寺收纳过朗费罗、亨利·詹姆斯、艾略特等几位美国作家，看来诗人之隅难成为他的永久户籍，然则斯彭德的鹰隼，贝杰曼的龙钟，又如何？两人都有可能，贝杰曼的机会也许更大，但两人都不是一代诗宗。斯彭德崛起于二十世纪三十年代，一次与奥登齐名，并为牛津出身的左翼诗人。四十年的文坛和政局，尘土落定，愤怒的牛津少年，一回头已成历史——出征时那批少年誓必反抗法西斯追随马克思，到半途旗摧马蹶壮士齐回头，遥挥手，别了那炫目而不验的神。The God That Failed^①！　奥登去花旗下，作客在山姆叔叔家，弗洛伊德^②，克尔恺郭尔^③，一路拜回去回到耶稣。戴·路易斯继梅斯菲尔德做桂冠诗人，死了已四年。麦克尼斯做了古典文学教授，进了英国广播公司，作古已十三载。牛津四杰只剩下茕茕这一人，老矣，白发皑皑的诗翁坐在他右侧，喉音苍老迟滞中仍透出了刚毅。四十年来，一手挥笔，一手麦克风，从加入共产党到诀别马列，文坛政坛耗尽了此生。而缪斯呢，是被他冷落了，二十年来已少见他新句。诗句，已落在奥登下，传诵众口又不及贝杰曼，斯彭德最后的地址该不是西敏寺。诗人之隅，当然也不是缪斯的天秤，铢两悉称能鉴定诗骨的重轻，里面住的诗魂，有一些，不如斯彭德远甚。诗人死后，有一块白石安慰荒土，也就算不寂寞了，有一座大教堂峥嵘而高，广蔽历代的诗魂把栩栩的石像萦绕，当然更美好，但一位诗人最大的安慰，是他的诗句传诵于后世，活在发烫的唇上快速的血里，所谓不朽，不必像大理石那样冰凉。

---

① The God That Failed，译为《上帝的失败》，英籍匈牙利作家阿瑟·库斯勒主编的一本书，1948年出版。体现了知识分子在冷战中的观点。

② 弗洛伊德（Sigmund Freud, 1856—1939），原译佛洛伊德。奥地利心理学家、精神病医师。精神分析学派创始人。

③ 克尔恺郭尔（Søren Aabye Kierkegaard, 1813—1855），原译祈克果。丹麦哲学家，存在主义的先驱。

可是那天下午，南翼那高挺的石柱下坐着，四周的雕像那么宁静地守着，他回到寺深僧肃的中世纪悠悠，缓缓地他仰起脸来仰起来，那样光灿华美的一扇又一扇玻璃长窗更上面，猗猗盛哉是倒心形的蔷薇巨窗天使成群比翼在窗口飞翔。耿耿诗魂安息在这样的祝福里，是可羡的。十九世纪初年，华兹华斯的血肉之身还没有僵成冥坐的石像，丁尼生、勃朗宁犹在孩提的时代，这座哥特式的庞大建筑已经是很老很老了——烟熏石黑，七色斑斑黑线勾勒的厚窗蔽暗了白昼。涉海来拜的欧文所见的西敏寺，是"死神的帝国：死神冠冕俨然，坐镇他宏伟而阴森的宫殿，笑傲人世光荣的遗迹，把尘土和遗忘满布在君王的碑上"。今日的西敏寺，比欧文凭吊时更老了一百多岁，却已大加刮磨清扫：雕门镂扉，铜像石碑，色彩凡有剥落，都细加髹绘，玻璃花窗新镶千扇，烛如复瓣的大吊灯，一蕊蕊一簇簇从高不可仰的屋顶拱脊上一落七八丈当头悬下来，隐隐似空中有飘渺的圣乐，啊这永生的殿堂。

对诗人自己说来，诗，只是生前的浮名，徒增扰攘，何足疗饥，死后即使有不朽的远景如蜃楼，墓中的白骸也笑不出声来。正如他，在一个半岛的秋夜所吟：

　　倘那人老去还不忘写诗
　　灯就陪他低诵又沉吟
　　身后事付乱草与繁星

但对于一个民族，这却是千秋的盛业，诗柱一折，文庙岌岌乎必将倾。无论如何，西敏寺能辟出这一隅来招诗魂，供后人仰慕低回，挹不老桂枝之清芳，总是多情可爱的传统。而他，迢迢自东方来，心香一缕，来爱德华古英王的教堂，顶礼的不是帝后的陵寝与偃像，世胄的旌旗，将相的功勋，是那些漱齿犹香触舌犹烫的诗句和句中吟啸歌哭的诗魂。怅望异国，萧条异代，伤心此时。深闃隔世的西敏古寺啊。寺门九重石壁外面是现代。卫星和巨无霸，Honda 和 Minolta 的现代。车塞于途，人困于市，鱼死于江海的现代。所有的古迹都陷落，蹂躏于美国的旅行团去后又来日本的游客。天罗地网，难逃口号与广告的噪音。月球可登火星可探而有面墙不可攀有条小河不可渡的现代。但此刻，他感到无比的宁静。一切乱象与噪音，纷繁无定，在诗人之隅的永寂里，都已沉淀，留给他的，是一个透明的信念，坚信一首诗的沉默比所有的扩音器加起来更清晰，比机枪的口才野炮的雄辩更持久。坚信文字的冰库能冷藏最烫的激情最新鲜的想象。时间，你带得走歌者带不走歌。

西敏寺乃消灭万籁释尽众嫌的大堂，千载宿怨在其中埋葬，史家麦考莱如此说。此地长眠的千百鬼魂，碑石相接，生前为敌为友，死后相伴相邻，一任慈蔼的遗忘覆盖着，混沌沌而不分。英国的母体一视同仁，将他们全领了回去，冥冥中似乎在说："唉，都是我孩子，一起都回来吧，愿一切都被饶恕。"弥尔顿革命失败，死犹盲眼之罪人。布莱克殁时，忙碌的伦敦太忙碌，浑然不知。拜伦和雪莱，被拒于家岛的门外，悠悠游魂无主，流落在南欧的江湖。有名的野鬼阴魂总难散，最后是母土心软，一一召回了西敏寺去。到黄昏，所有的鸦都必须归塔。诗人的南翼对公侯的北堂，月桂擎天，同样是为栋为梁，西敏寺兼容的传统是可贵的。他想起自己的家渺渺在东方，昆仑高，黄河长，一百条泰晤士的波涛也注不满长江，他想起自己的家里激辩正高昂，仇恨，是人人上街佩戴的假面，所有的扩音器蝉噪同一个单腔单调，桂叶

---

① Honda，本田；Minolta，美能达。

都编成扫帚，标语贴满屈原的额头。

　　出得寺来，伦敦的街上已近黄昏，八百万人的红尘把他卷进去，汇入浮光掠影的街景。这便是肩相摩踵相接古老又时新的伦敦，西敏寺中的那些鬼魂，用血肉之身爱过、咒过、闹过的名城。这样的街上曾走过孙中山、丘吉尔①、马克思，当伦敦较小较矮，满地是水塘，更走过女王的车辇和红氅披肩的少年。四百年后，执节戴冕的是另一个伊丽莎白在白金汉宫，但谁是锦心绣口另一个威廉？在一排犹青的枫树下他回过头去。那灰扑扑的西敏寺，和更为魁伟的国会，夕照里，峻拔的钟楼，高高低低的尖塔纤顶，正托着天色迥蓝和云影轻轻。他向前走去，沿着一排排黑漆的铁栅长栏，然后是斑马线和过街的绿灯，红圈蓝杆的地下车标志下，七色鲜丽的报摊水果摊，纪念品商店的橱窗里，一列列红衣黑裤的卫兵，玻璃上映出的却是两个警伯的侧像，高盔岌岌而束颈。他沿着风车堤缓缓向南走，逆着泰晤士河的东流，看不厌堤上的榆树，树外的近桥和远桥，过桥的双层红巴士，游河的白艇。

　　——水仙水神已散尽，
　　泰晤士河啊你悠悠地流，我歌犹未休。

　　从豪健的乔叟到聪明的奥登，一江东流水奶过多少代诗人？而他的母奶呢，奶他的汨罗江水饮他的淡水河呢？那年是中国大地震西欧大旱的一年，整个英伦在喘气，惴惴于二百五十年未见的苦旱。圣杰姆斯公园和海德公园的草地，枯黄一片，恰如艾略特所预言，长靠背椅上总有三两个老人，在亢旱的月份枯坐待雨。而就在同时一场大台风，把

---

① 丘吉尔，原译邱吉尔。

乡愁：包一片月光夹在诗里

小小的香港笤成旋转的陀螺，暴雨急湍，冲断了九广铁路。那晚是他在伦敦最后的一晚，那天是八月最后的一天。一架波音七〇七在盖特威克机场等他，不同的风云在不同的领空，东方迢迢，是他的起点和终点。他是西征倦游的海客，一颗心惦着三处的家：一处是新窝，寄在多风的半岛，一处是旧巢，偎在多雨的岛城，多雨而多情，而真正的一处那无所不载的后土，倒是得生疏了，纵乡心是铁砧也经不起卅载的捶打捶打，怕早已忘了他吧，虽然他不能忘记。

当晚在旅馆的台灯下，他这样结束自己的日记："这世界，来时她送我两件礼物，一件是肉身，一件是语文。走时，这两件都要还她，一件，已被我用坏，连她自己也认不出来，另一件我愈用愈好，还她时比领来时更活更新。纵我做她的孩子有千般不是，最后我或许会被宽恕，欣然被认作她的孩子。"

一九七六年十月追记

乡愁：
包一片
月光
夹在诗里

四 月，
在
古 战 场

更美，更美的是江南，

江南的春天，

江南春

春水碧于天，

画船听雨眠。

熄了引擎，旋下左侧的玻璃窗，早春的空气遂漫进窗来。岑寂中，前面的橡树林传来低沉而嘶哑的鸟声，在这一带的山里，荡起幽幽的回声。是老鸦呢，他想。他将头向后靠去，闭起眼睛，仔细听了一会儿，直到他感到自己已经属于这片荒废。然后他推开车门，跨出驾驶座，投入四月的料峭之中。

　　水仙花的四月啊，残酷的四月。已经是四月了，怎么还是这样冷峻，他想，同时翻起大衣的领子。湿甸甸阴凄凄的天气，风向飘忽不定，但风自东南吹来时，潮潮的，嗅得到黛青翻白的海水气味。他果然站定，嗅了一阵，像一头临风昂首的海豹，直到他幻想，海藻的腥气翻动了他的胃。这是外向大西洋岸的山坡地带，也是他来东部后体验的第一个春天。美国孩子们告诉他，春天来临的时候，这一带的花树将盛放如放烟火，古战场将佩带多彩的美丽。文茝告诉他说，再过一个星期，华盛顿的三千株樱花，即将喷洒出来。文茝又说，鲈鱼和曹白鱼①正溯波托马克河与塞斯奎汉娜河而上，来淡水中产卵，奇娃妮湖上已然有天鹅在游泳，黑天鹅也出现过两只了。"你怎么知道这些的？"有一次他问她。文茝笑了，笑得像一枝洋水仙。"我怎么不知道，"她说，"我在兰开斯特长大的嘛。""你是一个乡下女娃娃。"他说。

　　在一座巍然的雕像前站定，他仰起面来，目光扫马背骑士的轮廓而上，止于他翘然的须尖。他踏着有裂纹的大理石，拾级而上。他

---

① 曹白鱼，即鲥，中国北方称"鲙鱼""白鳞鱼"，南方称"曹白鱼""鲞鱼"。硬骨鱼纲，鲱科。

乡愁：
包一片
月光
夹在诗里

伸手抚摸石座上的马蹄，青铜的冷意浸冰他的手心，似乎说，这还不是春天。他缩回手，辨认刻在石座上的文字。塞吉维克少将，一八一三年生，一八六四年殁，阵亡于弗吉尼亚州①，伟大的战士，光荣的公民，可敬的长官。已经一百年了，他想。忽然他涌起一股莫名的冲动，欲攀马尾而跃上马背，欲坐在塞吉维克将军的背后，看十九世纪的短兵相接。毕竟这是一座庞伟的雕塑，马鞍距离石座几乎有六英尺，而马尾奋张，青铜凛然，苔藓滑不留手。他几度从马臀上溜了下来，终于疲极而放弃。他颓然跳下大理石座，就势卧倒在草地上。一阵草香袅袅升起，袭向他的鼻孔。他闭上眼睛，贪馋地深深呼吸，直到清爽的草香似乎染碧了他的肺叶。他知道，不久太阳会吸干去冬的潮湿，芳草将占据春的每一个角落。不久，他将独自去抵抗一季豪华的寂寞，在异国，冷眼看热花，看热得可以蒸云煮雾的桃花哪桃花，冷眼看情人们十指交缠的约会。他想象得到，自己将如何浪费昂贵的晴日，独自坐在夕照里，数那边哥特式塔楼的钟声，敲奏又一个下午的死亡。然而春天，史前而又年轻的春天，是不可抗拒的。知更说，春从空中来。鲈鱼说，春从海底来。土拨鼠说，春是从地底冒上来的，不信，我掘给你看。伏在已软而犹寒的地上，他相信土拨鼠是对的。把饕餮的鼻子浸在草香里，他静静地匍匐着，久久不敢动弹，为了看成群的麻雀，从那边橡树林和桦木顶上啾啾旋舞而下，在墓碑上，在铜像上，在废炮口上做试探性的小憩，终于散落在他四周的草地上，觅食泥中的小虫。他屏息看着，希望有一双柔细而凉的脚爪会误憩在他的背上。不知道那么多青铜的幽灵，是不是和我一样感觉，喜欢春天又畏惧春天，因为春天不属

---

① 弗吉尼亚州，原译为维琴尼亚州。

于我们，他想。我的春天啊，我自己的春天在哪里呢？我的春天在淡水河的上游，观音山的对岸。不，我的春天在急湍险滩的嘉陵江上，拉纤的船夫们和春潮争夺寸土，在舵手的鼓声中曼声而唱，插秧的农夫们也在春水田里一呼百应地唱："溜啊溜连溜哟，咿呀呀得喂，海棠花。"他霍然记起，菜花黄得晃眼，茶花红得害初恋，营营的蜂吟中，菜花田的浓香熏人欲醉。更美，更美的是江南，江南的春天，江南春。春水碧于天，画船听雨眠。一次在中国诗班上吟到这首词，他的眼泪忍不住滚了出来。他分析给自己听，他的怀乡病中的中国，不在台湾海峡的这边，也不在海峡的那边，而在抗战的歌谣里，在穿草鞋踏过的土地上，在战前朦胧的记忆里，也在古典诗悠扬的韵尾。他对自己说，西北公司的回程票，夹在绿色的护照里，护照放在棕色的箱中。十四小时的喷射云，他便可以重见中国。然而那不是害他生病害他梦游的中国。他的中国不是地理的，是历史的。他凄楚地，他凄楚地想。

四月的太阳，清清冷冷地照在他的颈背上，若亡母成灰的手。他想。他想。他想。他永远只能一个人想。他不能对那些无忧的美国孩子说，因为他们不懂，因为中国的一年等于美国的一世纪，因为黄河饮过的血扬子江饮过的泪多于他们饮过的牛奶饮过的可口可乐，因为中国的孩子被烽火烽火的烟熏成早熟的熏鱼，周幽王的烽火，卢沟桥的烽火。他只能独咽五十个世纪乘一千万平方公里的凄凉，中秋前夕的月光中，像一只孤单的鸥鸟，他飞来太平洋的东岸。从那时起，他曾经驶过八千多英里，越过九个州界，闯过芝加哥的湖滨大道，纽约的四十二街和百老汇，穿过大风雪和死亡的雾。然而无论去何处，他总是在演独角的哑剧。在漫长而无红灯的四线超级公路上，七十英里时速的疾驶，可以超庞然而长的二十轮卡车，太保式的野豹，雍容华贵的凯地拉克[1]，但永远摆不脱寂寞的尾巴。十四小时，哈姆雷特的喃喃独白，东半球可有人为他烧耳朵、打喷嚏？偶或驶出冰雪的险境，太阳迎他于邻州的上空，也会逸兴遄飞，豪气干云，朗吟李白的辞白帝或杜甫的下襄阳，但大半总是低吟"西北望长安，可怜无数山！"八千哩[2]路的云和月。八千哩路的柏油和水泥。红灯，停。绿灯，行。南北是Avenue，东西是Street，方的是Square，圆的是Circle。他咽下每一哩的紧张与寂寞，他自己一人。他一直盼望，有一对柔美的眼眸，照在他的脸上，有一个圆熟可口的女体，在他的右手的座位，迷路时，为他解地图的蛛网；出险时，为他庆幸，为他笑。

　　为他笑，他出神地想，且为他流泪，这么一双奇异的眼睛。一只鹰在顶空飞过，幢然的黑影扫他的脸颊。他这才感到，风已息，太阳已出现了好一会儿了。他想起宓宓，肥沃而多产的宓宓。最肥沃的地方，只要轻轻一挤，就会挤出杏仁汁来。他不禁自得地笑出声来。以前，他时常这么取笑她的。可怜的女孩，他爱惜而歉疚地想。先是一搦纤细而多情的表妹，如是其江南风，一朵瘦瘦的水仙，江南的风中。然后是知己的女友，缠绵的情人，文学的助手，诗的第一位读者。然后是蜜月伤风的新娘，套的是他的指环，用的是他的名字，醒时，在他的双人床上。然后是小袋鼠的母亲，然后是两个、三个，以至于一窝雌白鼠的妈妈。昔日的女孩已经蜕变成今日的妇人了，曾经是袅娜飘逸的，现在变得丰腴而富足，曾经是羞赧而

---

[1] 凯地拉克，美国通用汽车旗下豪华汽车品牌，今通译为凯迪拉克。

[2] 哩是英里的旧译名，此处系谐音用法。

闪烁的，现在变得自如而安详。她已经向雷诺阿①画中的女人看齐了，他不断地调侃她。而在他的印象中，她仍是昔日的那个女孩，苍白而且柔弱，抵抗着令人早熟的肺病，梦想着爱情和文学，无依无助，孤注一掷地向他走来，而他不得不张开他的欢迎，且说，我是你的起点和终点，我的名字是你的名字，我的孩子是你的孩子，我会将你的处女地耕耘成幼稚园，我会喂你以爱情，我的桂冠将为你而编！他仍记得，敬义说的，车票和邮票，象征爱情的频率。他仍记得，一个秋末的晴日下午，他送她到台北车站。蓝色长巴士已经曳烟待发。不能吻别，她只能说，假如我的手背是你的上唇，掌心是你的下唇。于是隔着车窗，隔着一幅透明的莫可奈何，她吻自己的手背，又吻自己的掌心。手背。掌心。掌心。这些吻不曾落在他唇上，但深深种在他的意象里，他被这些空中的唇瓣落花了眼睛。

太阳晒得草地蒸出恍惚的热气，鸟雀的翅膀扑打着中午。不久，塞吉维克将军的剑影向他指来。他感到有点胃痛，然后他发现自己伏身在草上已太久，而且有点饿了。已经是晌午了呢，他想。他从草地上站起来，抚摸压上了草印的手掌，并且拍打满身的碎草和破叶。忽然他感到非常饿了，早春的处女空气使他呼吸畅顺，肺叶张翕自如，使他的头脑清醒，身体轻松。一刹那，他幻想自己一张臂成了一尾潇洒的燕子，剪四月的云于风中，以违警的超速飞回国去。一阵风迎面吹来，他的发扬了起来，新修过的下颌感到一抹清凉。他果然举起两臂，迅步向那边的瞭望塔奔去，直到他稍稍领略到羽族滑翔的快感。然后他俯倚在灰石雉堞上，等待剧喘退潮。松枝的清香沛然注入他腔中，他更饿了，但同时感到四肢富于弹性，腹中空得异常

---

① 雷诺阿（Pierre Auguste Renoir, 1841—1919），原译舀努瓦。法国画家，印象画派成员。

灵利。

如果此刻宓宓在塔下向他挥手且奔来，他一定纵下去迎她，迎好她雌性胴体全部的冲量。在温燠的阳光中，他幻想她的淡褐之发有一千尺长，让他将整个脸浴在波动的褐流之中。他希望自己永远年轻，永远做她的情人。又要不朽，又要年轻，绝望地，他想。李白已经一千二百六十四岁了。活着，呼吸着，爱着，是好的。爱着，用唇，用臂，用床，用全身的毛孔和血管，不是用韵脚或隐喻。肉体的节奏美于文字的节奏。他对塔下辽阔的古战场大呼，宓宓！宓宓！宓——宓！呼声在万年松之间颤动、回旋，激起一群山鸟，纷纷惊惶地拍响黑翼，而二千座铜像和石碑，而四百门黝青的铁炮，而迤逦廿多英里的石堆和木栅，都不能应他的呼声。他们已经死了一个多世纪，一百多个春天都喊他们不应，何况他微弱的呼声。

不朽啊。年轻啊。如果要他作一个抉择，他想，他宁取春天。这是春天。这是古战场。古战场的四月，黑眼眶中开一朵白蔷，碧血灌溉的鲜黄苜蓿。宁为春季的一只蜂，不为历史的一尊塑像。让缪斯嫁给李贺或者嘉尔西亚·洛尔卡①，可是你要嫁给我，他想。让冰手的石碑说，这是诗人某某之墓，但是让柔软的床说，现在他是情人。站在瞭望塔的雉堞后，站在浩浩乎复不见人的古沙场顶点，站在李将军落泪、米德将军仰天祈祷的顶点，新大陆的河山匍匐在他的脚下，四月发育着，在他的脚下，发育着、放射着、流着、爬着、歌着。茫茫的风景，茫茫的眼眸。茫茫的中国啊，茫茫的江南和黄河。三百六十度的，立体大壁画的风景啊，如果你在她的眸里，如

---

① 嘉尔西亚·洛尔卡（Federico García Lorca, 1898—1936），西班牙诗人、剧作家、导演。

果她在我的眸里，他想。中午已经垂直，阳光下，一层淡淡的烟霭自草上自树间漾漾蒸起。成群的鸟雀向远方飞去，向梅荪·狄克生线[①]以南。收回徒然追随的目光，惘然，怅然，他感到非常，非常饥饿。他想起古战场那边的石桥，桥那边的小镇，镇上的林肯方场，方场上，一座三层七瓴的老屋，他的公寓就在顶层，适宜住一个东方的隐士，一个客座教授，一个怀乡的诗人，而更重要的是，冰箱里有烤鸡和香肠，还有半瓶德国啤酒。

一九六五年四月三日 盖提斯堡·古战场

附识：文葩（Barbara Wenger），班上一女孩，日耳曼后裔，德国文学系，宾州兰开斯特人，常和另一同学贾翠霞（Patricia Carey）来看作者，并赠以兰开斯特的双黄蛋和新泽西州海边的连翘花。

一九六五年四月

[①] 梅荪·狄克生线（Mason and Dixon's Line），一译梅森－迪克逊线，美国宾夕法尼亚和马里兰等州的分界线，也是美国北方和南方的象征性分界线。

乡愁：
包一片
月光
夹在诗里

巴黎看画记

艺术之美往往在痛苦中产生：

创造者把美和欢悦献给后人，

却把痛苦留给自己。

古典的黄昏

　　以前只是在印象主义的画里见过法国，幻而似真；等到亲眼见了法国，却疑身在印象派的画里，真而似幻。在法国的七天半里，就算不进美术馆，举目所见，也无非印象派或巴黎派的画境。一个世纪后，巴黎的天空，塞纳河上的波光、云影、树色，仍像莫奈笔下的情韵。寂寞长巷，行人寥落，只有清瘦的路灯，守着远方的排窗与屋顶，烟囱上密密地亮起通风管，守着阴阴的天色：不正是郁特里罗（Maurice Utrillo）①所习见的街景？巴黎的女人不再戴帽、撑伞，曳袅袅的长裙，但秀逸和姣好的一些，如果你留心赏看，仍然可以上雷诺阿的画面。

　　拿破仑时代雄视欧洲的法兰西，那赫赫的声威与光彩，如今早已不在。允达开了他那辆颇骄（Peugeot）名车载我和吴鲁芹、徐东滨到西南郊外的凡尔赛故宫，去凭吊路易十四的高雅与奢华。正是雨后乍晴，低湿的灰云开处，无限好的夕晖唰地燃亮了那千门万户和一排排石柱撑住的灿金艳黄。暮寒里，我忽然感到衣薄，想起了"西风残照，汉家陵阙"。已经九月底了，法国的枫树和野栗树仍然是一片葱绿，雨后的沙地上，落满了一粒粒饱圆光润的野栗子。我和东滨捡了一粒藏在袋里，算是纪念一个古典的黄昏。

　　法兰西不再是一等强国，但今日之巴黎仍然是西方艺术之都，古典的芬芳、浪漫的情韵、自由闲散的生活节奏，仍然吸引着世界上无数爱美的心灵。纽约当然比巴黎高，比巴黎新，也比巴黎阔气，港口的自

---

① 郁特里罗（1883—1955），原译郁特里洛，法国风景画家。

乡愁包一片月光夹在诗里：

由神像比塞纳河上的那座大二十倍，但哈得孙河①畔哪有塞纳河畔的风流和记忆？十九世纪的纽约哪有同时的巴黎那么人才荟萃、群彦汪洋？纽约也可以建铁塔，盖教堂和美术馆，但总不好意思造一座皇宫吧。历史，是花钱买不到的。巴黎本身就是一座露天的博物馆，一册开卷的史书，圣母院正是扉页。难怪缺德的王尔德要说："好心的美国人死了，就去巴黎。"

高卢人真是艺术的民族，什么都讲究色彩雅丽，印象主义大灿于法国，不是偶然的。巴黎街头的警察，雪白的高帽，浅蓝的制服，鲜丽可以入画。花市的众芳，饼店橱窗里的各式糕点，露天咖啡座的红幕白椅，莫不缤纷之中带着雅致，无论是姹紫嫣红、粉白嫩青，淡描浓敷总令人游目赏心，大餍视觉。地上如此，地下也不含糊。巴黎的地下车，座位一律朝前，舒适整洁，胜过伦敦。车尾过处，蓝身黑带，红灯艳亮。车站照明充足，别有洞天，有些站上更供着一龛龛的雕像，而隧道高高的砖砌洞顶，漆成了油润润的满天鲜柠檬黄，令我想起凡·高和高更。相比之下，纽

---

① 哈德孙河（Hudson River），一译哈德逊河，位于美国纽约州。

伍·边愁

［法］居斯塔夫·塔耶博克《雨天的巴黎街道》

乡愁：包一片月光夹在诗里

约的地下铁更显得阴森而荒凉。

法国东部的田园，景色十分秀雅。从巴黎乘火车南下，两百多公里一望尽是平原，巨幅的田畴之外是茂密青黛的森林，即使有缓缓而斜的山丘，草坡上也总是散牧着牛群，或黑或黄，或白底而有花斑，最醒目的是乳白的牛群反衬在鲜绿的草野，虽然听不见牧笛，却仿佛在掀柯罗（Camille Corot）的画册，一页又一页。时或驶过三两个村镇，乡道边一排排的小屋，或整齐，或错落，但多是白墙红顶，掩映在白杨或枫树的背后，更后面耸起教堂的塔尖纤瘦，指着云影变幻的远天。这景色，毕沙罗永远画不厌，我靠在窗台上也永远看之不倦。又或驶过水边的河镇，粼粼的波光里泊着长长的平底货船，翔着水鸟，若被西斯莱看到，一定也不会放过。

印象主义在西方的画坛已成历史，但其光华耀目的艺术长存后世，安慰我们的视觉神经，治疗我们对上一世纪的渺茫的乡愁，不但记录了一百年前法国中产阶级的悠闲生活和巴黎的繁华世界，也像吕洞宾的点金仙指一样，教我们如何睁开眼来，饱饫户外的光影和色彩。无论未来的画派画风如何变化，那些作品的空气和阳光已经不朽，像陈年的白兰地一样，久而愈香。我可以这么说：自从有了莫奈，所有的风景都变了，风景其实没变，是我们的眼睛变了。莫奈在我们的眼球玻璃体上施了一点什么小手术，以后，我们就把阳光，把流泻的黄金当酒喝了。

我到巴黎的那天，天色薄阴，地平线上凝着永远拧不干的灰绿水云，偶尔日光一绽，也只像守财奴的金库，方启便关。画家陈英德放下工作，带我去卢浮宫的印象主义美术馆（Musée de Jeu de Paume）去晒莫奈的艳阳。

伍·边愁

[法]毕沙罗《蒙马特大街,早晨,灰色天气》

印象馆

　　印象馆的原名叫作"网球场美术馆",因为原址在一百二十年前是拿破仑三世为其太子所建的旧式网球场。从一九〇九年起,此地便用来展览近代的绘画。第二次世界大战期间,纳粹把在法国掠劫的名画贮藏在此,然后运去德国,战败之后,才又运回本馆。

　　今日的印象馆内,收藏了五十位画家的作品,总数为五二九件,当然是印象派艺术最大的宝藏。这些作品大半是画家本人,画家的后人,或画家的朋友历来所捐赠。例如在凡·高临死前照顾过他的嘉舍大夫(Dr. Paul Gachet),也是塞尚和吉约曼的好友,他所捐赠的名画便独悬一室,谓之"嘉舍室",以为纪念。有趣的是,这位嗜画如狂自己也有点神经质的医生,也是一位画家,他用梵·里赛尔化名签字的两幅作品也挂在馆内。其实五十位画家之中,有的只是印象主义的先驱,例如德拉克洛瓦①、柯罗、布丹;有的是超越前人另辟天地的后进,例如凡·高、高更、塞尚;也有画风和印象派潮流无涉的并世名家,例如方丹·拉图尔(Henri Fantin-Latour)。同时,由于捐赠人特定的条件,莫奈和雷诺阿等的廿二幅作品却必须挂在卢浮宫中,陪着那些影深光敛的远古名画。所以印象馆的收藏也未尽完备。

[荷兰]凡·高《嘉舍大夫像》

---

① 德拉克洛瓦(Eugène Delacroix, 1798—1863),法国画家。

[法]凡·高《自画像》

[法]雷诺阿《画架前的莫奈》

在几位大师之中，收藏得最富有的，是莫奈，共得七十三件。其次是雷诺阿（五十七件）和德加（四十八件）。其他依次是毕沙罗（四十一件），西斯莱（三十六件），塞尚（三十一件），马奈（三十一件），高更（二十二件），凡·高（二十一件），图卢兹 - 劳特累克①（十六件），吉约曼（十五件），修拉（十一件）。

---

① 图卢兹－劳特累克（Henri de Toulouse-Lautrec，1864—1901），原译土鲁斯－劳特累克，法国画家。受德加画风启发，并吸收日本浮世绘技法而自成一格。

[法]马奈《自画像》

［法］雷诺阿《自画像》

［法］德拉克罗瓦《自画像》

［法］塞尚《自画像》

［法］高更《献给凡·高的自画像》

德加

我们从楼下的德加室看起。以前在印象派画家之中,我并不特别喜欢德加,但看了这次展出的这些画和一并陈列的雕塑品之后,却大为改观。他真是一位人像画的大师,偶然也画风景,但不出色。他的女人,或跳舞,或熨衣,或沐浴,或打呵欠,美在动作本身,不像雷诺阿那些静态的女人,美在姿色。雷诺阿笔下那些容貌姣好的女人,当然也是美极了的,但是他晚年画之不厌的那些红艳艳胖墩墩的妇人,有色无形,太熟腻了,我并不喜欢。反之,德加的晚作却似乎益入佳境,不但姿态自然,造型别具匠心,而且色调成熟,笔触敏感,绝不浪费颜料。据说德加在五十六岁(一八九〇)以后,即已视力衰退,但是一八九二年那幅《缸中沐浴的女人》线条仍然那么得心应手,准确而有力,真是难能可贵。除了女人之外,他也善画马和骑师,晚年所塑马像,神态莫不生动。另有所塑一座舞女,仰面闭目,十分入神,已经是一件杰作,而舞裙翩然,就用真的白纱折成,真是匪夷所思,难怪英德说,大艺术家有才,自然有胆。

[法]埃德加·德加《缸中沐浴的女人》

我和英德细细审视德加那幅有名的《台上的舞女》，觉得无论在色彩、光影、构图各方面，都技巧圆熟，无懈可击。这一幅精巧的粉笔画，是他四十四岁时的杰作，背景是芭蕾舞台缤纷绚艳的布景，只见两三舞裙掩映其间。前景则用灰褐的地板衬托出一位手舞足蹈浑然忘我的舞女，正乘着音乐的旋律，迎着台前脚灯如潮的光芒，纱裙盛开，鸟一般地向观众翔来。这只是芭蕾舞中瞬间的一景，即现即逝的，却被德加手到擒来，成为永恒的欢欣。那少女扬臂如翼，右脚向前，左脚隐在身后，更见飞舞的迅速轻灵。颈间所系的缎带，飘起的方向不是朝身后，而是朝右边，可见她是回旋而来。少女的姿态简直是光之颂歌，尽绽的白纱迎光飘动如云，又如一蓬精致的白焰，把她原已年轻腻嫩的肌肤照得分外晶莹，尤以迎光最近的右腿为然，那光影的层次，真正是神乎其艺。她的脸仰起，所以大半藏在柔影里，而下颔和颈项便全浴在光中。唇下颔上，隐然一抹淡影，可以想见她有一个俏皮的下巴，微微翘起，真惹人遐思。这种细节都照顾到了，德加的艺术确不含糊。我们发现他的画张张达到高境，罕见败笔。

［法］埃德加·德加《台上的舞女》

马奈

　　马奈在馆中的画只有三十一幅,不过重要的大半在这里了。马奈有"第一位现代画家"之称,可是在画派上却难以归类。有人把他和库尔贝一同纳入写实派,可是他的人像画以中产社会为主,不像库尔贝那么侧重劳动阶层;此外,库尔贝强调主题,马奈则强调艺术本身。库尔贝的画面仍然是暗沉沉的,马奈的却把观众带向一个阳光充足线条流动的世界。又有人把马奈纳入印象派,其实马奈之所以貌若印象派的帮主,是因为他在"反派"画家里年纪最大(长于塞尚、莫奈、雷诺阿各为七、八、九岁),吃学院派评判诸公的苦头最早,受巴黎愚民的凌辱最剧,直到死时犹不得志,所以隐然有新派画"先烈"的形象。其实他文质彬彬,为人风雅,并不想和那批"造反"画家搅在一起,也无意和他们联合展画。同时,他的画风比起

乡愁:包一片月光,夹在诗里

［法］马奈《草上野餐》

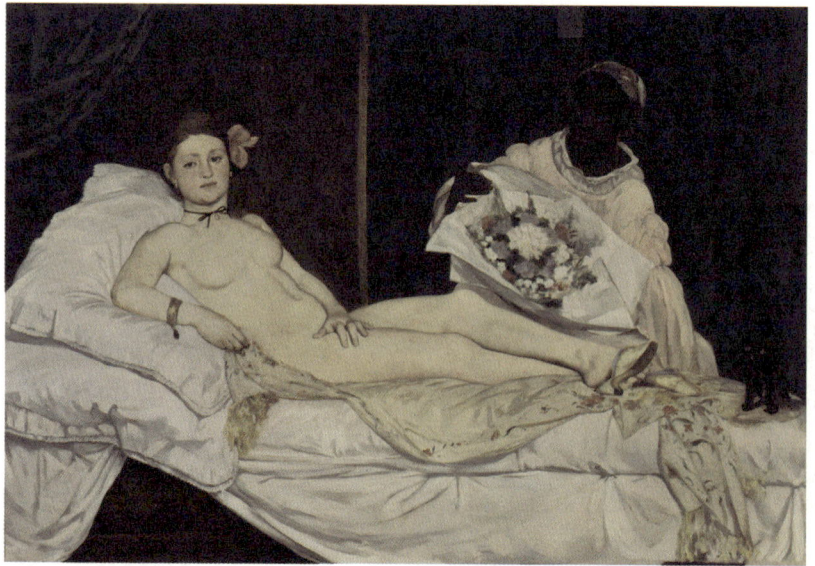

［法］马奈《奥林匹亚》

印象派正宗的画家如莫奈和雷诺阿的来，显得有点滞而不流，僵而不化。他把法国的现代画带到成熟点之前；要熟极而燃至于灿然大盛，还得等莫奈出现。

马奈早期的作品，如一八六〇年的《我的父母》，结构严谨，色调妥帖，但那一层层深褐浓棕的阴影，仍然笼在古典院画的传统里。一八五三年的两幅力作：《草上野餐》①和《奥林匹亚》，既见拒于评判，又被斥于大众，直有石破天惊之势，也使马奈终身潦倒，饱受误解。其实马奈在构图上也非前无古人，因为《草上野餐》的布局近于乔尔乔涅（Giorgione）的《田园雅乐》②（*Pastoral Concert*），而《奥林匹亚》的裸卧之姿也令人想起狄兴和戈雅。不过这两幅画太有名了，在看过千百张复制品之后，如今忽然仰立在原作的面前，伸手就可触及，还是令人神经振奋的。果然比一切复制品博大而又精妙，色彩尤其层次分明，耐人久看，特别是《奥林匹亚》那一幅。在许多复制品中，奥林匹亚的黑女奴几乎五官难辨，那只黑猫也几乎隐身于阴影之中，面对原作，一切都看懂了，却觉得裸女的颈子太粗，英德也认为她的右手不太自然。

我比较喜欢马奈晚期的作品。一八七八年的《露胸的金发女人》和一八八二年的《伊儿玛·布玲娜画像》都生动而流畅，不同于早年的拘束。一八六八年的《左拉像》和《阳台》，虽然被官方的沙龙接受，我却认为不是他的杰作。一八六九年的那幅《月光照在布罗涅港上》，有一种阴郁荒诞之美，画得十分大胆，近于北欧表现主义的风格，在马奈画中，是例外之作。

---

① 《草上野餐》，一译《草地上的野餐》。

② 《田园雅乐》，一译《田园合奏》。此画现多被认为是提香所作。

毕沙罗

毕沙罗在正宗的印象派画家里，地位十分特殊。他最年长，最忠于印象主义的原则，而且有始有终，参加了每一次印象派的画展。他性情温厚，对年轻的画家总是慷慨相助，鼓励有加。毕沙罗善写风景，早年很受柯罗的启示。他笔下的风景，多在法国北部，尤其是巴黎近郊的蓬图瓦斯和艾哈尼。他的画面多为村口路头，二三人家掩映树后，极富抒情的田园韵味，望之真令人生终老林泉之念。中国古典画常称风景为山水，可是毕沙罗的风景画里无山，因为法国北部一望平原，也无水，因为毕沙罗不爱画水，虽然蓬图瓦斯就在河边。莫奈画中那种水光粼粼倒影欲动的灵逸之趣，在毕翁图里绝少出现，真是名副其实的 landscape① 了。

毕沙罗在画家之中不属于思考的一型。有些画风或画技，本来由他领头，却被后辈举一反三超过了他，

① Landscape，意为乡村风景画。

［法］毕沙罗《薛登汉林荫大道》

伍·边愁

倒过来领着他走。当初是他把塞尚带去蓬图瓦斯，教以户外写生，并用鲜明的色调。但是后来，这位南部来的乡下人却暗暗启示他怎样用大刀阔斧的几何化、秩序化来经营风景的体积感。到了后期，他又在修拉的影响下试验过点画派的技巧。博采各家之长，是毕沙罗的优点，但也说明他不是独树一帜的大师。他是多产的画家，一八七〇年普法之战，他和莫奈逃去英国，但是留在巴黎近郊鲁浮香宅中的作品，被普军毁了二百多幅，一说甚至多达一千五百幅，真是可惊！毕沙罗晚年画了许多巴黎街景，其画面，上则屋顶的烟囱密集，下则满街的行人和马车，气氛繁华而温暖。可惜这样的街景，印象馆中只有一幅，叫作《塞纳河与卢浮宫》，其他的多已散布在欧美的美术馆里。

其他的画家也有这个现象。例如修拉，馆中只有他的十一幅作品，其中的两幅只是那张巨画《大碗岛上的星期日下午》的局部草稿，原作呢，却挂在芝加哥的艺术馆里。图卢兹-劳特累克的代表作《红磨坊里》①也挂在那里。我最喜欢的两幅雷诺阿作品：《歌剧院包厢》和《拉珂小姐》（*Mademoiselle Romaine Lacaux*），一幅在伦敦，一幅却在克利夫兰。这，便是研究绘画的一大难题，一般人只能看看翻印的画册，但是那样的复制品色调和层次与原作往往大有出入，只能比作文学作品的翻译。要瞻仰原画，非遍访各国的美术馆不可，真是费时、费事，又费钱！然而认真地观赏一张名画不是匆匆一瞥、"某某到此一游"就算数的，何况更有一些名画，只是私人所藏，并不公开展示。相比之下，研究一位诗人，只消购齐他的全集，另备几部注释评论之书，坐在家中用功便可。

---

① 《红磨坊里》，一译《红磨坊的舞蹈》。

西斯莱

和毕沙罗同一等级而稍次于他的，尚有西斯莱和吉约曼，两人的画在馆中都收藏颇多。两人都是抒情韵味很浓的正宗印象派画家，也都以风景见称，但是命运却大不相同。吉约曼原来是个小职员，只能在星期天作画，却在五十岁那年中了彩票，从此自由自在，可以到他神往已久的地中海岸或荷兰去写生，享年八十六岁。西斯莱是英国人，终身住在法国，却始终入不了法籍。他在年轻时家境很富裕，但自父亲死后便陷入困境，甚至到了晚年（所谓十九世纪九十年代），眼看着印象派的其他画家都名成利就，他还与饥寒挣扎，作品仍然受人冷落。他死时六十岁，默默无闻；死后不到三个月，却被世人赏识，忽然大红起来。今日悬在印象馆中的名作《水淹马利港》，是西斯莱三十七岁的力作，搁在他的画室里二十四年都卖不掉，他死后一年却以当时破纪录的四万三千法郎高价售出，得益的是他的后人和画商。

西斯莱是一位纯风景画家，取景以所谓《法兰西岛》(Ile de France)① 为主要地区。"法兰西岛"当然不是一个岛，而是一个水光潋滟的盆地，古时是一省之名，以巴黎为中心，包括塞纳（Seine）、塞纳与瓦斯（Seine et Oise）、瓦斯（Oise）和安（Aisne）四州，地当塞纳河、瓦斯河、马恩河交汇之处，水流曲折，又多森林，景色之秀雅迷人，可以说令无数画家"竞折腰"。"法兰西岛"的许多胜景，像马利、布吉发、鲁浮香、圣玛美、莫瑞等地，都被印象派的画家画出了名；莫瑞尤其是西斯莱晚年潜居作画的地方。

西斯莱受莫奈的影响，爱画风轻波微、叶闪阳光的风景。他笔下

---

① 本段地名均为法文。

乡愁:包一片月光夹在诗里

的河景和雪景,纯净清幽,灵动如生,只有莫奈同类的风景画可以相比,但是他的物象始终保持适当的实感,不像莫奈画中的那样溺于色彩,至于形解而体化的程度。后来在艺术史上出现了肇始于塞尚的立体主义,就是要克制莫奈这种"形泯于色"的泛滥。西斯莱最重要的作品,大致都藏在印象馆了。那天下午我在那三十六张风景前面,目醉神游,对他的认识加深了不少。他的风景画没有一张不动人,我尤其喜欢他的《雾》和《鲁浮香雪景》。这种清极静极而又带点迷失之哀愁的画境,总令我如聆德彪西那种冷冷渌渌的琴声。印象派的作品是画中最接近诗的东西,那诗,当然是抒情诗,歌颂的是户外流动的空气,因为它赋万物以呼吸,而赞叹的是空中流泻的阳光,因为它赋万物以表情。印象派的抒情诗捕捉的是稍纵即逝的光景,那艺术虽然永恒,那一眨眼的印象却是短暂的,因此在绚丽惑人的美后面,有一种不安和失落之感。

[法]西斯莱《马利港的洪水》

伍·边愁

莫奈

印象派中第一号捕光手,当然是莫奈。我和英德一走进莫奈室,就觉得是到了印象主义的殿堂,光之心脏。无可置疑,印象主义在他的手里成熟,也在他手里达到其必然的结论,近乎熟极欲烂的地步。

"太阳即神",印象派在法国画坛的革命,是把画架从户内的阴影里带到户外的阳光里来,同时把世界从绝缘的空间带进流动的时间。印象派要画的不是空间,而是时间:时间改变了光,光改变了世界。印象派的画最近乎音乐,也近乎诗,因为它追求时间。这一点,和十九世纪中叶以前的古典主义大不相同,和典型的中国古典画也很不一样。中国的山水画里对时间的处理,是有季节而无晨昏,因为那里面没有阳光,也无阴影。自玄学的观点看来,中国的画家追求的是永恒,不是时间。中国的诗人对阳光很是敏感,尤其是对夕阳。谢灵运的诗句"云日相辉映,空水共澄鲜",到了莫奈的笔下,一定水天争艳,大有可观,但是中国古典山水画家却无能为力。又如谢灵运另外的两句"石浅水潺湲,日落山照曜",要是请中国画家来画,前一句一定发挥尽致,后一句呢,就束手无策。日本汉学家小川环树解释六朝诗中"风景"一词,说相当于英文的 light and atmosphere,简直就是法国印象派所表现的光和空气了。这一点,中国的山水诗和山水画颇见分歧,值得专家析而研之。

莫奈背着画架,到户外去写生,就是要捕捉稍纵即逝、瞬息万变的光,和光在物体上造成的效果。早年他受库尔贝和马奈的影响,画面

[法]莫奈《撑阳伞的女人》

凝重而清晰；一八六五年他也作了一幅《草上野餐》，有马奈笔法，但是从他二十七岁那年（一八六七）起，他的调色板明艳了起来，画面的光在闪烁，空气在流动，色彩和形象的组合给人一种生生不息变易不居的节奏感。一八七二到一八七八的六年之间，莫奈定居在巴黎北郊的阿让特依（Argenteuil），小镇正当塞纳河转弯之处，中世纪爱情悲剧里的艳尼哀绿绮思①（Heloise）曾经在此修炼。这便是印象派的成熟时期，印象派餍人眼目的繁华灿烂，一半是阿让特依的河上风光。

莫奈也画人像，但多为侧面、背面，或者五官朦胧，或者纳入风景，泯于自然，不能算是当行本色的人像画家，例如一八八七年那幅《吉维尼之扁舟》，把船画在图之上方，下临无地，只是白衣隐约的倒影，无论构图或气氛，都很独创；但是船上三个少女（据说是莫奈第二夫人带过来的女儿）的容颜，在宽边帽的影阴下莫不半俯半侧，令人无法细审。至于一八八六年那两幅《撑阳伞的女人》（以莫奈夫人前夫之女苏珊入画），脸庞笼在伞影之中，索性不画五官了。再看一八七三年那幅《野罂粟田》，前景是一位白帽紫衣手撑蓝色阳伞的妇人，带着一个白衣的小孩，而在满田罂粟尽头的坡顶，更隐约其形的，是另一对相似的母子，前景的妇人也是把脸掩在阴影里，不见眉目，但是从她紫衣轻曳蓝伞斜握的姿势看来，不知有多婀娜动人。

天经地义，莫奈是一位风景大师。我不能称他山水大师，因为他的画里有水无山——一八九五年所作《挪威柯萨斯山》，笔简意远，以粗线勾勒，颇有中国山水味道，乃一例外。莫奈笔下的海景、烟景、雪景也各有胜境，《美丽屿岸边的风雨》和《美丽屿之乱岩》等作，颇

---

① 哀绿绮思，亦译爱洛伊斯，巴黎圣母院教士的侄女，与经院哲学家阿伯拉尔（Pierre Abélard，1079—1142）相爱并隐秘成婚，事发后阿伯拉尔遭受宫刑，爱洛伊斯出家成为修女。

有惊涛裂岸之势。《伦敦国会》等作,烟笼寒水,一片深褐色的萧瑟之气,显然取法于英国的透纳(J. M. W. Turner)。至于雪景,则多取材于鲁浮香和维德依两地,可与西斯莱比美。《圣拉萨火车站》烟气弥漫,或可归于我所谓的"烟景"。我在巴黎的里昂车站乘车,虽然电气化的火车不再吞烟吐雾,但高高的玻璃屋顶仍似一百年前,就令我不禁想起此图。

不过莫奈的典型作品,却是那些春和景明、云蒸霞蔚的温暖风情,其间尤多清水微波、倒影欲流的幻境来相彰,更为大块之美添上灵活的妩媚。那倒影,有桥,有树,有船,有帆,有远空的云,真令人顾而生怜。莫奈实在是画水的大师,常把水平线(地平线也一样)提得很高,有时超过画面之半,是为了给水更多的活动空间。中国的山水画,干脆不画水中的倒影,省却许多麻烦,是聪明之举,却也失去了一整个虚幻恍惚的世界。

在印象派画家之中,莫奈不但最有才力,而且最长寿,到了晚年,欲穷自然之变,乃致力于气象万千之组画。他常画同一物体在不同的时辰、不同的光线之下呈现的各殊色调,以证明大自然之中没有绝对的色彩,只有光,并据以指出,既然万物都不断在变形,画家之能事在于掌握某一特殊之时刻,赋予物体最突出之形象。就在这样的探索之下,莫奈完成了《干草堆》《白杨树》《鲁昂①大教堂》《睡莲》等一题数写之组画,把他的绘画观念发挥得淋漓尽致,也把印象主义的功用推到了极限。所以批评家说,印象主义在莫奈手里成熟,也在他手里给毁掉。

那天下午在巴黎的印象馆里,我欣然看到《鲁昂大教堂》四幅组画

---

① 鲁昂,原译卢昂,法国西北部港市。位于塞纳河下游,有哥特式圣母大教堂等中世纪古迹。

[法]莫奈《池塘·睡莲》系列

排在一起，依次是《晨之草稿：白色的和谐》《晨曦：蓝色的和谐》《阴天》《褐色的和谐》，创作的时间均为一八九四年。这些作品强调的不是物体本身，而是某一时刻光施于物体的瞬间印象，那种单纯而鲜活的美，是古典主义所梦想不到的。由于这一组画都是在仰望中取景，上端的天空留得很小，更予人一种既苍茫又磅礴的嵯峨之感。

《鲁昂大教堂》组画，一共画了二十幅，为期两年，但是四十八幅的《睡莲》，却是他晚年用功的主题，从五十九岁到八十六岁逝世，一共画了二十七年。这些巨画大如墙壁，往往需要独占一室，也真值得单独供奉，全神观赏，纽约的现代艺术馆就为莫奈的《睡莲》专辟一室，我一走进去，就投入了水汽袭人的清凉世界，映得我一脸的姹紫嫣红，漾青浮绿，也分不清什么是花什么是叶，什么是紫藤袅袅，什么是池水沁沁，只见翠碧不断，四面墙连成了一幅画，把我围在室中，不，池中，我的眼神四面飞回成一只蜻蜓。印象主义到此已经把物体肢解成缤纷的五光十色，脱离现实，濒于抽象了。其实这样的艺术，虽然也标了一个主题，心机却在形式的探讨，毋宁更近于音乐。莫奈晚年定居在吉维尼，自己设计，筑了一个莲池（即法文画题所称 Le bassin aux nymphéas，多美的名字），并引艾特溪水注入，然后临池写生。那些组画的副标题，像《鲁昂大教堂》一样，也是抽象的：在罗浮橘园艺术馆中的两幅，便叫作《绿之和谐》《玫瑰色之和谐》。

雷诺阿

印象馆中的藏画，以莫奈的最多，其次便推雷诺阿了。这是很自然的事，因为这两人正是印象派最重要的大师。不过两人的成就各有千秋，莫奈长于风景而不擅人像，雷诺阿长于人像而不擅风景，正好截长补短，相辅相成。印象馆所藏雷诺阿的五十七幅画中，只有九幅风景、四幅静物，其他全是人物。我不喜欢雷诺阿的风景，不喜欢其中过分的朦胧，也不喜欢那种松散的色调。雷诺阿在一八七七年完成的风景画《蔓草中的小径》，和莫奈一八七三年的那幅《野罂粟田》在构图上颇为相似，连图中行人的位置和关系都颇接近。相比之下，就觉得雷诺阿的一幅显得含糊而不集中，色调也欠鲜活，不如莫奈的一幅那么生动而富诗意。雷诺阿的风景也有好的，例如华盛顿国家画廊里所挂的那幅《霞渡弄舟人》，前景的丛草，背景的河岸，岸上的红顶楼房，中景如霞如虹的波纹和倒影，交织成一片鲜活而绚烂的风光。但是这幅名画之所以完美而生动，还有赖另外两个重要因素，那便是前景的四个人物和横跨画面的艳亮的朱红色。四人之中，有一位男士、一位少妇半背着观众：那男子戴顶黄帽，双手插在袋里，状至潇洒；那少妇也戴一顶宽边黑帽，上缀红花，娇慵的纤手曳着白纱衬底的黑色长裙，简直像刚从莫泊桑的小说里走出来那样。没有这些人物和波上俯身划船的那白衣人，画上的风景就显得寂寞无主了。雷诺阿最大的兴趣在人物，他很少像莫奈那样耽于无人的风景。此画作于一八七三年，正当画家三十二岁，但已可窥见端倪；果然，到了晚年，他的精力全放在人像上面。至于那夺目的朱红色，在扁舟和少妇的外套上互相争艳，复用河上的舴艋小船遥遥呼应，更增假日游乐的愉悦气氛。雷诺阿深受

［法］雷诺阿《霞渡弄舟人》（一译《夏杜的划船者》）

德拉克洛瓦的启发，而德拉克洛瓦正是喜用红色的大师。雷诺阿的洋溢、温暖、圆融，和塞尚的矜敛、冷静、直拙，形成醒目的对照——雷诺阿的基调往往是红色，塞尚则是蓝色。雷诺阿到了晚年，画面全给那些丰腴娇软的裸女烘成了熟而可餐的玫瑰色调。

雷诺阿的人像画以女性为主，其中尤以肤色鲜丽、体貌丰满、散播青春气息的女人和娇美可爱的女孩为数最多，也最动人。在我看过的近百张原作和数百张复印品之中，没有一张是瘦女人，也绝少老妇。我想雷诺阿和大多数的法国画家一样，认为年轻的美是要带三分胖的。他也画男人，但是为数很少，也不如女像那么自然、生动，洋溢着画者的关注与赞美——其中包括莫奈和瓦格纳的画像，并不特别精彩，只因是名人，我们加倍注意罢了。

雷诺阿画的女人和女孩，在我所见的写实画风里是最美的女性画像。除了波提切利（Sandro Botticelli）所画的《维纳斯的诞生》之外，我想不出还有谁的女性画像能像雷诺阿的那样赋青春之美以难忘的形象。不过波提切利画的是神，雷诺阿画的却是有血有肉的人。雷诺阿崇尚女性美，他的女像全是由衷的颂歌，赞叹的是芬芳的年华、美好的生命、赏心的乐事、悠闲的时光。他的女像都散发一种温暖而迷人的光辉，令观者注目之余，感到快乐与安慰。看他的画像正如听莫扎特的音乐，是一种纯粹的快乐。十六年前，我在美国长途开车，途经克利夫兰，天色将暮，久客无伴，心情十分孤苦，却在该城的美术馆中看到了雷诺阿的《拉珂小姐》。立刻，我被她迷住了。那灵慧灼灼的眼神，那纯真而专注的态度，以及整个画面流转着的秀雅之气、谐和感、幸福感，在默默相对之中给了我无限的快慰。那是雷诺阿二十三岁时的作品，也是他最早的一幅传世之作。画中的少女约为十二三岁，家在田园画派的所

[意大利] 波提切利《维纳斯的诞生》

伍·边愁

乡愁：
包一片
月光
夹在诗里

［法］雷诺阿《薄饼磨坊》

在地巴比松,是她的父母要青年画家为她写像的。现在,她当然已经死了,可是在画里看来,她再过几年就要变成一个大美人了。童真之美,艺术之起死回生,"一劳永乐",令我深深感动,我从美术馆出来,重上征途,苦寂之感已一沐而净。

巴黎印象馆中悬供的雷诺阿作品,最有名的一幅是他三十五岁时画的《薄饼磨坊》(Le Moulin de la Calette)。画中的游乐场在蒙马特岗上,四周都是紫苜蓿田;每到星期天下午,巴黎的青年就到这里吃薄饼,喝酒,跳舞,画家们也来此寻找女孩子做模特儿。画中的年轻人,或三五坐谈,或双双拥舞,或戴帽,或露顶,或见其正面,或只现背影,或侧身,或回头,而树影扶疏,或洒在人身上,或落在地上,为原已虹彩撩眼的衣冠和衫裙布上一层明暗交错的花纹。青春的生命,浮漾在假日欢愉的气氛里,正是雷诺阿典型的主题。画家晚年回忆当日的情景说:"那时的世界还没有忘记欢笑!机器还没有吞掉全部的人生:大家还有空闲去作乐,谁也不会为机器吃苦。"一八七七年此画展出时,家境富裕的画友贾耶波特（Gustave Caillebotte）①为解雷诺阿的穷困，买了这幅作品，当时表示等他死后，雷诺阿可以从他购藏的画中任取一幅。十四年后好友去世，雷诺阿听说有鉴赏家想出五万法郎买《薄饼磨坊》，便有意取回自藏。贾耶波特家人正要把丰富的藏画捐赠给卢森堡博物馆，不肯抽出这幅杰作。雷诺阿无奈改选了一幅德加的画。

印象馆中另一幅举世闻名的雷诺阿作品，是一八七六年的《秋千》。画的是树影交错的林中，两个戴帽的男子，意态悠闲地陪伴着一个金发白衣的美人；她斜荡在秋千架上，双手分握着长垂的秋千索，满脸慵懒，眼睛却怔怔向远处凝神。三个大人不该冷落树下的小女孩，害她委屈地交握着两只小手，仰望着他们的背影。像雷诺阿的一般群像一样，画里这女人仍然是引人注目的焦点，男人只是在造型和配角上发挥陪衬之功。雷诺阿的世界以女人、孩子、花为中心；孩子多为女性；花，则温香性感一如女体，所以女人又是中心的中心。你看那架上的女人，她的连衣裙上，从领到裙，缀着一排七朵蓝花，斜斜泻下，敲响了林荫的岑寂，简直有音乐感了。

另一幅画像虽不那么有名，却吸引我的注意。画中人的黛眉弯弯，又浓又长，双眼皮下的亮眸灼灼照人，右手的纤指轻轻支颔，明艳的容颜有一种南欧的秾丽——啊，原来是小说家都德的夫人，难怪。不远处是高雅雍容的《莎邦蒂耶夫人》，观赏之余，不禁怀念挂在纽约大都会美术馆的那幅更大的巨制

---

① 贾耶波特，一译居斯塔夫·卡耶博特（1848—1894），法国画家，通常归类为印象派。

乡愁

包一片

月光

夹在诗里:

[法]雷诺阿《歌剧院包厢》

《莎邦蒂耶夫人与二女》。从那华丽的巨制又想到挂在华盛顿的《霞渡弄舟人》《安瑞娥夫人》《船上午餐》，挂在波士顿的《布吉瓦之舞》，芝加哥的《露台上》，当然，还有克利夫兰的那幅《拉珂小姐》。巴黎的印象馆收藏的雷诺阿作品之多，号称世界第一，但是散布在别国美术馆里的仍然极多，其中难免有赝品。不久之前，雷诺阿的十几幅作品在台北展出，国内艺术界人士怀疑其中杂有伪作，气得法方代表公开辟谣。我当时不在台北，自己也不是雷诺阿的专家，难辨真相。不过画家成名之后，自然会有仿制。卢浮宫里就藏有一幅雷诺阿的临本、两幅雷诺阿的赝品。据说雷诺阿本人对那些赝品倒不很在意，有一次有人拿了一幅小赝品登门请教画中风景本于何地，雷诺阿怕那人失望，居然不加点破。

在十九世纪八十年代，印象派画家虽然不受国内观众和批评家的欢迎，在美国却赢得不少知音。美国人开始买印象派作品的时候，售价尚颇便宜，所以今日美国的美术馆拥有雷诺阿的杰作颇丰。我在美国五年，自命观赏过不少了，但如今在巴黎，一口气便饕餮了雷氏的秀色五十七幅，真是"山阴道上应接不暇"。也许我应该感到饫足了。可是雷诺阿最美的仕女图之一——我甚至觉得"她"是群艳之尤，众芳之选——却在伦敦；只恨我在伦敦的时间太短，未能一亲芳泽。这幅画名叫《歌剧院包厢》，图中的美人面对我们，脸颊白皙之中微透浅红，垂额的长发褐里带金，云罗一般的白纱裳外披一袭黑白条纹相间的飘飘披肩，两手都戴着长可及肘的白手套，左手握一把黑扇，右手靠在边栏上，握着一架金黄的观剧镜，恰和腕上的金镯交相辉映。她的发上戴一朵粉红的玫瑰，另外有两朵则偎在胸前，衬亮了她的衣裳。她的身后半掩着一个男伴，须髯并茂的脸半笼在阴影里，拿着一架观剧镜，似乎在打量更高处的观众。雷诺阿是一位色彩大师，却说过"黑乃众色之后"。这幅画在色调的对比上，真是神乎其艺，变化无穷，而众色之中用得最华丽最高贵最有气派、气势、气象的，却是她衣上那淋漓恣肆滚滚而下的一道道黑纹。这种豪阔而大胆的黑色旋律几乎有中国书法之美，印象派画家之中没有谁敢这么用黑的。

雷诺阿所画的女像，除了在年龄上偏于少妇少女外，论身份则上自贵妇下至佣仆，论衣着则从盛装到全裸，可谓包罗万象。晚年他笔下的女像不但以裸体为主，而且身躯健硕，肌肤丰满，血色充沛，具有年轻的母性，又给人果实熟透的感觉。

至于画面，则被近于肤色的玫瑰色、橘色、桃色或诸色组合的色泽烘得暖洋洋的。那些女体，一面具有富厚的体积感，一面又有流动的节奏感，用色、用笔，都一气呵成，真正圆融而又恣肆，可谓"从心所欲，不逾矩"了。一九一八年那幅硕大的《浴女》，挂在印象馆中的，正是最好的代表作。我极喜爱的，却是他为嘉布丽艾（Gabrille）所作的一组画像。嘉布丽艾是一位健美而淳朴的农家少女，先后在雷诺阿家里看护过孩子，管过家务，又做过模特儿；在她主人感激而又赞叹的画笔下，她的形象，从清丽的少女到丰美的妇人，已青春永驻。

可是赋这些青春裸女以不朽形象的画家，却是一位行动不便的老人。雷诺阿五十多岁便患了风湿，晚年长居法国南部的卡涅，不但病体衰弱，而且四肢不灵，甚至必须把画笔缚在扭曲的手指之间或者手腕之上，才能勉强作画。他一生的总产量约为六千幅画，晚年在助手的操作下，更完成了一些浑厚朴实的裸女雕像。凡·高晚期那些壮丽炽烈的杰作，是在癫痫症的间歇所画。贝多芬晚年的乐曲，是在耳聋后所谱。弥尔顿暮岁的史诗，是一位盲人的作品。艺术之美往往在痛苦中产生：创造者把美和欢悦献给后人，却把痛苦留给自己。

图卢兹-劳特累克

印象馆中还有一部分画不属于正宗的印象主义，其中尤以所谓"后期印象派"的作品为多。后期印象派的画家，在接受印象派的启发之余，渐渐不满印象派对于视觉经验过分写实，对于画面结构又过分随便，乃在画面上另辟蹊径——修拉和塞尚的反动是客观的，要用建筑和几何的秩序来重组自然；高更和凡·高的反动则是主观的，要用自己的幻想和感情投射在自然之上，使自然变形而具丰富的意义。其实雷诺阿早在他的中年时期已经警觉到印象派的形式太散漫，色彩太朦胧，而有意回到古典的稳重与坚实，晚年的作品果然强调结构和体积的实感。

图卢兹-劳特累克是这一群画家里年纪最轻的一位；和凡·高一样，他也折磨自己的肉体，也在三十七岁那年夭亡。图卢兹-劳特累克来自法国南方，凡·高来自北方的荷兰，两人在巴黎一见面便成知己，画风上也互相影响。两人对"下流"女人都极为同情，对"上流"绅士都没有好感，而线条和色彩的自由与大胆又同被时人讥为粗鄙。不过凡·高一生专作油画，图卢兹-劳特累克在油画之外却兼擅蜡笔画、水彩画、石版画。凡·高是一位困而能之的苦行僧，图卢兹-劳特累克却是生而能之的天才。这一点，看两人的素描便可了然。

图卢兹-劳特累克是善用线条的大师，他的线条飘逸而灵活，往往用几条短线，或平行，或交错，来勾勒物体的轮廓，最能带出物体的姿态和动感。早在十八岁时，他为母亲和伯父等所勾的素描，已经笔触熟练，形象生动，令人惊喜。甚至十五岁时所作的《炮兵》也已老到

乡愁：包一片月光夹在诗里

而鲜活，早熟的天才简直令人难信。三十五岁那年，他因戒酒需要住院，竟在病房里全凭记忆，把蒙马特所见马戏班的情景，画成一组栩栩如生的素描。

图卢兹-劳特累克不画风景，只写人物，但是他的人像不像雷诺阿的那样以追求青春美貌为务；相反地，他画中的人物，不是太瘦削，便是太臃肿。论服装，往往衣衫不整；论表情，往往冷峻或落寞，也难怪不为时人所喜。如果说，雷诺阿的人像给人的味觉是甜，则图卢兹-劳特累克的人像带几分苦涩，即使尝得出一点甜味，也只能算是苦瓜之甜。这种反甜的画风，毋宁更近于德加和杜米埃。雷诺阿把本来就美的东西画得更美，图卢兹-劳特累克把世俗认为"丑"的东西变成艺术之美。图卢兹-劳特累克所画的人物既多来自风尘或江湖，笔法又带夸张，画面各部分又有详有略，乃予人漫画之感。他的画既以线条之勾勒为主，而实之以敷彩，可谓近于中国技

［法］土鲁斯-劳特累克《红磨坊里》

伍·边愁

法。实际上，他的东方影响来自日本：尤其是他的石版海报，那明爽的轮廓，那分割的平面，那倾斜的透视，都从浮世绘中启发得来。看图卢兹-劳特累克迅快的笔法，总给人一气呵成、不拘细节之感。相反地，修拉那一派的"没骨"点画，穷年累月，苦心孤诣，便令人感到凝滞而缓慢。

图卢兹-劳特累克的作品极为丰富，但印象馆中所藏只得十六幅，而且全是二十六岁以后所作，看来真不过瘾。他的画流传到美国去的很多，芝加哥收藏尤富，那幅凄艳奇丽的代表作《红磨坊里》，便悬在芝城的艺术学院。我们都知道图卢兹-劳特累克是法国南部大城土鲁斯贵族世胄的末代伯爵，他有的是钱，不必卖画维生，所以风格可以自由发挥，比较不怕社会压力。土鲁斯东北的古镇阿尔比（Albi），是他的诞生地，当地的博物馆专展他的作品，其中有不少早年的画，可以见证他的夙慧，尤足珍贵。

修拉

修拉比图卢兹-劳特累克更短命，只得三十二岁，印象馆收他的画也更少，只得十一幅。其实十一幅中，一幅是他的名作《马戏班》，另一幅却是《马戏班》的草稿；还有两幅是《大碗岛上的星期日下午》的细节草稿，更有一幅草稿是为《阿思尼耶之浴》而作。剩下来的正规原作只有七幅。这也难怪。修拉

乡愁包一片月光夹在诗里：

年纪轻轻，便生了肺病，这在十九世纪原是不治之症。加之他的画技十分缓慢，不但事先慎作草稿多张，而且受了德拉克洛瓦对用色的理论启示，兼采当代光学的发现，自创了一套"点画主义"又称"分色主义"的笔法，在正式作画时一笔不苟，不，一点不苟地，向画布上冷静而又精确地点下他沙粒一般的纯粹色彩。修拉的一幅巨制是设计完美执行精细无疵的工程，往往要费好几个月。这种画，短短的一生，能完成几幅呢？

修拉的点画主义对印象主义是一大反动，长处是色彩分解后益增光和影的对照，并使阴影更活泼更丰富，而物象的几何化也赋画面以建筑式的稳定与匀称，给人古典的秩序感。在这方面，挂在芝加哥艺术学院的那幅《大碗岛上的星期日下午》确是旷代的一大杰作：那些剪影式的人物，有点庄严，又有点滑稽；有点刻板，又有点生动；有点抽象，又有点具体。这一切似乎是短暂，又似乎永恒。而种种的矛盾，在这幅画里都调和了，调和得那么美丽，一切都那么透彻而安宁，空气寂寂无风，阳光从从容容地照在草地上，如一场耐久的顿悟。但是这技巧也有它的短处，那就是便于表现静态，而不便捕捉动感：一团又一团的细点，怎能像线条那样捕捉动势呢？印象

伍·边愁

[法]修拉《大碗岛上的星期日下午》

馆里的那幅《马戏班》要用这种画法来掌握迅疾的动作，就显得力不从心了。

塞尚

另一位画家吸收了印象派的技巧却反对印象派，是塞尚。印象派画家要画的，是物象的外表，也就是某一时刻阳光对物象的作用。塞尚也承认光的重要，但更重视物体本身的现实，诸如重量、体积、结构。印象派画家要画万物之变，塞尚要画万物之常：前者要追求时间，后者要把握空间。塞尚不满意印象派的闪烁之美和单薄的感性，他要对自然作知性的探索，去发掘事物的共相。他说他要"把印象主义变成坚实而耐久的东西，像博物馆里的艺术"。

塞尚是一位晚成的大器，艺术的生命发展得十分缓慢。大致说来，开头的十年（相当于十九世纪六十年代）是他的学徒时期，风格举棋不定，时而学习德拉克洛瓦，时而追摹库尔贝或马奈，色彩用得又浓又厚。其后的十年（亦即十九世纪七十年代）是他的印象主义时期，兴趣从人像转到风景。受了毕沙罗的启示，他到户外写生，着色也由暗趋明，可是他笔下那些重复而歪斜的斑斑点点，是用来刻画形象，而不是烘托偶然的光影。从一八八二年到一八九五年，是塞尚丰收的古典时期，产量约三百幅油画。这时他笔下的风景，基本上以金字塔形或拱门形构图，结构十分严谨。塞尚对自然求真，不在表面的形象，而在其本质与组织，在其不移的常态。他认为自然的物象可以归纳为几何图形，且说"我们必须在自然之中寻求柱体、球体、圆锥体"。他领悟到自然"不止于表面，更具纵深"；为了表现第三度空间，他常大胆地安置一个平面，或擅改观点。例如，学院派向来主张风景画的地平线或水

伍·边愁

[法]塞尚《艾斯塔克海景》

[法]塞尚《静物与洋葱》

[法]塞尚 《阿谢·昂佩海》▶

[法]塞尚 《青色花瓶》▶

[南宋]夏圭《溪山清远》(局部)

平线要低，塞尚在他的名作《艾斯塔克海景》(*The Sea at L' Estaque*)里却把水平线武断地提高，使海面像侧向观者。此外，为了表现物体的形象和它周围的空气，却不愿因袭古典派的明暗烘托或印象派的浮光掠影，塞尚史无前例地取消了光影的对立，改用色调来造型，并用不同色彩之间的关系来代替明暗烘托。这时期的风景画主要取材于他故乡艾克斯附近的山水：一大主题是艾斯塔克之海，另一则是圣维克图瓦山景。一八九五年以后，塞尚进入他的表现主义时期，这时他已晚年，技巧的探索已经完成，难驯的大自然尽入了他的彀中，他可以从心所欲、游刃有余地来表现自己了。以前他的艺术役于自然，现在轮到自然来听他使唤。他的主题仍旧，但风格变得丰厚而热烈，笔触也自由得多，他所追求的与其说是空间，不如说是物体内在洋溢的生命。两幅圆熟的静物：《苹果与橙》《浅红色的洋葱》，是此期的代表作。

　　巴黎印象馆中只有塞尚三十一幅作品，不能算多，可是我和英德一入塞尚室，便进了他的青绿世界，只觉苍翠映颊。学徒时期的作品馆中有五幅，人像居其中之四，风格竟然颇为浪漫，那张侏儒画家的绘像《阿谢·昂佩海①》(*Achille Emperaire*)，身大腿细，十分怪异，真把我吓了一跳。谁会想得到这是塞尚的画呢？印象主义时期的作品最多，有十七幅，余下的九幅之中，七幅属于古典时期，只有两幅代表末期。

---

① 阿谢·昂佩海，一译阿希尔·昂伯勒尔(1829—1898)。

所以大致说来，印象馆中所藏颇不平衡，古典时期尤弱，连一张圣维克图瓦山的风景也没有。这些画里面，我最喜欢的几张是《艾斯塔克海景》《青色花瓶》《苹果与橙》《浅红色的洋葱》。他的人像我都不太欣赏。他在这种画里，往往以自己、太太、儿子、艾克斯的村民为对象，费时很多，常累被画者枯坐终日。据说他曾为画商伏雅作像，先后叫伏雅静坐受画达一百次以上，最后仍因不够满意而作罢。塞尚画人，兴趣不在面貌、个性、表情，只在构图本身，因此"人味"不够；我宁可看雷诺阿画像之甜，图卢兹-劳特累克画像之苦，凡·高画像之酸辣。凡·高把风景画成人体，塞尚把人画成风景。

和塞尚同时的画家，像惠斯勒、德加、凡·高、图卢兹-劳特累克等，都颇受日本版画的影响。只有塞尚独来独往，似乎完全不乞援于东方，可是他在苦心孤诣中完成的某些创举，却和中国画不谋而合。他大胆地安排风景画的观点，扬弃了阴影的烘托和自然的光线，而这些做法在中国的古典山水中早已行之有素。试看叶肖岩《西湖十景》之五的《两峰插云》，两船几乎相接，而大小悬殊，且湖面之高远在楼台之上。再看夏圭的《溪山清远》，近景的岸边压得极低，已触画底，但远景风帆之高却把水平线升到画的上端。这种多重观点的例子在中国画中比比皆是，塞尚的《艾斯塔克海景》却迟了好几百年。西方的画评家如谢尼（Sheldon Cheney）等想借谢赫六法的"气韵生动"来赞塞尚。其实西方的油画厚实凝重，哪能像中国水墨运笔的灵活飘逸、一气呵成？真要勉强在西方画里找什么"气韵生动"，恐怕还得先考虑以线条敏捷取胜的画家如图卢兹-劳特累克与杜飞者吧？

高更

印象派的画家大半取材于法国中产阶级的闲适生活，地理上则以巴黎为中心。在艺术思想上对他们革命的象征派大师高更，虽然也是法国画家，却远在秘鲁度过童年，并死在更远的马开沙群岛。他鄙弃文明，到了三十岁的中年，索性抛下妻子、五个孩子和股票经纪的富裕生活，向法国中产阶级毅然告别，专心做一位穷画家。在地理的取材上，他也避开莫奈、西斯莱等画之不厌的所谓"法兰西岛"，跑到布列塔尼半岛的一个荒村阿望桥，或是更远隔文明的大溪地，去追寻原始生活的灵感。

开始的十二年（一八七一至一八八三，亦即二十三岁至三十五岁），高更收入颇丰，家庭美满，简直是中产阶级的中坚分子；至于绘画，只是业余的兴趣，可以归入"星期天画家"之列。由于同事许芬耐克的引见，他结识了印象派的画家，并且花了一万五千法郎来收购他们的作品。显而易见，此时他的画风近于印象派，尤其是毕沙罗和早期的塞尚。

一八八三年，高更结束了商人生涯，不久存款用光，就陷入穷困和家庭纠纷。一八八六年至一八九〇年，他在阿望桥一带先后住了四年，在理论和创作上建立了绘画的象征主义，一称综合主义（synthetism）。高更蓝眼深陷，鹰鼻微钩，额高而项壮，兼具野民与贵胄的气质，内心温柔而外表桀骜，谈到兴起，每每雄辩滔滔，语惊天下。在阿望桥村的格洛内克客栈里，和他日夕论画的年轻画家，包括比他小二十岁的贝尔纳等多人,乃以他为领袖,渐渐形成了日后的所谓阿望桥村画派(School of Pont-Aven)。在这四年内,高更曾经远游巴拿马和马提尼克,并曾应凡·高之邀去南部的阿罗和他同住了两个月。《凡·高传》的作者斯通把高更描写得十分自傲而又刻薄,似乎对凡·高心存藐视,其实高更在建立他的艺术思想时,也常和凡·高研讨,不无受益。一八九一年,他初去大溪地,生活在"狂欢、安宁、艺术之中",两年后回到法国,举行他的大溪地作品个展,赢得少壮辈画家的赞赏。一八九五年,他永别法国,定居在大溪地,生活悉依土著习俗,以迄于死。

十九世纪法国的艺术运动,常和文学并驾齐驱,相互发明。例如忠于瞬间视觉经验的印象主义,便得到左拉等自然主义作家的支持。但是到了十九世纪八十年代的中期,一股反写实的潮流开始撞击文坛艺苑,发而为诗,则有继承波德莱尔的象征派诗人马拉美①、魏尔伦②、兰波,发而为画,则有高更领导的综合主义画家。高更和同道的年轻画家们在一八八六年举行联合画展于伏皮尼酒店:那一年正是一道分水岭,前面是文学上的自然主义和艺术上的印象主义,后面,便是文艺的象征主义了。象征派的诗人和画家认为印象主义和自然主义一样,只能忠实地记录一个变化无常的外在世界,却不能探索梦境,不能追求永恒不变的内在真实;又认为这内在的真实无法直陈,只能旁敲而侧击。所以马拉美说:"直呼其名,适足以毁之;暗喻其物,乃所以生之。"高更也说:"艺术乃是一种抽象:在自然的面前尽情做梦,便可得之于自然;多想创造,莫顾成果。"

---

① 马拉美(Stéphane Mallarmé,1842—1898),原译马拉梅,法国诗人。

② 魏尔伦(Paul Verlaine,1844—1896),原译魏尔兰,法国诗人。

[法]高更《白马》

[法]高更《手捧水果的女人》

高更的综合主义是针对印象主义的反动。他认为印象派的画家只解写实,他则要求"写意"。他指出印象派的画家"只在眼睛的四周寻找,而不进入神秘的思想核心,乃陷于科学推理之中"。印象派画家最重写生,象征派画家则强调记忆之功,认为画家作画,不应该"面对其物",应该"在想象之中经之营之",结果是经过简化之后,遗其细节,得其精要,也就是画家应写之"意"(idea)。对比之下,印象派追求感性,象征派却富于知性:前者表现的是纯视觉经验,后者却要表现意念和情感。在技巧上,象征派一反印象派的七彩交映和朦胧的轮廓,改用大幅平面的纯粹色彩,往往两色相接,中间并无由浅而深的层次,至于轮廓,则用黑色粗线来描绘,有如日本版画或中世纪的彩绘玻璃。这种反烘托反透视的平面技巧,正所以远离现实而趋于梦幻。高更认为色彩具有象征的意义,而一张画的色调也正如乐曲的音调,对于观者能生相似的效果。

法国绘画的象征主义当然不是高更一手造成的。画风相近而年长于高更在二十岁以上的前辈画家,还有莫罗和皮维斯·德·夏凡纳——后者的影响尤为深远。高更一面强调他和皮维斯·德·夏凡纳的相异,一面也不得不承认前辈给他的启发。另一位同道是只大高更八岁而与马拉美、纪德、瓦莱里等象征派作家交游的雷东。比高更年轻二十岁到四十岁的"先知派"(Les Nabis)画家,包括勃纳尔、维亚尔、德尼、塞律西埃等人,则深受高更画中象征色彩和粗线轮廓的引导。高更的创作和理论,或直接或间接,都遥遥启迪了二十世纪主知和抽象的倾向。高更说过:"艺术是一种抽象。"他的象征派后辈德尼,在未满二十岁的时候,说得更加透彻:"不要忘记一幅画,在成为一匹马、一个裸女,或一则逸事之前,根本只是一个平面,上面布满用某种秩序组成的色彩。"

巴黎印象馆中只有二十一幅[1]高更的画，不能算多。其中阿望桥村时期的作品占了九幅，大溪地风格的只有六幅，至于阿望桥村以前的作品，像《列纳桥下的塞纳河》之类，仍在印象派的影响之下，和毕沙罗、西斯莱的风格没有什么不同。一般人初次接触高更，总是大溪地时期的画，后来再看他早期的作品，也许是先入为主的心理，竟觉得不像高更了。馆中所悬大溪地之作，最有名的是那幅《白马》：那俯首饮水的白马，和岸上一土女骑黑马而去的背影相映成趣，加上水中的倒影和斜行交错的树枝，真使画面笼罩着一层呼之欲出却又参之不透的象征意味。另有一幅《金色胴体》(*Et L' or de leur corps*)，画两个坐在一起的裸体土女，那种褐中含黄的肤色曾令高更百看不厌；郭尔安所写的高更传记 *The Gold of Their Bodies*[2]，就以此为书名。

凡·高

英国诗人兼艺评家里德在《艺术的意义》一书中轩轾凡·高与高更，认为凡·高之所以不朽，端在贯彻一个"诚"字。他说："高更的命运就不像（凡·高）这么确定了。他不像凡·高这么对自己坦诚。看过凡·高的书信再看高更的日记，只令人觉得他性情浮躁，不可忍受。他太自负了。"

高更提倡综合主义，并以中世纪和埃及的艺术为例，说明艺术的本质是"装饰性的"（decorative）。他有四句口号如下：

---

[1] 原文如此。

[2] The Gold of Their Bodies，意为他们身体的黄金。

> 为艺术而艺术。为什么不？
> 为人生而艺术。为什么不？
> 为作乐而艺术。为什么不？
> 有什么关系呢，只要是艺术。

里德对此大为不满，他说："所以也可以为装饰而艺术——有什么关系呢，只要是艺术。说一幅画具有装饰性，等于说它缺少某种价值，这种价值我们可以叫作人性（在此不讨论神性）。拿高更和凡·高一比，我们立刻注意到其间的差异：那就是，这位荷兰人对人类充满热爱，而且一直努力用他的艺术来表达这热爱，正如，据他所知，莎士比亚和伦勃朗表达过的一样。也许有人会说，那只是文学的志向，和画家的眼光没有关系；有什么关系呢，只要是艺术。但是艺术并不是一种抽象；艺术是一种人性的活动，只有透过某一个人的个性才能完成。某人个性之品质将充溢其艺术之抽象性质，而其艺术之价值将取决于其人性感受之深浅。由此而来的充实感，求之于凡·高则有余，求之于高更，求之于高更全部作品的动人之美，却显然不足。"

里德对这位象征派大师的评断未免太苛。指责高更的艺术失之装饰，是可以的，但是从一个人的日记来推断他艺术的高下，则未免诛心之论。许多艺术大家确很谦逊，但是自负的人未必不能成为宗师。不过在另一方面，说凡·高艺术的可贵，主要在其诚心，我却完全同意。

凡·高是一个元气淋漓、赤心热肠的苦行僧，甘心过最困苦的生活，承受最大的压力，只为了把他对人世的忠忱与关切喷洒在他一幅幅白热的画里。凡·高一生有两大狂热：早年想做牧师，把使徒的福音传给劳苦的大众，却惨遭失败；后来想做画家，把具有宗教情操的生之体验传给观众，他说："无论在生活上或绘画上，我都可以完全不靠上帝，可是我虽然病着,却不能没有一样比我更大的东西,就是我的生命,我的创造力……在一幅画中我想说一些像音乐一样令人安慰的东西,在画男人和女人的时候,我要他们带一点永恒感,这种感觉以前是用光轮来象征,现在我们却用着色时真正的光辉和颤动来把握。"

"光辉和颤动"(radiance and vibration)正是凡·高画中呼之欲出的特质。两者都来自他的赤忱,流露于色彩,便成他画中奇异的光辉,表现于线条,便成为他画中蟠蟠蜿蜿起伏汹涌无始无终的颤动、震动、律动;无论这些特质是起于他的宗教狂热、癫痫症,或是天才,总之看他的画,尤其是后期的成熟之作,常令人肺腑内炽,感奋莫名,像是和一股滚滚翻腾而来的生命骤然相接,欲摆脱而不能。凡·高的人像画,无论对象是荷兰村野的食薯者、比利时诗人巴熙(Eugène Boch)、法国南部的邮差鲁兰和其子亚蒙、阿罗的女人、布拉班特的老农夫、目光忧郁的嘉舍医生,或是一幅又一幅的自画像,无不笔简意深,充溢着同情与了解,对象的性格强烈地流露在脸上、手上,敏感的眸子里隐约可窥灵魂的秘密。雷诺阿把原已可爱的人物画得更美,图卢兹-劳特累克把原来不美的人物画得更夸张、更突出,凡·高把原本平凡的人物画得具有灵性和光辉,而更重要的是,具有尊严,其结果乃是艺术之至美。看遍了西方的现代画,没有一位大师的人像画比凡·高的更富于人性。里德说凡·高的艺术,由于关心生命的目标,不应归于马奈、塞尚、高更、雷诺阿之列,而应与他生平崇拜的伦勃朗和米勒相提并论。我觉得凡·高其实应该置于伦勃朗之旁,米勒之上,因为米勒的田园颂歌今日看来未免有点伤感,他的感性似乎承先的成分多于启后。如果要在诗人里面找凡·高的伴侣,我倒愿举出两位博爱众生的伟人:布莱克和惠特曼。凡·高不像布莱克那么形而上,也不像惠特曼那么达观,他的画里也看不出像他们诗中那种对动物的爱护,对孩童的赞美;但是对

于人类和自然的忠诚和敬爱，凡·高的画似乎更白热化。

凡·高的人画像，尤其是他的自画像，常给观画者强烈的震撼，这种感觉，我在看中国传统的画像时从来没有经历过。不但画中人的性格、表情，尤其是眼神和嘴态，复活在纸上、布上，即使背景的色彩和线条，也尽了象征与陪衬之功。我从未见过一幅画像能像《比利时诗人巴熙像》那么单纯、宁静而又崇高。诗人的外套黄得暖极、亮极，他的须发又黄又绿，真是天真有趣，拙极巧极，他的眼神澄明而又凝定，像在倾听宇宙间无边的宁静，只因为他的背后是密蓝色的夜空，深极冷极，却闪着几点似花又似星的光芒，噢，可爱之极、美极。绿发与蓝空都浓极稠极，于是用一道鲜黄色向中间分开，真说不出这一手是拙招还是绝招。这些对照鲜丽的、武断而又纯粹的色彩，或许也受了高更的理论启示，但是画中的人性，那一股对于诗人朋友的敬爱，却出于凡·高的内心。

巴熙并不是名诗人，但一登凡·高的画像，也就似乎戴上了所谓的凡·高光轮，不朽了，此图作于一八八八年，亦即画家死前二年，是巴黎印象馆中所藏凡·高廿一幅人像画的杰作，但是另一幅人像《嘉舍大夫》，也许更加有名，不是因为画得更好，而是因为受画者嘉舍医生是一位慧眼识天才的先知，不但是许多印象派画家之友，并且在举世不识凡·高为何人之时肯定了凡·高的成就，成为他临终前最后的知己。《嘉舍大夫》作于凡·高逝世之年，和《奥维教堂》《麦田群鸦》同为最后的名作。图中的医生斜坐在桌旁，一手扶桌，一手握拳而支颐，若不胜其慵倦与烦忧，蹙眉之下，一对蓝色的眼眸茫然出神地凝望着虚无，那么沉郁而多思。画中的基调是冷肃的蓝色，从医生外衣的暗蓝到背

[法]凡·高《比利时诗人巴熙像》

景的灰蓝和钝蓝，分成三层，而以圆桌的鲜朱红色来衬托。和《比利时诗人巴熙像》的安详相比，嘉舍医生显然心有郁结，神情不安；也许这时画家自己的生命更充满着痛苦与烦恼，所以主客的情绪很容易合为一体。

不过凡·高的人像之中，最动人也最崇人的，仍是他的自画像。英国批评家霭理斯曾说："一切艺术家所写者莫非自传。"画家的自画像本就相当于作家的自传，可是凡·高作自画像，不但为了自我探索，也因为他太穷，雇不起模特儿，也画得太"怪"，不讨人喜欢。他的自画像极多，癫痫症发作以后尤然，而无论所画是侧左或侧右，戴帽或露顶，割耳前或割耳后，都给人"把灵魂裸露在脸上"的感觉——那鼻梁的孤挺，那嘴角的执着，那颈项的倔强，还有那总是带点怒意或是忧容的蹙眉之下，那两只正在灼灼探人的、又沉郁又渴望又寂寞的眼睛，在在流露着一副殉道者的悲剧性格。甚至那黄中带红的须发，也似乎沿着两腮的乱髯，因内热的煎熬而燃烧成一片。甚至背景也不甘寂寞，因律动的线条而蠢蠢欲动或已骚然旋转，成了蓝漩涡似的滚滚光轮。这种自画像，巴黎印象馆中藏有两幅；我认为最崇人的一幅，画家以左手拇指勾住调色板，而背后蓝涛滚动着漩涡的，却在纽约。

印象馆里悬挂的凡·高作品，最有名的应推《奥维教堂》和《阿罗的凡·高卧室》。两画的色调，一幅阴沉而神秘，另一幅温暖而亲切，各有千秋。凡·高后期作品，纵情于鲜黄，至于狂热的程度，为了平衡色调，又用深蓝来反托，造成视觉上也是情绪上的紧张对立——那幅鲜丽无比令人对画惊叹的《夜间的露天酒座》便是如此。

凡·高的风景画当然也有许多神品，其中有宁静可以卧憩的，也

[法]凡·高《阿罗的凡·高卧室》

有波动令人不安的。我认为后一类里杰作最多,也最近于他的人像画。看过《秋收》和《阿罗医院的花园》等宁静的作品,再看《橄榄园》《小麦田与松树》《奥维教堂》《麦田群鸦》等激动的作品,令人惊讶之余,发现凡·高的风景竟可以分别表现两种截然相反的心境。在《秋收》一类的画里,几乎所有的线条都是直的,其方向不是水平便是纵立;但是在《橄榄园》中,几乎所有的线条都是曲线,地势在波动,树态在蟠蜿,天色在奔泻,形成了一个回旋不安律动不歇的青绿盘涡。在《奥维教堂》里,前景的草地、黄花、红沙,是亮丽的人间,但背景的蓝空,蓝得那么秘不可解,怪不可测,却是永恒,可是中间的教堂、曲线则蠕蠕而动,直线则岌岌欲倾,整座建筑的感觉是歪的;加上钟楼上两面圆钟斜睨之眈眈,呼应着下面一排排玻璃彩窗之瞑瞑,真像一场猛烈的梦境。凡·高把这些风景画成了人,具有人体外在的形貌和内在的激情。

凡·高从印象派学到光的生命,从点画派学到分色,又从象征派学到武断而纯粹的色彩,但是有一样东西完全是他自己的。那便是线条,尤其是那些断而复续,伏而复起,去而复回的又粗又短的曲线,像是宇宙间生生不息动而愈出的一种节奏、一种脉搏。那线条总是一动百随,紧密排列;那种曲行之势,不是飘逸,不是精美,而是顽强粗犷,富于弹性。也有艺评家不满凡·高的艺术,认为他始终只是一位素描家,认为他画油画的方式就像别人画素描一样——也就是说,他的基本表现手法仍在线条,尤其是粗线勾勒的轮廓。但是凡·高作品的气势,那种笔挟风雨一气呵成的节奏感,也正在此。抽去他画中那些鲜活、健旺,而又武断的线条,就不成其为凡·高了。那些元气淋漓的线条,以简驭繁,拙能生巧,每一笔,都是凡·高用他的胆汁签下的名,没有人能够冒充。

凡·高作画,前后只有十年,比起毕加索来,只得七分之一。从二十七岁到三十三岁(一八八〇至一八八六)是他的荷兰时期。这时他的眼界未宽,取法的对象是田园写实主义的巴比松派,形体重拙,色调阴郁,所画多为村民农妇、矿工织工之类,油画尚未充分成熟,但素描的根基却打得十分扎实。从三十三岁到三十五岁(一八八六至一八八八)是他的巴黎时期,这时他闯进了印象派的大观园,目眩神迷,不知所措。他接受了光和色的洗礼，换了一副调色板，学起印象派闪烁缤纷的技巧来，一度更尝试点画派的新手法。这时他的风格最不稳定，作品也较弱，但是锻炼了印象派的技巧，日后在表现新境时却正好用上。从三十五岁到三十七岁（一八八八至一八九〇）逝世为止是他的表现时期。这时凡·高的艺术经迅速的成长已臻于成熟，内心旺炽的感情活火山一般喷溅在画上，无论是人像、静物，或风景，一上了他的画布，莫不蜕化为鲜黄、艳红、诡蓝、谲绿的奇迹。这两年的丰收期变化仍多，可以再分为阿罗、圣瑞米、奥维三个阶段：不过，奥维期虽然也有惊人之作如《奥维教堂》《嘉舍大夫》《麦田群鸦》，可是大半作品的结构已经松懈了下来，不能再维持阿罗期那种坚实而有光辉的饱满感。在阿罗的十五个月，杰作迸发而出，是凡·高艺术生命的全盛期。

巴黎印象馆的凡·高作品不算丰富。荷兰时期只得一幅《荷兰农妇头像》；其实这幅画不是一幅独立的作品，只是那幅代表作《食薯者》的局部草稿。凡·高的画多数收藏在荷兰的美术馆里；他的侄儿，也就是西奥之子，小文生·凡·高（Dr.V. W. van Gogh）的手里也有不少。巴黎时期只得五幅，包括那幅轻柔的《阮维叶市的人鱼饭店》。阿罗时期只得八幅，其中《午憩》是效米勒笔法，《阿罗的舞厅》则师高更画意，近于日后的"先知派"风格；其他五幅均为名作，依次是《吉普赛篷车营》《比利时诗人巴熙像》《阿罗的女人》《自画像》及《阿罗的凡·高卧室》。印象馆中凡·高的画，大半是私人的捐赠，例如巴熙的画像便是诗人自己所捐。至于奥维时期，也有八幅，多为嘉舍医生之子保罗·嘉舍所赠，其中三幅《嘉舍大夫》《嘉舍大夫的花园》《嘉舍小姐在园中》，正是凡·高住在嘉舍家里受其照顾时所作。我在这些灿烂的作品面前徘徊顶礼，恍如面对一个裸露的伟大灵魂，觉得那人的骨已冷了，但那人的灵魂仍是热的，如果我敢伸手去抚摩那些画，怕仍然是烫手会痛的。凡·高，是我的忘年忘代之交，只觉得他的痛苦之爱贴近吾心，虽然曾译过一部《凡·高传》①，仍感不能尽意，很想将来有空再译出他的书信集，或是鲁宾医生那本更深入更犀利的传记《人世的游子》。

---

① 余光中译本名为《梵谷传》。

卢浮宫

　　印象主义美术馆，绰号"网球场美术馆"，就在罗浮美术馆的旁边。今日印象馆中的作品原来都是卢浮宫所藏，一九四七年才由卢浮宫移到印象馆中，但一般艺术史或艺术评论不暇细分，提到这些名画时，仍注明是在卢浮宫。

　　我在法国行色匆匆，只得七日，其中四日在里昂开会，在巴黎的时间只剩三日。英德带我参观印象馆，只有半天的时间；我由里昂回巴黎，他又陪我去瞻仰卢浮宫，也只有半日，真个是蠡测管窥，未能尽兴。且引范仲淹的句子：印象馆的"浮光跃金"，半日岂能穷其灿烂？卢浮宫的古典名画，多已"静影沉璧"，时光海底的无尽宝藏，更是从何看起？不过既然来了，怎能不潜入那藻深石秘的世界去窥探一番？半日下来，倒也看了十九世纪的不少作品，而文艺复兴和十七世纪，也匆匆浅尝了一些。那半日，只恨自己不能变成神话里的百眼怪人阿勾斯①，可以同时兼顾满室的名画。那半日我所饕所餮的，一直到现在还没有完全消化，当时迸发的感想、联想、遐想，如果一一道来，只怕比印象馆的记游还长。此地只拟专述两位浪漫派的画家。

---

① 阿勾斯（Argus），原译阿耳戈斯。希腊神话中的百眼巨人。

籍里柯①

我和英德一走进那天窗高约三层楼的大展览室，就慑于长壁上垂挂的许多幅大画的幢幢巨灵，恍若逆时而驰，一脚闯进了森严的艺术史里。那许多百岁以上的名画，日久成精，全耸立在两壁，含义深长地向我眈眈地俯视，凛凛地斜睨，或是脉脉地相瞅。那些巨灵当然不识我，而我呢，也是第一次和他们相接，但是我早就熟悉他们了，一眼就认出谁是谁。他们的堂兄表弟，散布在世界各地的那千千万万的复印品，或浓或淡，或大或小，我不知看过多少。今天忽然——见面，兴奋打量，看个端详，忙得"久仰了"都不必说了。

不但是"久仰了"，就是此刻，他们从三层高的腰线板上用长索吊着，一路垂下来到我腰际，要瞻他们，仍然是必须仰着头的。这时据壁而崇、矗立在我和英德头顶的，是籍里柯的巨画《女妖号之筏》②（*Raft of the Méduse*）。这幅画作于一八一九年，当时画家只有二十八岁，画的主题是轰动当时法国社会的一件大新闻。"女妖号"是一艘法国船，由于官方之误遇上海难，一百四十九位乘客逃上一条木筏，在水上漂浮。最后木筏遇救，只剩下十五个生者，显然曾赖尸肉维生。消息一传开，社会哗然，法国政府痛受舆论谴责。籍里柯决心把这海难事件诉之艺术，他雇了生还者中的一位木匠，为他仿造了那只木筏，又从医院里借来几具尸体，作草稿和布局之用。他把死人藏在画室多日，被邻居发现，引起强烈的抗议。画展之日，观者骤睹这光怪陆离的悲剧，莫不

---

① 籍里柯（Théodore Géricault, 1791—1824），原译热里科，法国画家，浪漫主义画派先驱。

② 《女妖号之筏》，亦译《梅杜萨之筏》。梅杜萨亦译美杜莎，希腊神话中的怪物。原为美女，因触犯女神雅典娜，头发变为毒蛇，谁看她一眼，立刻变成石头。

[法]籍里柯《女妖号之筏》(一译《美杜莎之筏》)

耸动，籍里柯一举成名。

　　隔了一百六十多年，这一幅海难的巨景仍然十分骇人。幽光邃影之中，整幅画的暗褐色调似乎被时间薰染得更加阴沉。木筏上数得出一共是十九个海难者，其中只有一位长发老者倦坐支颐，半对着观众，其他的人或俯或仰，或呈侧面，或见背影，给人的总印象是斜背着我们，木筏正漂离我们，而汹涌的浪涛却向我们卷来，天上则风云变幻，响应着海上的波程险恶。漂流多日，筏上显然已粮尽水绝，半倚半偃的几个难民，从无助的姿势看来，不是已经死了，就是已经病倒，而所以如此，是因为久饿成殍，还是因为餐尸中毒，不忍，也不必细加追究了。余下的几位呢，有的挣扎着扶着他人要坐起或跪起，有的披发当风，向远方瞭望，有的回身指点，像在安慰苦难的同伴。最前端还有三个人裸着身体，两人背着我们，其中一人更挥动破衫，似乎眺见了远海的船只，正要向来者求救。整个画面，从左下角低卧的病者、死者，一直到右上角昂立筏头的扬衫者，是一个坡形的律动，达于金字塔顶，正是摇摇欲坠岌岌可危的巴洛克式的布局。但是另一方面，这种倾斜的运动由下而上，使观者的目光自然而然焦聚在高昂的扬衫者身上，正象征灾难之中支持人类心灵的一线希望。《女妖号之筏》是一张漂流的病床，一座露天的坟墓，却又是一线生机之所系，而这，不也正是人类社会的写照吗？

　　这么一幅疑幻疑真光影交错的苦难图，俯临在我们的额顶，那样熟悉，又那样陌生，那样压迫着又那样鼓励着观众，真像是一场睁眼的魇境。当日此画一展出，法国的观众兴奋地指点争议，立刻成为注目的焦点，但不久籍里柯却失望了，因为众所瞩目的，是此画所涉的社会新闻和政治意义，而不是艺术的本身，也就是说，在大众的眼光里，它只是一则头条事件的插图而已。不过，君临当日法国艺坛的学院派却真被触怒了，因为此画在各方面都违反了新古典主义的常规。当日学院派的画题照例都取材于遥远的事物，例如神话、历史、文学名著，《女妖号之筏》却取材于街谈巷议的新闻，据说如此美感的距离便不够，未免伧俗。其次，学院派的人像以不露感情不动声色为含蓄高超，像大卫（J. L. David）的《苏格拉底之死》和《赛宾的女人》等画，其实都温温吞吞、不痛不痒、了无生气。《女妖号之筏》的人物却奋昂而激动，姿势尤其富于戏剧性的夸张。浪漫派的艺术和文学原就喜欢表现反常而强烈的景象和感情，籍里柯尤好畸形和恐怖的情景，曾经作过一组精神病人的画像，又曾描写死刑犯人的断头，颇有戈雅之风。学院派的人体总是圆滑光润、骨肉均匀、血色饱满，造型以希腊石像为典范，看上去总不像会出汗的样子。《女妖号之筏》的人体则肌腱纠结，肩臀隆鼓，看来是里面有血表面有汗的肉身；加以光线从筏的左后方侧照过来，光强而影浓，对照十分强烈，更夸大了那些肌肉凹凸的轮廓。凡此种种，都说明了此画的作者何以是新古典主义的叛徒、浪漫主义的先驱。但在另一方面，艺术史家却又不承认此画是现代画的滥觞，因为现代画要摆脱的正是这种"以画证史"，用艺术来充事件注脚的"插图观念"，而形象的塑造又太逼真、太写实了。我却认为，此画在栩栩如生的描摹之中，也不是完全写实的，因为海上漂流的难民，或病或饥，又患得患失，岂能个个这么结实？

德拉克洛瓦

《女妖号之筏》展出后，对年轻一辈的画家影响很大，德拉克洛瓦正是其中的一位。果然三年之后，亦即一八二二年，德拉克洛瓦也展出了他那轰动一时的代表作《但丁之舟》（*The Bark of Dante*，一名

Dante and Virgil in Hell）。这幅作品的画题倒是古典的：取自但丁的名著《神曲》。新古典主义者也许会嫌但丁只是中世纪的诗人，算不上古典，可是图中的维吉尔至少是正宗的罗马诗人吧。画的前景直逼在我鼻端，衬着愁烟黯雾的地狱幽光，我看见一只小舟漂流在暗沉沉的水上，水上虽有波纹，却予人滞而不流之感，也许波上的冤魂太多，船上的心情太沉重了。这就是地狱五河之一的恨川（River Styx）。船的两侧阴气森森，尽是冤鬼与亡魂，有的倚在船侧，有的攀在船舷，有的露背，有的仰脸，但全都赤裸着肉体，在这悲惨的冥川上，说不尽的无助、无望又无归。仔细看时，才认出船尾有一个半裸的男体，披着一件蓝衫，背肌勃起，正伛着身子在奋力划桨。这该是阴间的渡夫凯伦了。整幅图中，只有舟上的两人是直立，而且衣着完整。褐袍桂冠，神情凄然的，是但丁。青袍红巾，站在他前面的，则是维吉尔。青年诗人半低着头，满脸悲悯地俯看着船边的水鬼，左臂在惊悸之中情不自禁地举起，右手则似乎乞援地挽住维吉尔。老诗人毕竟阅世已深，且又身为向导，当然比但丁镇定：他半侧着身子，鹰鼻的侧面望着前方，一手安慰似的按住惊惶的青年，另一手则举起遮在眼前，又好像看不清，又好像看到了

［法］德拉克洛瓦《但丁之舟》（一译《但丁和维吉尔共渡冥河》）

都有死者，而生者的活动都以四周的鬼魂为背景，生与死是如此地犬牙交错，紧贴而不可分，也益见人类在苦难中挣扎的可尊与可贵。这一类的力作，往往令人振奋感动，骇目壮心，肠为之热，事后不但留下深刻的印象，而且会再三思索，反省人类的处境和生命的意义。但是在空灵而飘逸的中国山水画里，我游目骋怀，神怡而心广，悠然有出世之想——我感到静化了、净化了，与自然浑合一体。这境界固然很高，在这方面自为西画所不及，可是如果永远如此，就未免太远了。西方的人像画，无论是个像或群像，都令我觉得近。我在中国古典画里找不到惊心动魄的人之苦难，人之奋斗。我不禁要怪中国的艺术天才只招待我们看他的客厅和书房，却不让我们进他的厨房、卧房、浴室。

《但丁之舟》和《女妖号之筏》的相似，尚不止此。在光影明暗的对比上，两画都很强烈，比起安格尔和大卫等新古典作品层层渐进的明暗烘托来，大胆得多，其结果是人体和物体的轮廓鲜明而突出，有点浮雕的感觉。其次，两画都充溢着强烈的感情，无论是人物的面容和姿态，人物之间的相对位置和身形手势，或是全体人像在布局上的共同趋势，都显得戏剧化而有呼有应。浪漫派的画最强调动感，不但前景的中心人物群情激昂，就连背景的自然现象也往往风起云涌，天地惊骇失色，似乎也感应了人类的悲欢离合。德拉克洛瓦的画如此，甚至英国大画家透纳所画的无人之景也是如此，相比之下，新古典的绘画往往是静的，尽管秩序井然，却欠缺生命。

在人物的安排上，德拉克洛瓦的这幅《但丁之舟》颇袭籍里柯之意，只是学得很巧。籍里柯之筏向右，难民躯体的姿势当然也大致向右，形成一个生动的节奏，而以筏首那人挥衣的手势为其顶点。德拉克洛瓦之舟则反过头来，朝左运动，人物的姿势大致也就趋左，而以危立扬臂的维吉尔为戏剧性的焦点。两幅画都给人栩栩如生的印象，可

[法] 德拉克洛瓦《马惊风雨》

是另一方面，此情此景又恍若出于幻想，两者加在一起的效果，似乎一场逼真的梦魇，诚然是浪漫的。

　　德拉克洛瓦受籍里柯影响之深，亦见于他的画马之作：籍里柯画了一幅《马惊闪电》，德拉克洛瓦也画了一幅《马惊风雨》，比籍里柯那幅更加狂猛。只见苍茫的大野上，风云一时变色，惨蓝的天穹被一声霹雳劈破了，一鞭三折的电光把一匹白雄马惊得奋举前蹄，骇扬长尾，斜昂的头颈上乱鬃迎风飘曳，真是壮观。中国画里的马，静的、驯的最多，少见如此的伟景。我敢说，杜甫要是见到了德拉克洛瓦的雄骏，一定会感动得写出比《天育骠骑图歌》更生动的诗来。德氏的马，眼中真有惊恐的神色，不论使它惊恐的是风雨，是龙，是狮，是虎，还是野豹。徐悲鸿以奔马驰名，相比之下，我却认为他的马"有势而无情"。

乡愁：包一片月光夹在诗里

德拉克洛瓦是法国浪漫画派的大师，主题和风格变化极富。除了《但丁之舟》这一类的巨构之外，他还留给后世廿四幅版画、一百零九幅石版画、一千五百廿五幅着色粉笔画、六千六百廿九幅素描和六十册速写稿，此外他一生对文学和艺术的看法，对自然的观察，对其他画家的评论等，都录在他三卷日记里面，对后代的画家影响十分深远，其中的片言断句往往被后人引来支持印象主义甚至新印象主义的观点。德氏的画风并没有什么可观的传人，但是他的思想却启发了许许多多和他画风不同的大艺术家。艺术史上有不少大师，像塞尚和莫奈，是只务本行的纯画家，德拉克洛瓦却是高瞻远瞩见多识广的通达之士，在画家之中兼有书卷气和豪气。我说他有书卷气，是因为他文学的修养很深，但丁、莎士比亚、歌德、拜伦等的作品都成为他艺术的泉源，也因为他耽于音乐，常以音乐的观念来析论色彩，肖邦和帕格尼尼的风采更借他的画像而永传。至于豪情侠气，则是他作品的一贯风格。德拉克洛瓦的体质颇弱，每日只进一餐，胸口又常不适，但是他的面貌，在戈提耶的形容之下，是"黑发如波，目光锐利如鹰隼"，而一旦工作起来，精力却旺盛而持久。他在着手《但丁之舟》一类巨制之前，准备功夫往往不遗余力，会画上无数草稿，但真正动笔之际，他就把一切都抛开，只凭他瑰丽炽热的惊人想象。他的画，是千锤百炼的行家捕到的淋漓灵感，所以常给人即兴之作的自然之感。为了追求缪斯，专业绘画，他终身不娶。为了在画风上独树一帜，他终身不去意大利，反而回转头去，北上英国，率先肯定康斯太布尔[①]和波宁顿[②]的价值。当时法国的画坛方奉罗马为神明而鄙伦敦为无画之都，德氏的反潮流作风，

---

① 康斯太布尔（John Constable, 1776—1837），英国风景画家。

② 波宁顿（Richard Parkes Bonington, 1802—1828），英国画家，侨居法国。

最需要先见与毅力。

然而真正的豪情，毕竟在眼前的这些画里，历百年而不朽。德氏的作品，从长不满尺的水彩如《阿拉伯人坐姿》到长达二十六七英尺的巨幅壁画如《阿波罗屠蟒图》，莫不节奏明快、色调鲜活，戏剧的动感之中迸发着或是盘旋着一股强劲撼人的力量。他确是一位富有气魄、气势的阳刚天才。站在他史诗一般的巨画之下，我耳边震荡着瓦格纳的音乐。《但丁之舟》在德拉克洛瓦的名画里，只是中型之作；巍然悬在它旁边的《凯奥斯大屠杀》《沙当那巴勒斯之死》《自由领导人民》①等作品，都比它更大。例如《沙当那巴勒斯之死》便长达十六英尺，高达十三英尺，篇幅约为《但丁之舟》的四倍，普通的墙壁根本挂不下。我在《沙当那巴勒斯之死》右下角，背着那执刀的力士和那引颈受戮的裸女，请英德为我照了一张相。画中的人比真人还要大些，我觉得比真人也要生动些。如果我是卢浮宫的守卫，天天伴着这些画中人，日子久了，只怕会把这些幻影当作真人，交了朋友，而把川流不息的观众，当作过眼的烟云了。不知道，每到夜里，博物馆紧闭的重门之后，这些画中人会不会眼睛一转，姿态一变，全动了起来？想想看，暗中有多少眼珠在转动？

最能吸引我的一组作品，是那些人与兽争，或是兽与兽斗的壮烈场面。《阿拉伯骑士被狮所袭》《野豹袭骑士》《猎虎》《阿拉伯二马斗于厩中》等图，都是我百看不厌的杰作。马，应该是世界上最英俊最矫健的动物了，它那修颀挺拔的轮廓，配上飘鬃扬尾的奔势，是画家最难抗拒的诱惑。但在德氏的画里，它更在骑士和猛兽之间惶骇掀腾，益增

---

① 《沙当那巴勒斯之死》，一译《萨达那帕拉之死》，描述亚述末代君主沙当那巴勒斯（Sardanapalus）亡国前对后宫的杀戮。《自由领导人民》原译《自由女神率民而战》。

乡愁:
包一片
月光
夹在诗里

[法]德拉克洛瓦《沙当那巴勒斯之死》

[法]德拉克洛瓦《自由领导人民》

[法]德拉克洛瓦《阿拉伯二马斗于厩中》

人兽之斗的声势与波澜。在"猎虎"之类的画里,前景骚然的殊死决斗,兽牙与矛尖针锋相对,人既濒险,兽亦临危,在绝境的挣扎里,谁胜谁负,立刻便见分晓。德氏的画面往往就攫住了这前一刹那,蓄势待发,果然是雄奇极了的壮观。一时之间,人、马、兽交缠错杂的肉搏,在巾袍飘举、爪蹄翻飞之中,形成了一个光影、线条、色彩相逐的漩涡,把一切都卷向涡心。

在这一类画里,我尤其喜欢那幅《圣乔治屠龙图》。圣乔治是基督教的大武士,他为解少女之厄而屠猛龙,正象征基督徒降魔伏恶。这传说免不了有许多画家拿来入画,最有名的该推拉斐尔的一幅(其实拉斐尔不止画了一幅)。我虽然震于拉斐尔的盛名,却一直不佩服他这幅名作,甚至在华盛顿国家画廊瞻仰了真迹,也不感动。等到看了德氏的这一幅,我才发现是什么原因。两位大师同题的作品,都画全身披

挂的耶教武士，驰马举矛，正向地上蟠蜒的恶龙奋力搠去，那可怜的少女则出现于背景。拉斐尔的白马，周身光洁滑溜，有如瓷器，肌腱不像在动员，也不见出汗；而尤其可笑的是，马眼不注意地下的敌人，却转睛含笑地去望着它背上的武士。武士的坐姿看不出他是否在使劲，两臂的姿势十分局促，也不可能使出多少劲来。地下那条龙躯体猥小，怪则有之，骇人却未必：这样滑稽的一条小怪物，老实说，圣乔治胜之也不武。背后的树林和天色，是一片明丽幽静，宜于郊游，却不宜鏖战。

[意大利] 拉斐尔《圣乔治屠龙图》

　　德拉克洛瓦则把战场放在两面峭壁之间，岩石苍郁而凝重，已经给人心理的压力。反衬在峡壁之间的，是一匹雄俊骁健的赤马，正抖擞着乱鬣和修尾，惊举前蹄，骇怪地弓着长颈，瞋视地上的妖物。马背上的武士昂着鹰盔（其状比拉斐尔画中武士戴的鸭舌形圆盔威武得多），扬着红巾，左手握缰，右手高举到极限，护臂甲冷冷的反光之中，铁手套里正握着一柄长矛，矛尖朝下，不偏不倚，眼看着数寸之近，就要奋其神勇，猛搠进那妖物的口中。那怪兽周身长着墨绿黏腻的韧皮，长约两丈，像一条巨蟒而有虎豹的四肢，爪大如盆，正在地上蟠蜿翻滚，张牙伸舌，作势要攫人和马。你觉得，这么一大盘凶邪的顽龙，才配护教的大武士来杀戮。你更觉得，武士、骏马、妖龙三者紧张的视线，在下刺的矛尖和仰噬的龙口之间，正交于一点：这果然是一场当真的厮杀。而背景的受难少女，也正紧张地张扬着双臂在壁上观战，她的目光也投向人兽之间。德画的细节不像拉斐尔的那么多，物象的线条

乡愁：
包一片
月光
夹在诗里

[法]德拉克洛瓦《圣乔治屠龙图》

和轮廓也不像拉斐尔的那么清楚细致,但他粗犷猛捷的笔触却造成了瞬息千变的动感,给人临场观战的幻觉。拉斐尔的画中,武士的矛尖已经刺入龙背,也不如德画的刺而未中那么紧张。德氏是近代画中善用色彩的大师,尤其善用红与黄金。拉斐尔的马用白色,也许是要象征善,以对照其黑龙之恶;德氏的马作赤红色[①],不但反比了妖龙的暗绿色,也反比了峭壁的苍青,何况红色本来就热闹,宜于战斗。加上武士肩头所披的红巾一直迎风回旋,飘曳至于腰际,两红呼应,更见画面的激荡,真是壮观。拉斐尔的武士披的偏偏又是青巾,加上痴肥的白马,画面就更冷了。

历来的艺评家推崇拉斐尔这幅《圣乔治屠龙图》,总是说它的构图主脉呈 X 形,也就是交叉的双斜线,这么一交叉,就把动作遍布到画的四角,而生力满全画之效。此画之白马从画左斜到右下角,武士与龙借长矛的贯串则从右上角斜入左下角,再加以树石的延接作用,结果诚然十分坚实。但高明的结构并不能保证一切,我仍然嫌此画太冷,太静,看得出来,德拉克洛瓦来画这一幕时,当然事先研究过前人的名作;其实他的构图也近似拉斐尔的安排,只是他把拉斐尔画中人兽的位置倒过来,连那女子和长矛也都移到画面的斜对角

---

① 原文如此。

去。这一搬家,搬得十分巧妙,真可谓"神偷",和《但丁之舟》善师《女妖号之筏》简直异曲同工。不过,德氏利用拉斐尔,也仅止于构图一端,其他如造型、用色和全图奔放的气势,却是他独创的。德氏的画面运动也呈 X 形,但马的斜背接上了石壁的斜坡,那浑然一体的气魄,真沛然难当。也许古典的宁静和浪漫的奔放,可用前后这两幅屠龙图来对比印证。拉斐尔是文艺复兴全盛期三大师之一,在西方艺术史上的地位应该在德拉克洛瓦之上,于是就画论画,德氏这幅屠龙图却远比拉斐尔的生动得多,德氏的人妖之斗,我可以全神投入,而面对拉斐尔的呢,我只能旁观。

就这么和英德边看边谈,有时以名画为背景照一张相(例如普桑的《诗人之灵感》),累了,便一起坐在皮椅子上,默对着那一张张裸陈在壁上的灵魂。一个短暂的下午,就这么在永恒的面前度过了。这些画在创作的当日,在画家的生前,全是"没有用"的东西,即使到了今日,除了在拍卖和保险时身价百倍,不,万倍,而使唯利是图的外行耸然动容之外,仍然说不出有什么"用"。这些画,饥不能食,寒不能衣,在能源恐慌的年代,也不能拿来当能源。可是对于千千万万敏感的心灵——敏于美感,敏于历史感,敏于文化感的心灵——这些画便是视觉生命中不可磨灭的形象,某一线条,某一轮廓,某一特具意义的色彩,往往会浮现在他们的心中,像某一个难忘的旋律,往往,当他们想起历史,想起文化,想起人类的许多遭遇、许多经验、许多憧憬和许多噩梦,这些画面就成为可资印证、可以从容指认的面貌;若是不幸失去这些壮丽的形象,则无论人类的文明有多发达,我们也只能算是"失忆症"的病人,梦游于没有归宿的"现在"。

[意大利]达·芬奇《蒙娜丽莎》

德拉克洛瓦常说，自然只是一部字典。我们翻查自然、人生、社会这部大字典，是要去找合用的字，查其字源、字义和用法，但是字典并不是作品，只会抄字典的人也绝非作家。如何去找合用的字，重新加以组织，甚至赋予新的意义、新的生命，有赖真正的艺术家。同样是使用一部大字典，却产生多彩多姿的各殊作品。我们欣赏、投入，甚至认同这些名作，等于向不同的天才学习如何使用这部大字典；许多自以为看惯了看熟了的字，在他们的指点甚至暗喻下，都展示了新面貌、新生机。原来同一部字典，其大小深浅，是因人而异的。艺术之为"用"在此。

我们走到《蒙娜丽莎》的那一室，只见世界最有名的画像前面正拥挤着一大群观众。我跟英德根本无福亲近，只能从人潮汹涌的偶然空隙，从时胖时瘦的颈项和肩臂之间，一瞥那迷人、蛊人、祟人的微笑。她究竟为什么笑成那表情？这千古之谜大概也只能像《锦瑟》一样，任无数的智士解而不决了。至于蒙娜丽莎她自己呢，将永远俯视着陌生的人潮来去，众目睽睽，一代复一代，只有她留了下来，对无尽无止的后人，意味深长地浅浅笑着。

几种法国人

怀着吊古的依依之情从卢浮宫出来，我们回到当代的巴黎，旧砖砌道的里伏利街上，已是初暮的景色了。我望着漆黑镀金的一排排铁栏，想起尼采的一句话来："艺术家在欧洲无家可归，除了巴黎。"今年夏天，不少中国艺术家从巴黎回到台北去开画展和摄影展，有人乃笑称台北为小巴黎。只要看今日在欧洲的中国画家，有多少仍暂居或长居在巴黎，就知道尼采的话仍然存真。例如我今天的向导英德，就是以艺术家的身份受到法国政府的认可与照顾而定居在巴黎的。心雄万夫、傲气盖世的尼采，以一位日耳曼的天才而如此美誉巴黎，法国人也实在足以自豪了。

法国人足以自豪吗？那要看是哪一种法国人。我所知道的高卢种有限，但也似乎有好几种。法国的古典音乐输给德国，但有了德彪西之后，法国的现代音乐已足自豪，文学的成就，法国绝对不逊于德国，却可惜推不出像歌德那样的代表人物。至于现代艺术，则法国可谓独步西方，甚至像凡·高、夏加尔、米罗、毕加索、莫迪里阿尼等外国人，也是在法国的艺术气候里长大成器的：法国，诚然是欧洲甚至世界的艺术家之家。德拉克洛瓦、莫奈、雷诺阿、罗丹……我在卢浮宫印象馆里瞻仰的这些艺术大师，正是我最熟悉也最钦佩的一些法国人。

血肉之躯的法国人我认识的很少，两度在法国，停留的日子也太短，不足以识这文雅的国家。我的几位法国朋友给人的印象都很斯文可亲。在巴黎，我住在英德和弥弥的家里，他们的邻居也都十分亲善。我和允达从巴黎坐火车去里昂，到站的时候，我把照相机忘掉在车上。允达为我向站长报失，并请他通知下一站注意寻查。不料站长室里赫然

[法]居斯塔夫·塔耶博克《阳台看出去的景色》

已放着那黑色相机,原来是我旁座的法国青年已及时将失物交给了里昂站。

这次去法国,是参加国际笔会的第四十五届大会。会址在里昂,地主国法国的笔会主办一切事务,表现得相当草率而怠慢——开会误时,午餐不便,会场没有茶点和邮政的服务,安排的宴会索价又偏高,等等,使鲁芹、东滨、允达和我不时以"法帝"的办事效率为笑谑的话柄。

但还有一种法国人,也许是他们国内少见的。一九三九年初,正是抗战的第三个年头,我随母亲从上海法租界乘船过香港去安南,然后从海防坐火车去昆明,再改搭货车去重庆和父亲团圆,那时安南还是法国的殖民地,不叫越南。事隔四十多年,我还记得清清楚楚,我们从海防登岸入境,在海关检查行李。法国的官员叫中国旅客站成一排,由他逐一来搜查,凡佩了钢笔的,他都一一拔去,凡带了热水瓶的,也都给没收,无须说明理由,可怜的中国人慑于权威,又苦于不会法文,欲辩无由。到现在我还记得有一个中年男人,又气又怕,急得都几乎要哭了。这样的殖民政府当然不得人心,也难怪十五年后,奠边府不堪一击,三色旗也就降下来了。

自由、平等、博爱,那原来是美丽标记的三色旗。我走在巴黎黄昏的街头,橘红色的布遮下,人群正在咖啡座上闲赏着暮色。这里不但是艺术之都,也曾是现代民主的摇篮,自由女神的塑像便是从这里送去纽约的。然而当年,侵略并统治安南的,也正是法国大革命的子孙,他们解放了巴士底狱,却远来印支半岛建一座新的牢狱。难道自由、平等、博爱,只是西方人之间的事,不适于对东方人吗?

…………

离开巴黎的那天下午,英德伉俪送我去戴高乐机场。法航的七四七呼啸凌空,飞向东南,不久绿尽白起,便是瑞士的一簇簇雪峰了,

乡愁：
包一片
月光
夹在诗里

驾驶员报告说，再前去便是南斯拉夫。我逸兴遄飞地倚在双层小窗上，仙人一般俯瞰蓝色多瑙河在金阳与碧野里，像一道旋律，向东又向南蜿蜒流去，河边的公路白而直，迎来一盘又一盘美丽的市镇。最后迎来的是暮色，再待我俯认土耳其时，欧亚两洲都已苍茫。

一九八一年十二月

本文有删节——编者